Zu diesem Buch

Auch der Lehrer Blau ist ein ‹Verstümmelter›, fast bis zum Ende unfähig, einen Platz in der Gesellschaft zu finden, die sich ihm feindlich erweist, deren Normen er nicht erfüllen kann, geplagt von tiefen Schuldgefühlen, seien sie nun eingebildet oder nicht, aber eben auch besessen von der Vorstellung, daß er ausgewählt sei, diese Schuld zu erkennen. Wo immer er mit dem realen Leben zusammentrifft, versagt er. An seiner Frau, die ihn liebt, zweifelt er und verlangt immer neue sinnlose Unterwerfungsgesten als Beweise einer Liebe, die sich anders längst erwiesen hat. Er ist dabei, seine Frau zu zerstören, weil er selbst verstört und zerstört ist.

Was sich im häuslichen Umgang zeigt, zeigt sich vergleichbar im Beruf. Blau ist seiner Klasse ausgeliefert, hilflos, weil er weder die eigene noch die Hilflosigkeit der Schüler anzunehmen versteht. Es fehlt ihm alles, was den ‹guten› Lehrer ausmacht, er fühlt sich von Beginn an diesen Schülern, die einer anderen, höheren sozialen Klasse angehören als er, unterlegen und provoziert dadurch ihre Aggressionen, wird zur Spottfigur, die alles mit sich geschehen läßt und sich nur retten kann durch Zusammenbrüche. Anders als seine Vorläufer macht Ungar nicht das Leiden der Schüler, sondern das Leiden des Lehrers zu seinem Thema, eines Lehrers, der bereit scheint, als Lamm Gottes das Leiden der Welt auf sich zu nehmen.

Freilich leidet nicht bloß er selbst, es leiden auch, ohne

daß er das zunächst erkennen könnte, die Schüler, an sich selbst, an den Problemen der Pubertät, an Abhängigkeiten, die auch sie ins Unglück stürzen. Die Welt, wie sie sich Blau darstellt, ist manichäisch, geprägt durch das Gute und das Böse. Das Böse ist schwerer zu erkennen als das Gute, es verbirgt sich und kann nur entmachtet werden, wenn es nach langen Wirren entschleiert ist. In Hermann Ungars Roman spielt Blaus Jugendfreund Modlizki die Rolle des Bösen, ein Diener, der den Herrn zu spielen weiß, und die bestehende Welt, die ihn demütigt, zu zerstören gewillt ist, der alles haßt, die Ordnung, die Schüler, seinen Herrn, vor allem aber Blau, dessen Frau, dessen Kind, und diese mit besonderem Haß.

Der Klasse, in der Blau lehrt, wird so die andere, die soziale Klasse entgegengestellt, die die Weltordnung verändern will und muß, um ein menschenwürdigeres Leben führen zu können. Wenn Blau so etwas ist wie ein ‹Heiland›, ist sein Gegenspieler Modlizki ein Sozialrevolutionär, der an die Stelle der Liebe den Haß gesetzt hat und keinen anderen Weg sieht als den, den er geht, einen Irrweg freilich.

«Es ist Leidenskult, ein schlimmes und wissendes Zuhausesein in Laster und Schmach, slawisch-christliche Devotion vor dem Elend und anziehend durch die vom Osten empfangene Kunst, das seelisch Extreme, Exzentrische, ja Groteske als das eigentlich Menschliche empfinden zu lassen.» (Thomas Mann)

Rowohlt Jahrhundert

Herausgegeben von Walter Boehlich

Band 82

Hermann Ungar

DIE KLASSE

Roman

Rowohlt

Veröffentlicht im Rowohlt Taschenbuch Verlag GmbH,
Reinbek bei Hamburg, April 1991

Umschlaggestaltung Peter Wippermann
(Foto des Autors: Ullstein Bilderdienst)
Gesetzt aus der Garamond (Linotronic 500)
Gesamtherstellung Clausen & Bosse, Leck
Printed in Germany
1480-ISBN 3 499 40082 0

1. Kapitel

Er wusste, dass die Blicke der Knaben ihn umlauerten, daß jede Blöße, die er sich gab, sein Verderben werden konnte. Es waren in diesem Jahr achtzehn Knaben, denen er gegenübergestellt war. Sie saßen zu zweien vor ihm auf den Bänken und sahen ihn an. Er wußte, daß das Verderben so kommen würde. Er mußte sich damit abfinden, grausam zu scheinen. Er wußte, daß er es nicht war. Er verteidigte sein Brot, er kämpfte um jeden Tag Aufschub. Seine Härte war ein Glied des Systems, das Ende zu verzögern. Er mußte Zeit gewinnen. Jeder Tag konnte seine Rettung sein, denn gerade an diesem gewonnenen Tag konnte er, der Lehrer Josef Blau, vielleicht durch Sammlung aller seiner Kräfte die Milderung dessen erzielen, was er verwirkt hatte.

Er kämpfte mit allen Mitteln, die Zucht aufrechtzuerhalten. Es war alles verloren, wenn sie sich einmal gelöst hatte. Wenn der erste Stein gelockert war, stürzte das Gebäude. Er wußte, es würde ihn unter seinem Schutt begraben. Er kannte Beispiele, aus denen er gelernt hatte, daß Milde und Nachgiebigkeit nicht die Mittel waren, Knaben in Zaum zu halten. So waren andere Lehrer gescheitert. Der Mensch, sagte man, sei mit Güte und Mitleid begabt; wenn dem so war, waren vierzehnjährige Knaben keine Menschen. Ihre Herzen waren grausam. Wenn die Schranke der Zucht gefallen war, wußte er, war alles vergeblich, der Hinweis auf die bedrohte Stellung des Lehrers wie das Flehen um Gnade. Sie würden keine Frist geben, wenn sie einen Augenblick gefühlt hatten, daß sie die Stärkeren waren. Der Lehrer wußte, daß ihr höhnisches Gelächter ihn einst verfolgen würde, wenn er fliehen würde, gedemütigt, gesenkten Hauptes, um sein Brot gebracht.

Die Schule lag in einem Viertel der Stadt, in dem der wohlhabendere Teil der Bevölkerung wohnte. Die Knaben waren wohlgenährt und gut gekleidet. Er selbst war armer Herkunft. Er fühlte, wie sehr Wohlhabenheit, wenn man sie von Geburt an genießt, Freiheit der Bewegung und Vertrauen zu sich selbst gewährt, und wie sie nicht durch Mittel der Erziehung, selbst nicht durch Bildung und Weisheit zu ersetzen ist. Er fürchtete, daß sie von hier aus den Knaben die erste Blöße bieten könne. Es schien ihm, als ruhten die Blicke der Knaben prüfend auf seinen Bewegungen und auf seiner Kleidung.

Er stand der Klasse unbeweglich gegenüber, den Rücken an die Wand gelehnt. Sein Blick hielt sie einzeln und in ihrer Gesamtheit. Er wußte, daß ihm kein noch so heimlich aufflackerndes Lächeln auf einem der Gesichter, die ihm zugekehrt waren, entgehen durfte. Es konnte ein Lächeln der Überhebung sein und der Anfang der Empörung. Wenn er es rechtzeitig sah, konnte er es durch seinen Blick auslöschen. Er konnte auch unter einem Vorwand strafen. Das Wesentliche war, während der Stunde jeden Augenblick auf das Ziel gesammelt zu sein, die Zucht unter keiner Bedingung wanken zu lassen. Lehrer Blau vermied schon aus diesem Grund das Auf- und Abschreiten in der Klasse, das bei anderen Lehrern in Gewohnheit war. Es durchbrach die Spannung, es verwandelte die Unbewegtheit in Bewegung, es war lösend und löste auf. Es verwischte die Grenze zwischen dem Übergeordneten und der Einheit der Untergeordneten, das System war nicht mehr starr, die Bewegung machte es biegsam. Die beiden Gewichte durften sich auch räumlich nicht verschieben, ohne das Gleichgewicht zu gefährden. Er wußte, bei dem ersten Schritt würde ein Atem durch die Klasse gehen, die Gestrafftheit der Körper würde sich lösen. Die eigene feste Stellung bot zudem weniger Anlaß, seine Bewegungen der Beobachtung der Knaben preiszugeben, als es im Schreiten der Fall sein mußte. Trotz der drohenden Gefahr des Einschwätzens fragte er die Knaben in der Bank ab und ließ sie nicht an die Tafel treten. Auch hierdurch wäre, ähnlich wie durch eigene Bewegung, eine neue durch den Wechsel aufreizende Gruppierung entstanden. Die Zweiteilung in der Ordnung wäre der Dreiteilung gewichen und die Gradlinigkeit des Blickes von ihnen zu ihm und von ihm zu ihnen wäre durch den dritten Punkt, das dritte Gewicht, abgelenkt worden.

Die Tür des Klassenzimmers befand sich in der Höhe der ersten Bankreihe gegenüber der Fensterwand. Die Fenster sahen nach dem Schulhof. Drei Schritte vor den Bänken, vor der Querwand, an der die Tafel hing, stand das Podium mit Josef Blaus Pult. Das Pult stand an dem Rande der Erhöhung, die den Fenstern zugekehrt war. Wäre Josef Blau, wie andere Lehrer, in dem schmalen Gang zwischen Podium und Bänken, quer durch den Raum zur Fensterwand gegangen, um dort in der Ecke zwischen Pult und Wand seinen Hut an den Kleiderrechen zu hängen, der für die Lehrer bestimmt war, hätte er während dieses Ganges die Augen immer eines Teiles der Schüler in seinem Rücken gehabt. Er vermied dies, indem er von der Tür aus sogleich das Podium bestieg und über dieses hinweg an seinen Platz trat. Er beschrieb hierbei einen Halbkreis, nicht nur in der Vorwärtsbewegung, sondern zugleich um die eigene Achse, so daß er die Knaben nicht aus den Augen lassen mußte. Er machte seine Eintragung in das Klassenprotokoll und stellte sich dann so an das erste Fenster, daß der Rücken durch die Wand gegen Sicht von außen geschützt war. Er verharrte so, den Knaben gegenüber, bis an das Ende der Stunde. Er verließ den Raum in derselben Art, wie er ihn betreten hatte.

Wie die Bewegung, wenn nicht in höherem Maße, konnte die Kleidung den Knaben Anlaß zu Spott über ihn werden. Nichts, fühlte Josef Blau, war den Wohlhabenden verächtlicher als Armut. Selbst in ihrem Mitleid lag Überhebung. Er wußte, daß er auf gute Kleidung nicht verzichten durfte, selbst wenn sie nur unter Opfern zu beschaffen war. Jedes Jahr zu Schulbeginn ließ er sich einen neuen Anzug anfertigen. Aber trotz peinlicher Pflege der Kleidungsstücke wurde ihm, sowie er in die Klasse trat, die Dürftigkeit seines Anzugs beschämend bewußt. Die Befürchtung, daß der Hosenboden und der Stoff an den Ellbogen schon glänzten, belästigte ihn derart, daß er die Ärmel etwas nach innen verdrehte und dann während der Stunde die Arme an den Leib gepreßt hielt.

Die Knaben trugen fast ausnahmslos blaue Matrosenkleidung mit freiem Hals und weitem, gegen den Magen spitz zulaufendem Ausschnitt. Der Ausschnitt ließ einen Teil der Brust und die weiße, unbehaarte Haut des Körpers sehen. Sie waren mit enganliegenden Hosen bekleidet, die bisweilen hoch über dem Knie endeten, während die Beine in kurzen Strümpfen steckten, so daß wieder das Fleisch hervortrat. Diese Kleidung der Knaben erfüllte den Lehrer Blau mit Widerwillen. Ihm war, als lehnte diese Art, sich zu kleiden, ihn, seine Existenz ab, als sei sie gegen ihn gerichtet, als liege in ihr die Absicht, ihn herauszufordern. Er war klein und mager. Er trug weil alles Flatternde ihn beunruhigte und aus Ordnungssinn den Rock fest verschlossen. Seine Beine waren dürr und er verdeckte selbst die Haut des Halses durch einen hohen, gestärkten Hemdkragen. Er litt wachend an der so peinlichen wie quälenden Vorstellung, daß er selbst in Matrosenkleidung stecke, von den Schülern entdeckt und nicht zuletzt wegen der Behaarung seiner Brust tödlich gehöhnt und beschämt werde.

Er sah in den Augen der Knaben das gierige Verlangen, die Schranken zu übersteigen und ihm nahezukommen. Da es nicht mit Gewalt ging, solange die Zügel seinen Händen nicht entglitten, versuchten sie es mit List. Sie verfolgten ihn auf der Straße. Keine Vorsicht konnte genügen, auf die Dauer zu verhindern, daß sie Selma sahen. Sie mußten von ihrer Existenz wissen, und während sie ihn, den Lehrer, mit dem gespannten Blick gehorsamer Aufmerksamkeit ansahen, gingen ihre Gedanken vielleicht wollüstig um seine Ehe. Sie entblößten ihn vielleicht bis auf den hageren Körper der Hülle der Kleider, um sich ihn mit Selma in jenen Situationen vorzustellen, die ihn dem Hund auf der Straße gleich machten. Kannten sie Selma, hatte einer von ihnen sie in den anliegenden Kleidern erblickt, die die runden, gefüllten Formen erkennen ließen, dann wurden solche Vorstellungen erst wirklich, bekamen Gestalt. Sie durften Selma nicht sehen. Er mußte, wie der Befehlshaber einer belagerten Festung, weit und breit das Land, selbst fruchtbares, zu einer Wüste machen, um die Annäherung des Feindes mit allen Mitteln zu erschweren.

Es durfte keine Beziehung als die berufliche zwischen ihm und den Knaben bestehen. Die berufliche Beziehung hatte ihr festes Geleise, hatte ihre Normen. Hatte er einmal den Boden verlassen, auf dem diese Normen galten, war eine Rückkehr unmöglich. Das Unpersönliche, von den Trägern der Rolle des Lehrers und des Schülers Unabhängige, war dem Persönlichen, Relativen für immer gewichen. Er mußte unerbittlich sein, wenn die Knaben bisweilen versuchten, ihn in ein privates Gespräch wie den Fisch in den Maschen eines Netzes zu verwickeln. Wenn sie auf ihn zutraten, in der Pause zwischen den Unterrichtsstunden, während er auf dem langen Korridor in eine Ecke gelehnt stand, wies er sie mit barschen Worten ab. Die Arbeiten der Jugendfreunde über das Verhältnis von Schüler und Lehrer waren ihm nicht fremd. Aber es gab keine Wahl. In den Knaben war die Überhebung der Satten, die Sicherheit der Gutgekleideten, ihr Gelächter hätte ihn vernichtet, wenn sie seine Schwäche, die sie ahnten, hätten greifen können. Es war einer unter ihnen, der keinen Matrosenanzug trug. Er hieß Bohrer Johann. Sein Vater war Schreiber bei einem Anwalt. Bohrer trug einen braunen Rock und lange Hosen. Die Ärmel hatten an den Ellbogen glänzende Flecken. Seine Hände waren nicht weiß wie die der anderen Knaben. Sie waren rot, wie von Frost geschwollen. Josef Blau vermied es, diesen Knaben anzusehen oder eine Frage an ihn zu richten. Ihm war, als könnte Bohrer plötzlich von seinem Platz aufstehen, auf ihn, den Lehrer Josef Blau, zutreten und ihm unter dem tosenden Gelächter der Klasse auf die Schulter klopfen. Er fürchtete die Möglichkeit, daß die Knaben ihn, den Lehrer, mit Bohrer verglichen, mit dem sie aus Mitleid ihr Frühstück teilten. Keiner konnte wie Bohrer seine Angst durchschauen. Trotzdem Josef Blau die Antwort ahnte, fragte er Bohrer, einem stärkeren Willen gehorchend, der ihn an den Rand des Abgrunds führte, welchen Beruf er ergreifen wolle. Bohrer hob die Augen nicht, als er leise, als begriffe er Blaus Beschämung, erwiderte, er wolle Lehrer werden. Für einen Augenblick verlor Blau die Fassung. Er griff hinter sich nach der Wand. Er schloß die Augen. Aber schon erhob sich das Rauschen der Bewegung in der Klasse und schlug an sein Ohr. War das das Ende, begriffen die Knaben nun, daß es kaum einen anderen Beruf für den studierenden Sohn eines Schreibers gab, als den Beruf des Lehrers? Daß Josef Blaus Beruf ein Beruf war für arme Leute? Sahen sie sie nun für immer beieinander, Josef Blau und Johann Bohrer mit den frostgeschwollenen Händen? War er nun für immer beschämt? Er raffte sich auf, sein Blick verwandelte die Unruhe zurück in Starre. Er begriff, daß er zu härteren Mitteln greifen müsse, die Autorität fester zu begründen. Er dachte an die Möglichkeit, die die Lehrer früherer Jahre gehabt hatten, als sie über körperliche Zuchtmittel verfügten. Man hätte die körperliche Züchtigung durch einen Knaben an den anderen ausüben können und so nebenbei die Knaben uneinig machen, gegeneinander ausspielen können, wie das Schicksal, dem sie alle unterworfen sind, die Menschen gegeneinander ausspielt. Die körperliche Züchtigung war mehr als das Strafen durch Tadel, schlechte Noten, Nachsitzen, Strafarbeiten. Das waren Strafen, die nicht verletzten, die die Überhebung der Knaben mit einem Lächeln von sich abtun konnte. Die Züchtigung hätte den Schülern ihre körperliche Unterworfenheit unter die Macht des Lehrers augenfällig gemacht. Lehrer Blau würdigte die Grundsätze, die zur Abschaffung dieser Strafen geführt hatten. Er hätte sie trotzdem in Anwendung gebracht, wenn es erlaubt gewesen wäre, weil auch die Knaben gewiß jedes Mittel angewandt hätten, ihn zu vernichten. Er hätte nicht gezögert, da es um sein Brot ging. Er mußte die Anwandlungen der Milde unterdrücken, wenn er diesen Kampf nicht von Anfang an verloren geben wollte. Josef Blau wußte, daß das Ende über ihn hereinbrechen würde, aber er kämpfte um jede Stunde Verzögerung. Er wußte nicht, wo das Entsetzen seinen Anfang nehmen würde. Die Gefahren drohten von vielen Seiten, in der Welt der Schule und in der anderen, die nicht zur Schule gehörte. Die Berührung dieser beiden Welten hätte die Gefahr vergrößert, die Katastrophe beschleunigt. Er war sich dessen bewußt, daß er sich an Strohhalme klammerte, wenn er den Kampf gegen sein Geschick führte. Aber es gab nichts als Strohhalme gegen das Gesetz, das in seiner grausamen Härte gegen ihn war.

Er verließ die Klasse mit achtzehn, in blaues Papier eingeschlagenen Heften unter dem Arm. Er hörte das Gewirr der Stimmen, das sich erhob, sowie die Tür hinter ihm ins

Schloß fiel. Josef Blau sah die Knaben nicht mehr, aber er wußte, daß sie von ihren Plätzen sich erhoben hatten und die Bank umdrängten, in der Karpel saß. Karpel war der älteste, fünfzehnjährig. Blau fühlte, daß in Karpel sich die Feindschaft der Schüler gegen ihn vereinigte und vervielfachte. Wenn das Ende kommen, und wenn es hier und nicht zu Hause seinen Anfang nehmen würde, würde es von Karpel mit den schwarzen, gescheitelten Haaren ausgehen. Karpels Gesicht war nicht mehr glatt und frauenhaft wie die Gesichter der anderen Knaben. Es war schmal und bleich, die Nase war vorspringend, um die Augen lagen blaue Schatten. An den Wangen schien es unrein von sprossenden, wolligen schwarzen Haaren. Der Gedanke, daß auch der Körper dieses Schülers schon männliche Behaarung zeige, war beunruhigend, zumal auch Karpel die ausgeschnittene Kleidung der Mitschüler trug, beunruhigend, wie etwa der Anblick eines als Weib verkleideten Mannes für einen schamhaften Menschen, da man befürchten konnte, daß unversehens eine männlich behaarte Stelle des Körpers sich entblöße.

Josef Blau fühlte die Überheblichkeit dieses Knaben, der ihn verachtete, wenn auch er seiner Verachtung noch keinen lauten Ausdruck gab. Gewiß, er sammelte seine Kräfte und seinen Haß gegen den Lehrer, um ihn losbrechen zu lassen, wenn die Zeit gekommen sein würde, den anderen das Zeichen zu geben, sich auf die Beute zu stürzen. Der Schüler hatte nichts zu verlieren. Wenn er die Schule verlassen mußte, würde sein reicher Vater andere Möglichkeiten für ihn finden. Aber der Lehrer war gerüstet. Es sollte ihnen nicht leicht werden unter seinen Augen, die er nicht von ihnen wandte, und unter seinem Blick, der sie hielt und durchschaute. Karpel senkte den Kopf, wenn Blaus Blick ihn traf. Er verbarg die Finger unter dem Pult, wenn des Lehrers Augen auf ihnen ruhten. Warum ließ er die Hände mit den glänzenden, sorgsam polierten Nägeln nicht liegen, aus welchem Grund entzog er sie dem Blick des Lehrers, wenn nicht deshalb, weil er wußte, daß Blaus Nägel nicht poliert waren, daß der Anblick seiner Hände den Lehrer beschämte und daß die Zeit, Blau zu beschämen, noch nicht gekommen sei?

Josef Blau beschleunigte seinen Schritt. Er hörte über sich auf der Treppe schon den Lärm der sich nähernden Knaben. Er trat auf die Straße in das nächste Haustor. Er wollte die Schüler an sich vorüber lassen. Nun kamen sie aus dem Haus. Sie sahen ihn nicht, der im Dunkel des Torbogens stand. Aber er konnte sie sehen, wie sie die Stufen, die vom Schultor zur Straße führten, herabsprangen, sich reckten und dehnten. Sie schwenkten die in den Riemen geschnallten Bücher. Sie standen ihm gerade gegenüber, in ihrer Mitte Karpel. Karpel sagte etwas und Blau hörte das vielstimmige Lachen an seinem Platz auf der anderen Straßenseite. Karpel stand da, die Hände lässig in den Hosentaschen, die Bücher sorglos unter den linken Arm geklemmt. Dieser Knabe war schon erfahren. Er kannte die verbotenen Lüste. Vielleicht auch kannte er schon die Frau. Blau schämte sich der Erfahrung des Schülers. Karpel schämte sich nicht. Karpel zog ein Blatt Papier aus der Tasche. Es ging von Hand zu Hand. Die Knaben lachten. Kein Zweifel, daß es eine anstößige Zeichnung war, die Karpel zeigte. Am Ende stellte sie ihn, den Lehrer Blau, vom erfahrenen Karpel gezeichnet, unter Umständen dar, die ihn dem Hohn preisgaben. Josef Blau konnte nicht vortreten, mitten unter die Knaben, das Bild mit Beschlag zu belegen. Er wäre von allen Seiten umdrängt gewesen. Jetzt war Hohn und Überhebung in allen. Sie hätten ihn jetzt mit Gelächter empfangen, da sie ihn, das Urbild der Zeichnung, in diesem Augenblick noch sehen mußten, wie Karpel ihn dargestellt hatte. Hier war keine Ordnung gegeben, der sie unterworfen waren, die Ordnung, in der der Platz den Knaben gegenüber für ihn bereit war. Hier, zwischen Menschen, Häusern, Wagen, im Lärm der Straße, hätte er sie erst schaffen müssen. Sie standen, ihre Ordnung war aufgelöst, sie waren in Bewegung. Hier war ihr Sieg leicht. Er wollte sich ihn so nicht abringen lassen.

Josef Blau wartete. Als die Knaben gegangen waren, trat er aus dem Dunkel des Torbogens auf die Straße.

2. Kapitel

Er musste die Stadt durchqueren, um zu seiner Wohnung zu gelangen. Er bewohnte mit Selma und deren Mutter eine gemeinsame Wohnung im obersten Stockwerk eines Mietshauses. Das Haus war schwarz vom Ruß des gegenüberliegenden Bahnhofs. Nur dort, wo der Mörtel sich von den Wänden gelöst hatte, war das Dunkel von hellen gelben Flecken durchbrochen.

Die ganze Straßenseite entlang standen Häuser wie dieses. Jedes Stockwerk war von mehreren Familien bewohnt. Aus den Fenstern hing rotes Bettzeug. Dicke hutlose Frauen mit zerrauftem, spärlichem Haar, die Blusen lose um die Hüften flatternd, standen mit Kannen und Taschen vor den Türen. Josef Blau betrat den dunklen Hausflur. Ein Geruch von Feuchtigkeit und Speisen durchzog das ganze Haus. Aus den Wohnungen, an denen er vorbeiging, drang der Lärm von Stimmen, übertönt von langgezogenem Gewinsel von kleinen Kindern und Hunden.

Selma und die Mutter waren nicht zu Hause. Josef Blau nahm die Mahlzeit im Wohnzimmer. Die siebzehnjährige Magd, Martha, klein und flachbrüstig, die Tochter eines Nachbarn, trug die Speisen auf. An das Wohnzimmer stieß von der einen Seite die Küche. Hinter dem Schlafzimmer lag das Zimmer der Mutter, ein einfenstriger schmaler Raum mit besonderem Ausgang in das Treppenhaus. Das Wohnzimmer war zweifenstrig. Vor einem Fenster stand Selmas Nähtisch, an dem sie vor dem Weggehen gearbeitet hatte.

An den Wänden hingen Bilder, ein Farbendruck, darstellend eine große Versammlung von Männern, einen Reichstag oder ein Konzil, und einige Familienfotografien, ein Jugendbildnis von Selmas Mutter und ein Bild ihres verstorbenen Vaters, eines stattlichen Mannes mit struppigem Schnauzbart. Die Gardinen waren weiß, die Wände mit einem bunten, auf den Kalk gemalten Muster geschmückt. Trotzdem schien das Zimmer nicht hell. Der Ruß des Bahnhofs drang durch die Fenster, er hatte alles mit einer feinen Schicht bedeckt, die den Farben den Glanz genommen, sie matt, grau und ineinander verschwimmend gemacht hatte. Es war, als seien die Farben ohne Leben, unter dieser Schicht gestorben. Sie erwachten nicht, auch wenn die Rußschicht von den Möbeln, Bildern und Wänden unter dem Staubtuch gewichen war. Die Fenster lagen nach Norden. Das Licht brach sich erst in den Hallen, Gleisen, Schuppen und Kohlenlagern des Bahnhofs, bevor es in die Wohnung drang.

Nachdem Josef Blau gegessen hatte, breitete er die Hefte der Knaben auf dem Tisch aus. Er holte rote Tinte und Federhalter von einem Holzregal zwischen den beiden Fenstern und setzte sich. Er putzte die Feder sorgfältig an einem kleinen hierfür bestimmten Tuchlappen und schlug das Heft des Schülers Blum auf, des ersten in der alphabetischen Ordnung.

In der Wohnung war Ruhe. Josef Blau hörte nichts, als von Zeit zu Zeit ein Klirren, wenn Martha in der Küche einen Teller auf den andern setzte, und den gleichmäßig verworrenen Lärm des Hauses. Er wollte nicht an Selma denken, die auf ihn zutrat, auf ihren Leib weisend, der täglich schwerer wurde, ihm ein Wort zu entreißen, das er nicht sprechen wollte. Sie begriff nicht, daß es gut war, nichts zu sprechen als das Vorgesehene, da man nicht wußte, ob die Worte nicht zu Flüchen wurden. Er wollte die Zeit nützen, ehe Selma mit der Mutter zurück war. Er wollte ruhig die Arbeiten der Schüler durchgehen, Heft um Heft, Fehler um Fehler, alles andere ausschalten, nur an das Vorgesehene, von der Pflicht Aufgetragene denken, an die lateinischen Sätze und sonst an nichts. Er saß über den Heften und zog rote Striche unter den von den Schülern geschriebenen Text. Es waren sechs einfache Sätze. Aber der Unaufmerksame mußte sich in den Fallen verstricken, die der Lehrer gelegt hatte, eine Falle in jeden Satz. Verwundert bemerkte Josef Blau, daß die Knaben fast ausnahmslos den Fallen entgangen waren. Sein Erstaunen steigerte sich, als er bemerkte, daß eine bestimmte Falle im dritten der Sätze allen in gleicher Art zum Verderben geworden war. Er ordnete die Hefte nach der Reihenfolge der Sitzordnung. Er erschrak. Die Übereinstimmung war unzweifelhaft. Hatten die Knaben, unter seinem Blick, der nicht von ihnen wich, einen Weg gefunden, sich gegen ihn zu verschwören, und diesen Weg betreten? Er begriff, daß sie ihn in ihrem Innern verhöhnten. Er hatte sich schwächer gezeigt als ihre List. Sie saßen da, nur äußerlich unter ihn gebeugt, äußerlich ihm unterworfen. Ihre List war nicht erdacht, ihn zufriedenzustellen durch die fehlerlose Arbeit, sei es auch mit Hilfe eines Betrugs. Sie war erdacht, ihn, seine Stärke, seinen Blick zu prüfen. Er hatte die Prüfung nicht bestanden. Ihr Mut mußte nun wachsen. Es war zweifelhaft, ob Josef Blau sich noch retten, die drohende Meuterei ersticken konnte, wenn er das Komplott morgen zerriß und durch neue wohlerwogene Maßnahmen die Knaben wieder unter sich zu zwingen suchte.

Es war eine unterirdische Verschwörung, eine Verschwörung unter den Bänken, eine Verschwörung der nackten Waden bei geduckten, gehorsamen Oberkörpern. Es gab keine andere Möglichkeit als diese: die Knaben brachten die Beine aneinander, vorwärts, seitwärts. In den kurzen

Strümpfen und in den Schuhschäften wurden die Mitteilungen zugesteckt und empfangen. Die Starre und Unbeweglichkeit war nur über den Bänken, unter der Oberfläche war Bewegung und Anarchie. Unter den Bänken hatte sein Blick keine Gewalt. Während die Köpfe und Rümpfe gehorchten, hatten die nackten Beine sich empört. Es war der Anfang. Die Zucht löste sich von unten, während er da war, sie fest begründet glaubte, glaubte, daß kein Zeichen der Bewegung ihm entging. Sie fürchteten ihn nicht, wenn er ihnen gegenüberstand. Was geschah, wenn sie seinem Blick entzogen waren?

Josef Blau erhob sich. Er trat ans Fenster. Das Gewirr der Schienen, das sich zum Bahnhof verengte, breitete sich vor ihm aus. Er hatte auf dem Heimweg keinen der Schüler gesehen. Sie verfolgten seinen Schritt nicht. Aber vielleicht umlauerten sie das Haus. Vielleicht lauerten sie auf Selma, hatten Selma schon überfallen, ihr zugeflüstert, daß er einen lächerlichen Schimpfnamen habe, daß er die Schüler fürchte, daß die Schüler aber ihn vernichten würden ohne Erbarmen, wenn die Zeit so weit sei. Sie hatten ihr vielleicht Bilder in die Hand gedrückt, auf denen er, Josef Blau, verzerrt, ein armseliges behaartes Gerüst von Knochen dargestellt war, vielleicht mit ihr, die von ihm unförmig war. Gewiß fühlten sie, daß er mit seinem Leben an ihr hing. Sie machten vor Selma nicht halt. Die Lüsternheit der Knaben, gestachelt vom Anblick der Schwangerschaft, wühlte in Vorstellungen von Selmas Gemeinschaft mit ihm, deren Folgen an ihr sichtbar waren. Karpel, der in den Lüsten erfahren war, flüsterte Selma vielleicht zu, daß andere Männer stärker seien in ihrer Männlichkeit, und daß sie, Selma, schön sei, prächtigen Leibes und verdorren müsse neben ihm.

Er war der Sohn eines Gerichtsdieners aus einer kleinen Stadt. Er war mager, gelb und armselig. Seine Haut war rauh, wie mit Grießkörnern übersät. Sein hüpfender Adamsapfel trat aus dem dürren Hals wie ein zweites Kinn. Er hatte seinen Körper nie bei Licht vor ihr enthüllt. Ihre Haut war weiß und glatt. Der Körper war rund von festem Fleisch. Was wollte er von ihr? Er reichte ihr bis zur Stirn, knapp unter den Ansatz des hellen Haares, der nach hinten gekämmt und im Nacken zu einem tiefen Knoten gebunden war. Sie drehte beim Gehen den Körper in den breiten Hüften wie Frauen, die Krüge auf dem Haupt tragen. Zwischen roten, stets halb geöffneten Lippen glänzten ihre weißen feuchten Zähne. Er wußte, daß die Männer sich nach ihr umsahen, wenn sie an ihnen vorbeiging. Es waren lächelnde Männer, die das Fleisch steinhart schwellen machen konnten, wenn sie die Muskeln spannten. Es waren Männer, die den Frauen zuwinkten und zulächelten. Vielleicht verglich Selma ihn schon mit einem, der größer, stärker, männlicher war als er. Hatte sie schon begriffen, daß er armselig war an Körper und zu geringen Herzens, als daß er sich erheben und die Kläglichkeit seines Körpers vergessen machen könnte? Er wußte, daß er sich wehren mußte, wenn er Selma nicht verlieren wollte. Wenn der andere, der sie ihm entreißen würde, kommen mußte, Josef Blau wollte es durch Klugheit und Planmäßigkeit hinausschieben. Er mußte sein Auge auf ihr halten und nichts durfte ihm entgehen: keine Bewegung ihres Gesichts, kein Blick, er mußte in die tiefste unbewußte Bedeutung jedes Wortes, das sie sprach, jedes Seufzers, den sie tat, eindringen, wenn er das Zeichen, daß sie ihm entglitt, rechtzeitig erkennen wollte. Er wollte Modlizki aufsuchen, daß dieser in die Pläne der Knaben eindringe und sie ihm verrate. Die Gefahr, die von den Knaben drohte, war die gegenwärtigste und unmittelbarste. Die Knaben trieb der Haß gegen ihn. Der Haß würde sie alle Hindernisse überwinden lassen. Wenn sie sich Selma noch nicht genähert hatten, mußte die Annäherung verhindert werden, so gut es ging. Er wollte Selmas Ausgänge auf das Notwendigste beschränken. Niemand sollte sie sehen, die Knaben nicht und kein Mann sonst. Wenn sich die Knaben ihres heutigen Sieges bewußt wurden, würden sie die letzte Scheu verlieren. Das Bewußtsein ihrer Überlegenheit mußte ihre Kühnheit stacheln. Sie konnten versuchen, in die Wohnung einzudringen, wenn Josef Blau abwesend war. Die Mutter war kein Schutz, sie war schwerhörig. Sie hörte nur, was ihr in die Ohren geschrien wurde. Die Knaben konnten es wissen. Sie konnten Selma auf einem Spaziergang mit der Mutter beobachtet und gehört haben, wie Selma die Stimme anschwellen lassen mußte, sich der Mutter verständlich zu machen. Alles hing daran, die Knaben nicht zum Bewußtsein ihres Sieges gelangen zu lassen. Alles hing davon ab, daß Josef Blau imstande war, morgen, durch die Art, wie er das Komplott aufdeckte und wie er es bestrafte, den Sieg in eine Niederlage zu verwandeln. Wenn überhaupt er seinen Willen noch durchsetzen konnte, wenn nicht unter dem Eindruck des Sieges die Knaben, einer vom andern gestachelt, die geheime Empörung in offene verwandelten, und wenn nicht bei seinem Eintritt schon ihm Karpels, Laubs und der anderen lachendes Gesicht entgegensehen würde.

Wenn er sie mit seinem Blick noch halten konnte, wenn sie noch nicht sich offen empörten, war sein Weg vorgezeichnet. Die Entdeckung des Komplotts mußte ohne Erregung geschehen, fast ohne Wort. Nichts durfte verraten, wie nahe die Knaben ihrem Sieg gewesen waren. Er mußte an seinem Platz stehen wie sonst und die Knaben mußten ihm gegenüber, in ihren Bänken sitzend, sechs neue Sätze schreiben. Er wollte über die Knaben statt einer Strafe für die entdeckte und zur Vermeidung neuer unterirdischer Konspiration verhängen, daß jeder während des Schreibens den linken Arm gerade vor sich gestreckt auf das Schreibpult lege und die Finger der Hand um die dem Lehrer zugekehrte Kante der Bank krümme. So würde die Haltung des Körpers fixiert sein, die Beobachtung jeder Bewegung erleichtert. Die rechte Hand würde schreiben, die linke weit nach vorn gebunden sein und durch ihre Unbeweglichkeit wie ein Anker die Bewegung des ganzen Körpers binden, auch des unterirdischen, die Beweglichkeit der Beine in jedem Fall auf das Mindestmaß beschränken. Das über die Knaben verhängt, schien besser als Strafe. Denn die Strafe mußte den Bestraften die Wichtigkeit des Vorfalls erst recht bewußt machen. Sie würde nicht abschrecken, die Knaben vielleicht zu weiteren Herausforderungen verleiten, wenn er ihrem Schlag seinen entgegensetzte, die Partei der Knaben zu der einen, sich zur anderen kämpfenden Partei machte. Das Verhältnis sollte der Möglichkeit solchen Vergleichs entzogen sein. Er entdeckte und blieb entrückt, nicht in die Sache gezogen, wenn er den Vorfall scheinbar straflos ließ, durch die neue Anordnung aber den Knaben körperlich die Unterworfenheit unter seinen Willen sinnfälliger fühlbar machte, als es durch eine der zugelassenen Strafen erreichbar war.

Josef Blau bereitete mit Sorgfalt sechs neue Sätze vor, die die Schüler morgen übersetzen sollten. Wieder war er bestrebt, bei einfachster Formulierung unauffällig in jedem Satz einen grammatischen Hinterhalt zu verbergen, an dem sich die Aufmerksamkeit des Schülers wie die Selbständigkeit seiner Arbeit erweisen mußte.

Während er Formulierungen gegeneinander abwog, hörte er die Stimmen Selmas und der Mutter auf der Treppe. Die Stimme Selmas, die sich der Mutter verständlich machen wollte, war laut, und die sonst tief und angenehm schien, klang schrill und peinlich. Die Mutter antwortete, nicht imstande, die Stärke der eigenen Stimme abzumessen, und es war Josef Blau, als dröhne diese Stimme, tief wie die eines Mannes, in alle Räume des Hauses, gleichsam verstärkt durch das mächtige Instrument des Leibes, aus dem sie drang, wie durch den resonierenden Körper eine Baßgeige. Josef Blau schloß die Hefte. Ihm war, als müsse er den Frauen entgegeneilen, die Tür öffnen, ihr Eintreten in die Wohnung beschleunigen. Er wollte diese laute Stimme vom Haus abschließen, soweit Tür und Mauer dieser Stimme ein Hindernis waren, in die Wohnungen der Nachbarn zu dringen. Er stand der Tür zugewandt und wartete. Nun waren die Stimmen da, der Schlüssel drehte das Schloß auf und Selma und die Mutter traten ein.

Die Mutter ließ sich auf den Stuhl fallen, auf dem Josef Blau gesessen hatte. Sie öffnete sitzend die Jacke und legte den Hut vor sich auf den Tisch. Ihr Atem zog pfeifend aus den Nasenlöchern. Auf der Oberlippe lag ein Schatten von schwarzen Barthaaren. Josef Blau wußte, daß sie nun gleich das Wort an ihn richten würde und daß er ihr würde antworten müssen. Er würde, so entsetzlich es war, die Stimme über ihr Maß anschwellen lassen müssen und doch nicht verstanden werden. Die Mutter würde ihm zunicken, als verstände sie ihn, wie sie immer tat, weil sie nicht durch eine Frage ihr Gebrechen eingestehen wollte. Sie würde ihn böse ansehen, als spreche er, sie zu verletzen, ihr das Gebrechen vorzuwerfen, leise mit ihr, leiser vielleicht als sonst. Sie begriff nicht, daß er alle Kraft aufbot, sie sah nicht, daß seine Wange sich rötete, wenn sein Ohr die eigene überlaute Stimme vernahm, zurückgeworfen zu ihm von den Wänden. Nun richtete sie ihre starren Augen auf ihn und nun begann sie:

«War Bobek da?»

Er schüttelte den Kopf, nachdrücklich und mit Anstrengung, zugleich riß er den Mund auf und formte ein stummes Nein, das er durch abwehrende Bewegung der Hand bestätigte. Er wollte, daß die Mutter die Zeichen verstehe. Er vervielfältigte sie, als könne die Mutter auch die stumme Verständigung nur erfassen, wenn sie übertrieben wurde wie die menschliche Stimme.

«Wo er steckt! Er wollte doch mit dir sprechen. Du weißt, warum. Oder weißt du es nicht mehr?»

Er wußte es. Es war wegen des Geldes. Er nickte rasch und eindringlich mit dem Kopf.

Sie öffnete den Mund, als schnappe sie nach Luft und drückte die Hände an den Körper.

«Das Mieder, das Mieder», sagte sie, «man erstickt. Es wird niemand mehr kommen. Wenn er noch nicht da ist, kommt er nicht mehr.»

Sie erhob sich und verließ das Zimmer. Die Tür flog hinter ihr ins Schloß. Man hörte ihre Stimme aus der Küche und Marthas ängstliche Antwort. Josef Blau stand am Fenster. Er hatte sich abgewandt. Er wußte, daß die Mutter dem Onkel Bobek gefallen wollte. Onkel Bobek war der Vetter ihres verstorbenen Mannes. Die Mutter preßte ihren Körper in die Panzerstangen des Mieders, zwang das Gewicht ihrer Brüste aufwärts, ihren gealterten Busen einem Mann verlockend scheinen zu lassen. Er mochte nicht davon hören und nicht daran denken. Ihm war, als sei beschämend und beleidigend, was Selmas Mutter tat, nicht allein für sie, in unerklärlicherweise für die Tochter, für Selma.

Selma trat auf ihn zu. Sie ging schwer, als ziehe ihr Leib sie zu Boden. Sie hielt, in Papier geschlagen, ein kleines Päckchen in der Hand und lächelte.

«Rate, was ich bringe», sagte sie.

Er sah sie fragend an.

Sie öffnete das Päckchen. Ein kleines, gestricktes Jäckchen aus roter Wolle lag darin und ebensolche Höschen. Sie hielt sie ausgebreitet auf dem Papier vor ihn hin. Er wollte die Hand danach ausstrecken, die kleinen Dinge zu berühren, sie zu streicheln, ihnen etwas Liebes zu tun, als er sich besann. Er legte die Hände auf dem Rücken ineinander. Was tat sie? Begriff sie nicht, was sie tat?

«O Gott», sagte er, «belaste die Zukunft nicht, belaste sie nicht!»

Er sah sie an, als bereite sie ihm Kummer. Warum hatte sie das getan, hatte sie nicht verstanden, warum er nicht davon sprach, was bevorstand? Mußte er es ihr ausdrücklich sagen und so vielleicht alles vergeblich machen, was er sich auferlegt hatte? Sie hielt die Arme noch immer ausgestreckt. Nun ließ sie sie langsam sinken. Das Lächeln schwand aus ihrem Gesicht.

«Man soll nicht sprechen», sagte er stockend. «Man soll nichts sagen, daß man nichts verdirbt.»

Er wollte auf sie zutreten. Er sah, daß ihre Augen sich mit Tränen gefüllt hatten. Selma wandte sich ab und verließ das Zimmer. Sie ging zur Mutter in die Küche.

Josef Blau blickte ihr nach. Mußte sie nicht glauben, daß er hart und lieblos sei? Er hätte sie zurückrufen, ihr alles erklären sollen. Aber wie durfte man reden? Das Wort, das man sprach, war unwiederbringlich. Es begann seinen Weg. Es machte die Welt anders. Es berief ein Schicksal, das nicht mehr aufzuhalten war. Man konnte ein Wort sprechen oder das andere, man konnte einen Schritt machen nach links, nach rechts, man konnte das Wort, den Schritt nicht zurückrufen, wenn es gesprochen, wenn er getreten war. Vielleicht konnte er es schreiben, jedes Wort abwägen, bevor er es hinschrieb, die Gefahr einschränken, begrenzen. Er sollte ihr alles niederschreiben, daß sie ablasse, von dem Ungeborenen zu reden, es in die Welt zu setzen, bevor das Schicksal entschieden hatte, es in die Welt zu verstricken, bevor es da war. Sie bestimmte sein Geschlecht voraus, erwog, welchen Namen sie ihm geben wollte. Er strich jeden Gedanken daran aus. Denn er durfte das Glück, das er fühlen konnte so stark wie sie, nicht vorwegnehmen, um durch das der Entscheidung vorweggenommene Glück die Vergeltung nicht herauszufordern, die sich nicht über ihm oder ihr, den Schuldigen, sondern über dem Unschuldigen, Neugeborenen, entladen konnte. Es war nicht vorher bestimmt, wie es kommen würde. Er hatte dieses Geschöpf geschaffen, er, der Lehrer Josef Blau, sich vermessen, Gott zu sein und Leben zu setzen. Alles konnte gerächt werden, an ihm, an Selma und an dem Neugeborenen, denn die Schicksale hingen zusammen, eines riß das andere mit, es gab keine Einzelbeziehung zu der Gewalt, die richtete, da war die Gewalt und da war wie die Einheit der Knaben in der Schule die Einheit des Unterworfenen, deren Schicksale ineinander griffen, ineinander verwirrt waren. Vielleicht daß es verstümmelt aus dem Leib der Mutter dringen sollte, mit feurigen Malen gezeichnet, mit dem Schnabel eines Vogels, mit gespaltenen Lippen, mit Fischschuppen im Gesicht, mit gelähmten Gliedern, mit dem Schwanz eines Affen, mit verkrümmtem Rücken, zweiköpfig, vierfüßig wie ein Tier, wie er es gehört und gelesen hatte. Die Bilder waren nicht zu vertreiben, wie er sie auch verjagen wollte, da er wußte, daß das Gedachte in der Welt war und ein Fluch werden konnte und daß man solche Gedanken ausstreichen mußte, wie man böse Träume nicht erzählte, daß das Böse nicht in der Welt sei und eintreffe nach dem alten Glauben, der der Ahnung von dunklen Zusammenhängen entsprang.

Wenn alles vorher bestimmt gewesen wäre, man hätte sorglos sein können. Wenn es ein Schicksal gegeben hätte, ein unausweichliches vorbereitetes Schicksal, dem man verfallen war, man hätte nichts tun und sprechen können als das Bestimmte und hätte es leichten Herzens getan. Aber es lag kein Schritt und kein Wort, unausweichlich und vorbereitet, für einen da. Es war nicht so, daß man nur diesen Schritt tun, nur dieses Wort sprechen konnte, und mit jedem Wort, mit jedem Schritt das Schicksal erfüllte, das diesen folgte.

Man wählte den Schritt und das Wort aus vielen. Man übertrat ein hartes, unbekanntes Gesetz, das über einem war, und taumelte in sein Schicksal. Man lud Schuld auf sich, die man nie begriff oder zu spät. Eine grausame Gewalt war da. Sie hütete das Gesetz und richtete mit Strenge. Gott stand da, der Hüter des Gesetzes, wie der Lehrer in der Schule, doch umweht von erdrückendem Geheimnis. Er zeichnete ein, welchen Schritt man gewählt hatte, und er sprach das Urteil. Es wurde vollstreckt an dem Schuldigen und an denen, die er in sein Schicksal verstrickt hatte.

Daß Selma nicht begriff, ohne daß er es aussprach, daß es keinen Plan geben konnte als diesen, da jedes Wort, jeder Schritt in sich Gewalt hatte, die sich unbekannt wann und wie lösen konnte zum Guten wie Bösen: den Plan, nichts zuzulassen, als das in der Ordnung Liegende, Notwendige, Regelmäßige. Das Unerwartete, Unbeabsichtigte, so weit es ging auszuschalten, in der Schule wie zu Hause. Wenn man schwieg, nur das Vorhergesehene, das getan werden mußte, tat, beschränkte man die Gefahr. Daß man hätte den Atem anhalten können, den Lauf der Dinge nicht durch seinen Hauch zu verwirren! Schuldlos blieb nur das Atemlose. Man sollte nichts tun, gleich den atemlosen Bänken in der Klasse, den Bäumen, die die Straßen einsäumten. Aber man atmete, tat, sprach, so sehr man es durch das System beschränkte, und die mit einem verknüpft waren, taten und sprachen und es konnte sein, daß die Taten und Worte sie alle in den Strudel des Schicksals zogen. Nicht daß man sich selbst sein Schicksal bereitete, war so grauenvoll wie das Bewußtsein, das Schicksal anderer mit zu verschulden wie das Schicksal des Ungeborenen, das Selma nicht abließ mit ihren Worten, Taten und Gedanken zu berufen.

Es war dunkel geworden. Die Mutter trat ein mit einer brennenden Lampe. Josef Blau ließ die beiden Fenstervorhänge herab. Es lag kein anderes Haus gegenüber, aus dessen Fenstern man hätte in die Wohnung blicken können. Gleichwohl beunruhigten ihn die nicht verhängten Fenster bei beleuchtetem Zimmer, ihm war, als sei die Abgeschlossenheit, die Begrenztheit des Zimmers aufgehoben, als sei durch das ausströmende Licht die Wand gegen die Straße wie die vierte Wand eines Raums auf dem Theater geöffnet gegen eine unsichtbare Menge. Die Mutter hatte das Mieder abgelegt. Sie trug einen dünnen hellroten Schlafrock mit weiten, bis an die Schultern zurückgleitenden Ärmeln. Wenn sie den Arm hob, wurden die Achselhöhlen sichtbar. Die Arme waren fleischig, die Haut gelb. Um die Hüften war der Schlafrock von einem Gürtel zusammengehalten, über den das Fleisch quoll. Sie legte das Tischtuch auf. Selma kam mit dem Abendbrot. Martha war schon gegangen. Sie schlief bei ihren Eltern, die im selben Haus wohnten.

Selma hatte vom Weinen gerötete Augen. Sie nahm kaum von dem aufgetragenen Käse.

Die Mutter aß schmatzend. Nach dem Käse nahm sie einen Apfel. Er krachte und knirschte unter ihren Zähnen. Josef Blau wartete gesenkten Blicks, daß das Geräusch verstumme. Er wollte Selma bitten, daß sie keine Äpfel mehr kaufe. Er konnte das Geräusch nicht ertragen. Es trieb ihn, aufzustehen und aus dem Zimmer zu stürzen, er mußte alle Kraft anwenden, unbeweglich zu bleiben, auch nicht einen Finger zu rühren, als könnte die geringste Bewegung die anderen unaufhaltsam nach sich reißen.

Als die Mutter gegessen hatte, sagte er: «Du hast geweint, Selma.»

Selma gab keine Antwort. Ihre Augen füllten sich mit Tränen. Sie barg den Kopf in den Händen und schluchzte.

«Sie hat Angst vor den Wehen», rief die Mutter so schallend, daß Josef Blau fürchtete, man habe es in allen Wohnungen des Hauses gehört. «Es wird gutgehen. Sie ist stark und gesund.»

Sie klopfte mit dem Fingerknöchel der geballten Linken gegen den Tisch. Sie ahnte die Gefahren, die ihre Worte beschworen, und hoffte, sie so mühelos zu bannen.

«Wenn du wüßtest, wie sie dich liebt. Der Junge soll nicht blond sein wie sie, sondern aussehen wie du! Schön bist du ja nicht. Das glaubst du doch selbst nicht.»

Selma nickte mit dem Kopf. Josef Blau verstand sie. Sie fühlte, daß er an ihr zweifelte; sie wollte, es sollte häßlich sein, ihm ähnlich, mit rotgeränderten Augen, abstehenden Ohren, platter Nase, daß der Vater es erkenne. Die Mutter nahm einen zweiten Apfel. Josef Blau erhob sich. Er entfernte sich vom Tisch gegen das Fenster. Der dunkle Lampenschirm schnitt einen hellen Kreis in den Fußboden. Die Helligkeit drang nicht bis zu Josef Blau. Die Mutter saß mit dem Rücken gegen ihn. Sie sah nicht, daß er sprach, sie würde das Gespräch nicht unterbrechen.

«Du weinst, weil du mich nicht verstehst, Selma», sagte er leise. «Man soll nicht sprechen. Man weiß nicht, was man beruft. Man soll warten, Selma, verstehst du mich nicht?»

«Ich kann nicht warten», sagte sie und hob den Kopf. «Ich muß davon sprechen. Wenn ich schweige, fürchte ich, daß ich darunter sterbe.»

«Schweig, schweig, Selma!» sagte er.

«Mit wem soll ich denn sprechen, wenn nicht mit dir?» sagte sie. Ihre großen Augen sahen ihn an. «Ich habe keinen anderen außer dir.»

Seine Hand griff rückwärts nach dem Fensterbrett. Der andere war schon in ihrem Gehirn. Sie wußte schon, daß sie einen anderen nicht hatte. Sie war vorbereitet, den anderen zu empfangen, der ihr begegnen würde, vielleicht ihr schon begegnet war.

«Was ist mit dem anderen?» fragte er.

«Ich habe niemand außer dir.»

«Du liebst mich nicht mehr.»

«Wen sollte ich lieben?»

«Du sagst nicht, daß du mich liebst. Nun ist es zu spät, es zu sagen.»

«Warum glaubst du mir nicht», sagte sie und trat auf ihn zu. Die Mutter wandte sich um. Dann neigte sie sich über die Zeitung, die sie auf der Tischplatte vor sich ausgebreitet hatte.

«Warum glaubst du mir nicht? Ach, daß ich dir beweisen könnte. Aber ich kann es dir nicht beweisen.»

Josef Blau richtete sich auf. Sie stand einen Schritt von ihm. Ihr Atem streifte seine Stirn. Sein Mund hatte sich verzogen. Er sah sie an, unbeweglich, drohend, aus weit aufgerissenen Augen.

«Doch», sagte er, «doch!»

Sie senkte den Kopf, als warte sie auf den Spruch eines Richters.

Seine Hand bewegte sich mit vorgestrecktem Zeigefinger stockend gegen ihren Kopf. Seine Lippen formten schon das Wort, das er sprechen wollte. Er sprach es nicht, die Stimme der Mutter dröhnte vom Tisch her.

«Der alte Skopak ist gestorben!» rief sie.

Josef Blaus erhobene Hand fiel herab. Die Mutter stand auf. Der Stuhl fiel krachend hinter ihr zu Boden. Sie beugte sich über die Lampe, um den Docht zurückzuschrauben.

«Wie soll ich es beweisen?» fragte Selma.

Blau hatte den Rücken an die Wand gelehnt. Er sah Selma nicht mehr an. Sein Kopf war gegen die Brust geneigt, die Arme hingen herab. Nun reichte er ihr kaum an die Schultern.

«Trage lange Kleider», sagte er tonlos, indes seine Linke abwinkte, wegschob. «Bis an die Erde auf der Straße, das genügt.»

«Man wird über mich lachen.»

«Gut, gut. Trage lange Kleider.»

Selma ergriff seine Hand. Ehe er es verhindern konnte, drückte sie sie gegen ihren Leib.

«Hörst du?» fragte sie.

«Siebzig Jahre ist er alt geworden», rief die Mutter.

Er hatte Selma die Hand entwunden.

«Geh», sagte er dumpf. «Wenn du mich liebst, so geh!»

Er betrat das Schlafzimmer gegen Mitternacht. Er hatte die Vorbereitung für die morgige Aufgabe vollendet und die sorgfältig formulierten Sätze in ein Heft mit biegsamen schwarzen Deckeln eingetragen. Sein Bett stand neben dem Selmas. Selma schlief. Josef Blau entkleidete sich leise, um sie nicht zu wecken.

Es war dunkel. Bloß von dem weißen Fensterkreuz ging ein heller Schimmer aus. Dorthin starrte er. Josef Blau lag regungslos. Er hörte Selmas regelmäßigen tiefen Atem. Sie hatte vergessen zu beten, obzwar er nichts von ihr verlangte als ihr Kindergebet, daß sie es spreche. Sie wußte nichts von dem, neben dem sie schlief. Sie wußte nicht, daß er Nacht für Nacht dalag, die Fäuste geballt, daß die Nägel in das Fleisch drangen, die Zähne krampfhaft aneinander gepreßt. Er suchte den Weg zu Gott, von ihm Aufschub, Milderung dessen zu verlangen, was er verwirkt hatte. Gott stand da, wie der Lehrer in der Schule. Er zeichnete ein, welchen Weg man gewählt hatte, und er richtete mit Strenge. Man hatte gedacht zu segnen und es waren Flüche vor ihm, man hatte gewähnt, das Leben zu wählen, und es war der Tod vor dem Richter. Es gab keinen körperlichen Weg dahin. Er war unsichtbar, der urteilte, aber man mußte vor ihn gelangen, ihn um Gnade zu bestürmen. Es mußte durch die Gewalt des Gedankens geschehen, durch härteste Spannung, durch übermenschliche Konzentration. Man mußte wühlen im Vorrat des Gehirns, Anrufungen Gottes zu erfinden, zum erstenmal seit Anbeginn erfundene, unabweisliche Anrufungen. Man mußte den Körper überwinden. Es war gut, ihn durch schmerzhafte Lagen zu unterdrücken, ihn krampfhaft zu spannen, zu schmerzvoller Unbeweglichkeit zu zwingen, den Gedanken hart zu machen wie ein stählernes Geschoß.

Er tastete im Dunkeln nach Selma.

«Hast du gebetet?» fragte er.

Sie fuhr aus dem Schlaf.

«Ich habe daran gedacht», sagte sie, «ich bin darüber eingeschlafen.»

«Bete!» sagte er.

«Betest du auch?» fragte sie.

Wenn er es ihr sagte, würde sie nicht lachen, daß er sich fürchte wie ein Kind? Er war ein Mann, er fürchtete nichts, nicht Gott, nicht die Knaben, niemanden. Wenn er wollte, konnte er nicht die Matrosenbeine an die Stühle binden und die Zucht verewigen?

«Dein Gebet ist gut», sagte er. «Gott würde über mich lachen!» Und er lachte selbst laut und flackernd wie ein Irrer.

«O Gott», sagte Selma, «wie du lachst! Man fürchtet sich, wenn man dich hört.»

Sie hält mich für verrückt, dachte er. Warum habe ich Gott herausgefordert? Ich habe mich in den Abgrund gestürzt. Warum habe ich mich geschämt, ihr alles zu sagen?

Josef Blau schlief noch nicht, als das Fensterkreuz im matten Schein mit dem Fenster verschwamm. Er sah die Umrisse des Gebäudes, das auf der anderen Seite des Hofs lag, sich scharf gegen den grauen Himmel abzeichnen. Er hörte die ersten Geräusche des erwachenden Hauses. Die Mauern waren dünn. Ein Schritt kam die Treppe herauf, eine Tür wurde geöffnet. Es war der Oberkellner, der im zweiten Stock wohnte. Fuhrwerke fuhren durch die Straße der Stadt zu. Jemand hustete keuchend, als sollte er ersticken. Es war der alte Hämisch, der immer vor der Tür saß, wenn Josef Blau aus der Schule kam. Ein Leitungshahn wurde aufgedreht. Das Wasser rauschte, es war, als rauschten die Wände des Zimmers. Josef Blau schien es, als nähme das Rauschen kein Ende. Vielleicht hat ein anderer Hahn den ersten abgelöst, dachte er. Hähne sind die ersten, die erwachen. Er wollte zählen, wie lange es rauschen würde, aber er hielt ein, denn er sah sich umringt von den Knaben, die die Matrosenanzüge trugen. Die Knaben umringten ihn von allen Seiten. Sie lachten. Er stand vor seinem Platz in der Bank, seine Mitschüler aber hatten ihre Plätze verlassen. Er hoffte, daß der Lehrer bald kommen würde, dann würden sie weichen und sich gleich ihm auf ihre Plätze setzen. Sie lachten und sahen ihn an. Er selbst sah an sich herunter und erblickte erschrocken, daß er keinen Matrosenanzug trug wie die anderen Knaben, sondern eine beschämende Weste und lange Hosen und eine dicke, vergoldete Kette um den Bauch, die ihm der Vater geschenkt hatte. Er war der einzige Knabe in der Klasse, der eine Weste trug. Er wollte fliehen, sich verbergen. Aber er konnte nicht. Denn der Richter war eingetreten und nun stand Josef Blau vor dem Gericht. Das Zimmer war wie zu Hause das Zimmer des Bezirksgerichts, an dem sein Vater Diener gewesen war. Hinter dem langen Tisch mit dem Kruzifix stand Gott. Oh, Josef Blau erkannte ihn klar und deutlich. Er hatte den Zeigefinger erhoben, es war, als drohte er ihm. Josef Blau sagte sich eindringlich, daß er wisse, wer dieser war mit dem erhobenen Zeigefinger, daß dieser Gott nicht sein konnte mit dem zerkauten nassen Zigarrenstummel zwischen den gelben Zähnen. Daß er der Bezirksrichter Wünsche war vom Bezirksgericht, den er nicht mehr zu fürchten brauchte, denn er war nicht mehr der Sohn des Gerichtsdieners, den der Bezirksrichter um sein Brot bringen konnte, und was war ein Bezirksrichter hier, wo es Statthaltereiräte gab, Oberlandesgerichtsräte, Präsidenten, den Statthalter! Es war sein, des Bezirksrichters hageres bartloses Gesicht mit den tiefen Falten in den Wangen, die wie aus Wachs waren, den hellen, kaum sichtbaren Brauen über den farblosen Augen, die unbeweglich an einer Stelle hafteten, als seien sie nicht für sich beweglich, sondern bloß mit dem ganzen Kopf, der langen Nase, dem aschblonden, kurzgeschorenen, aufwärts gebürsteten Haar. Es war der Bezirksrichter Wünsche, aber doch nicht der Bezirksrichter, er war weit mächtiger als dieser. Nun stand Josef Blau vor dem Tisch. Neben ihm standen die Knaben. Er erkannte den blonden Schüler Laub neben sich. Alle legten die Hände auf den Tisch. Der Schüler Laub die weißen mit den schmalen Nägeln, an denen man die bleichen Halbmonde sah, Josef Blau seine Hände, die aussahen wie Plattfüße, rot wie nach einem Schwitzbad, entstellt an den Fingern von Frostbeulen und Hühneraugen. Karpel und Selma standen an der anderen Seite des Tischs. Karpel wies auf die Hände, die unbeweglich auf dem Tisch lagen, Selma sah sie an und lachte und wandte sich von Josef Blaus Händen ab und den Händen der Knaben zu. Im Saal war ein Rauschen wie von Flügeln, ein Flattern von Tauben, aber es waren die Knaben, die die Hände schwenkten. Niemand blieb bei Josef Blau als Modlizki, Modlizki nahm Josef Blaus Hände vom Tisch und verbarg sie in Josef Blaus Taschen. Sie verließen das Gericht und Modlizki lachte, als sei ihm eine große Freude widerfahren. Sie kamen an einen Bretterzaun, es war der Zaun des gräflichen Gartens zu Hause. Auf jedes Brett waren mit Kreide schamlose Figuren gezeichnet. Selma stand mit Karpel vor dem Zaun und sah die Figuren an. Sie näherten sich jeder auf wenige Schritte und traten wieder zurück, wie man tut, wenn man wohlgefällig ein Bild betrachtet. Josef Blau wollte hineilen. Doch Modlizki hielt ihn. Er lachte noch immer. Etwas schien ihn zu freuen. Josef Blau fragte ihn nicht, er wollte gar nichts wissen.

3. Kapitel

Die Schüler hatten sich Josef Blaus Anordnung, die ihre Körper in Unbeweglichkeit festhielt, widerspruchslos gefügt. Aber nun drohte eine neue Gefahr. Für einen der nächsten Tage stand der Schulausflug bevor. Die Schüler begriffen gewiß wie der Lehrer die Besonderheit dieses Tages, der im Gang des Schuljahres wie kein anderer aus der Ordnung der Dinge fiel. Der Aufenthalt in einer allen, dem Lehrer wie den Schülern gleich ungewohnten Umgebung, die besondere Wirkung der sinnlichen Natur, die Bewegung und Erhitzung des Marsches, die Freiheit einer ständig wechselnden Ordnung, die erregende Vielfalt der Eindrücke des Gesichts und die Verlassenheit und Einsamkeit des Lehrers inmitten der Schüler zwischen Feldern, Wald und Himmel, seine Armut und Nichtigkeit in diesem Zusammenhang, die die Knaben fühlen mußten, machten die Gefahren an diesem Tag drohender, vielfältiger, unausweichlicher als an jedem anderen Tag. Die Möglichkeiten dieses Tages waren unberechenbar. Es gab keinen Plan für die Stunden dieses Tages, keine Ordnung, die dem Lehrer seine bestimmte Stellung und seinen Platz anwies wie in der Schule. Die Schüler würden singen, sich zerstreuen, ihn umringen, Fragen stellen, in Gasthöfen einkehren, um zu trinken, die Zucht würde gelöst sein vom ersten Schritt an am Morgen; die Zucht der Schule war untauglich für diesen Tag und Josef Blau kannte keine andere für solche Umstände geeignete. Vielleicht hatten sie Spottlieder bereit, sie auf dem Marsch oder im Gasthof zu singen. Spottlieder gegen ihn und Selma, vielleicht lockte ihre für diesen Tag befreite Kraft die Schüler unwiderstehlich, sich an Josef Blau zu vergreifen. Sie mußten nur ihn zerren, Trunkenheit vorschützend ihn an den Ärmeln zupfen, sie mußten nur ihn unterfassen und in scheinbarem Scherz zum Laufen zwingen, gar nicht ihn mit Schlägen überfallen, gar nicht die Kleider von seiner Brust reißen, ihn zu vernichten, seine Begegnung mit ihnen für die Zukunft unmöglich zu machen.

Er mußte die Gefahr kennen, wenn er ihr begegnen sollte. Wenn die Knaben Pläne hatten, mußte er versuchen, in diese Pläne einzudringen. Dann konnte er vielleicht durch Wort und Haltung der Ausführung zuvorkommen, durch seine Kenntnis abschrecken und verwirren. Modlizki kannte den Schüler Karpel. Es gab keine Wahl, als Modlizki aufzusuchen, heute noch. Vielleicht genoß Modlizki Karpels Vertrauen.

Josef Blau eilte nach Hause, die Hefte mit der neuen Arbeit der Schüler unter dem Arm. Als er den obersten Absatz der dunklen Treppe hinaufstieg, hörte er Stimmen aus seiner Wohnung. Er blieb stehen und lauschte. Er erkannte die Stimme der Mutter, der Onkel Bobeks Stimme antwortete. Er hörte den Schall der Laute, aber er verstand die Worte nicht.

Selma saß am Tisch und nähte. Eine Ecke des Tischs war für Blaus Mahlzeit gedeckt. Die Mutter und Selma hatten gegessen. Auf einem kleinen rot überzogenen Plüschsofa links vom Eintretenden saß Onkel Bobek. Onkel Bobek füllte mit seinem mächtigen Körper drei Viertel des Sofas. Onkel Bobek hatte die kurzen Beine von sich gestreckt und den Kopf, der ohne Hals im Fett von Nacken und Schultern lag, nach hinten gelehnt, daß man in die geblähten Nasenlöcher sah, aus denen schwarze Haarbüschel wuchsen. Sein

Bauch wölbte sich nach oben wie eine Kugel. Im weiten Ausschnitt des Hemdkragens lag das Fett seines Doppelkinns. Die Mutter saß, Onkel Bobek zugekehrt, halb abgewandt vom Tisch. Ihre linke Hand lag auf der Tischplatte. Sie hielt den Kopf schief und lächelte. Die Beine waren übereinandergeschlagen und bis an die Knie entblößt.

«Da ist er!» rief sie, als Josef Blau eintrat.

Der Onkel blieb an seinem Platz. Er erhob sich ungern und nur mit Anstrengung. Er machte eine Bewegung mit der kleinen, fettgepolsterten Hand auf Josef Blau zu.

«Es wird Frühling», sagte Josef Blau.

Die Mutter sah ihm angestrengt auf die Lippen. Onkel Bobek warf seinen schweren Körper, daß das Sofa krachte. Er patschte mit seinen Händen auf die gespannte Hose über den Schenkeln. Seine Hände waren klein wie Kinderhände. Sie schienen Josef Blau unheimlich in ihrem Mißverhältnis zum Körper. Zudem war ihre Haut von rosiger Zartheit, indes Onkel Bobeks Gesicht, von einem schwarzen Bartstreifen umrahmt, wie von innen schwarzblau schien.

Onkel Bobek wollte etwas sagen. Seine Worte begannen tief im Leib. Sie rasselten in seiner Brust, bevor sie aus dem Mund drangen.

«Ausgezeichnet, Blau! Ausgezeichnet! Frühling, Sommer, Herbst und Winter! Ich erlebe es nun fünfundfünfzigmal. Sehr interessant. Bald regnet es, bald schneit es. Sehr wichtig, sehr notwendig. Wozu das, frage ich, wozu, frage ich euch? Immer dasselbe. Notwendige Sachen, die Jahreszeiten!»

«Du bist immer unzufrieden», schrie die Mutter.

«Unzufrieden? Ich mache mir meine Gedanken. Das ist alles. Oder nenne es unzufrieden. Auch gut. Aber ich höre es nun so lange, was Blau da sagt. Es wird Frühling! ruft er. Als ob es jemanden überraschen würde! Hat es Gott so eingerichtet, um uns Abwechslung zu machen? Heilige Jungfrau, das ist eine Abwechslung, wie in manchem Haushalt, wo es jeden Montag Kuttelfleck gibt, Dienstag Erbsen mit Speck und so fort, und jeden Sonntag Nierenbraten! Schöne Überraschung!»

«Das trifft mich nicht, Bobek, ich weiß nicht, wie du darauf kommst!»

«Von dir rede ich nicht. Das wäre ein Wunder, will ich sagen, wenn Gott nur eine Jahreszeit gemacht hätte, eine wo man nicht schwitzt und nicht friert und nicht einregnet. Notwendige Sache, der Frühling!»

Josef Blau hatte sich gesetzt. Martha brachte das Essen. Blau sah Selma an; Selma schlug den Blick nieder und rückte näher an den Tisch. «Der Lenz», schrie die Mutter und wippte mit dem übergeschlagenen Bein. Dann schloß sie verzückt die Augen.

Onkel Bobek machte eine Handbewegung, als verbeuge er sich.

«Das schwache Geschlecht ist gegen mich und für die Poesie, siehst du! Aber wegen des Frühlings wollte ich nicht mit dir sprechen, Blau. Ich höre, du willst unterschreiben.»

«Gewiß, aber...»

«Es ist eine reine Formalität, du riskierst nichts. Ich werde alles in Ordnung bringen. Tausend Kronen mit Zinsen auf drei Monate macht zwölfhundert. Hier.» Er zog ein Wechselformular aus der Brusttasche. «Ich habe es gleich mitgebracht.»

Selma hatte die Arbeit vor sich auf den Tisch gelegt. Sie hatte runde rote Flecken auf den Wangen. Die Mutter trommelte mit den Fingern der Linken auf die Tischplatte. Selma sah Blau an. Dann sagte sie leise:

«Wir werden soviel brauchen, gerade jetzt.»

«Es wird da sein, Selma», sagte Onkel Bobek und legte seine Hand beteuernd auf die Brust. «Ich wäre in einer entsetzlichen Lage, wenn du nicht unterschreibst, Blau, das kannst du nicht wollen! Es ist ein alter Freund von mir, der Geld leiht zu Zinsen, Berger heißt er. Er will es mir leihen. Aber zwei Unterschriften, sagt er! Zwei Unterschriften sind das Mindeste.»

«In drei Monaten zwölfhundert», sagte Josef Blau. «Und wenn du nicht in der Lage bist?»

«In drei Monaten? Warum sollte ich nicht in der Lage sein, warum sollte ich es nicht sein in drei Monaten? Aber angenommen, daß ich es nicht bin, wird Berger nicht mit sich reden lassen? Er ist doch mein Freund, würde er es geben, wenn er es nicht wäre? Ein Wechsel, meinst du, ist ein Wechsel und die Freundschaft wird er vergessen, wenn es um sein Geld geht. Er wird dir an den Kragen, meinst du, mit dem Wechsel. Aber dazu kann es nicht kommen, Blau. Ich weiß, was ich euch schulde, und ich werde dich nicht im Stich lassen, so wahr mir Gott beistehen soll, oder wobei soll ich dir schwören?»

Josef Blau wehrte mit der Hand ab. Er nahm das Formular und unterschrieb.

«Es ist eine große Gefahr», sagte er und reichte Onkel Bobek das Blatt.

Onkel Bobek barg den Wechsel in der Tasche.

«Es ist viel Geld», sagte Selma. «Wir werden es nie bezahlen können. Auch wenn wir alles verkaufen.»

«Ihr? Ich, ich werde es bezahlen. Wer sagt, daß ihr es bezahlen sollt? Es wird da sein, Selma, zwölfhundert, auf den Tag und schlimmstenfalls», er verstärkte seine Stimme, daß die Mutter ihn hörte, «schlimmstenfalls, am Ende gibt es doch die liebe Mathilde.»

Er sah die Mutter zärtlich an.

«Man muß das Seine zusammenhalten, wenn man eine alte Witwe ist. Vielleicht kann man es brauchen, man weiß nicht, wie und wozu.»

«Alte Witwe, haha», rief Bobek und seine Hände patschten auf die Schenkel. «Frisch wie ein Apfel! Dir steigen noch die Männer nach auf der Straße, Mathilde! Weißt du, was sie sich heute gekauft hat, Blau? Das Wasser läuft einem im Mund zusammen...»

Er erhob sich ächzend und ging auf das Regal zu, das zwischen den Fenstern stand. Die Gläser auf der Kommode klirrten unter seinem Schritt. Auf dem Regal lag ein kleines, in Papier eingeschlagenes Päckchen. Er öffnete es sorgfältig und entnahm ihm mit den Spitzen von Zeigefingern und Daumen ein rosarotes seidenes Wäschestück, das er hochhob, daß es sich entfaltete und vor seinem Körper niederhing. Es war ein spitzenbesetztes, tief ausgeschnittenes Frauenhemd.

«Ach, nicht doch», sagte die Mutter mit schmollend gespitzten Lippen.

«Wie niedlich», sagte Onkel Bobek, «wie niedlich!» Sein Blick ging vom Hemd zur Mutter und wieder zum Hemd zurück.

Josef Blau erhob sich.

«Hör auf!» sagte er.

Er fühlte, daß er diesen Anblick nicht ertragen würde. Onkel Bobek hörte ihn nicht. Er schaukelte wie eine dicke, bärtige Balletteuse vor dem Fenster hin und her. Er hielt das Seidenhemd an den Fingerspitzen in Halshöhe vor den Leib. Das Fleisch des Doppelkinns lag auf den zarten Spitzen des Halsausschnitts.

«Wie niedlich», wiederholte Onkel Bobek, «wie niedlich!»

Er lächelte lüstern. Die Mutter hatte den Kopf gleich einem schamhaften Mädchen zur Seite geneigt und die Augen niedergeschlagen. Sie verzog den Mund zu einem Schonung heischenden Lächeln. Die Tochter war über die Arbeit gebeugt. Sprang sie nicht auf, dem Onkel das Hemd der Mutter zu entreißen? Konnte sie es ertragen, die eigene

Mutter so enthüllt zu sehen, mit deren planvollem Willen so zur Schau gestellt, zur Liebe gerüstet unter dem Panzer ihres Mieders mit Spitzenhemdchen und Höschen? Versank sie nicht in die Erde? Waren sie Mutter und Tochter oder zwei Weiber, durch nichts verbunden als durch den Willen des Geschlechts? Bot die eine die Freuden ihres schlaffen Leibes vor der anderen an, die dieser Leib empfangen und geboren hatte? Verhüllte die andere nicht ihr Antlitz? Schämte sie sich nicht für den eigenen Leib, der gebären wollte? Selma befeuchtete einen Faden zwischen den Lippen und drehte ihn zwischen den Fingern. Sie hielt die Nadel gegen das Licht und zog mit ruhiger Hand den Faden ein.

Josef Blau wandte sich ab. Er verließ das Zimmer ohne Gruß. Er eilte die Treppe hinab, an dem alten Hämisch, der, die graue Schildkappe tief in die Stirn gezogen, vor dem Haus in der Sonne saß, vorbei auf die Straße. Er eilte, als könne er mit dem beschämenden Anblick, der sich ihm oben geboten hatte, auch der Erinnerung entfliehen. Er wollte den Raum vergrößern, der zwischen ihm und diesem Zimmer lag. Wie Lot auf der Flucht wagte er nicht, sich umzuwenden und hinter sich zu sehen, als verfolgte ihn der fette Bobek, mit dem Spitzenhemd bekleidet, und als könne dieser Anblick ihn, den Lehrer, zu einer Salzsäule erstarren lassen.

Josef Blau durchquerte die Stadt. Die Hauptstraßen waren voll von Menschen, die ihn anstießen und drängten. Sie stauten sich vor den Auslagen der Geschäfte, in deren großen Glasscheiben sich die Sonne spiegelte. Er bog in eine Seitenstraße ein. Hier glitzerte kein Glas in der Sonne. Die Straße war wie ein enger schattiger Schacht, eingelassen zwischen den Wällen der hohen Häuser. Niemand stieß ihn an. Hier war kein Gewühl von Menschen. Kaum ein Handwerker, ein Weib mit einer Last, ein aus dem Büro heimkehrender Beamter kam ihm entgegen.

Er ging weiter ohne Ziel. Er verließ den Umkreis der inneren Stadt und betrat die Wege einer hügeligen, baumbepflanzten Anlage. Der Lehrer wich einer Lichtung aus, von der aus die Stimmen spielender Kinder an sein Ohr drangen, begegnete halbwüchsigen Burschen, die Schulmappen tragende Mädchen untergefaßt führten, und Kinderfrauen in bunter ländlicher Tracht mit weitgestärkten weißen Röcken. Josef Blau war müde vom schnellen Gehen und sein Kopf schmerzte. Er wollte sich auf eine Bank setzen, aber auf allen Bänken ringsum saßen Mütter oder Kinderfrauen mit lauten, lärmenden Kindern. Er wollte sitzen, den Hut abnehmen, vor sich hinsehen in das braune Laub des Herbstes, in dem Schwärme von Vögeln Nahrung suchten, und in das helle Grün der jungen Blätter an den Zweigen, in das die Vögel aufflatterten, wenn sein Schritt sie verscheuchte.

Auf einer Bank in der Sonne saß ein weißhaariger Mann mit goldgefaßter Brille. Sein Hut lag neben ihm auf der Bank, die Hände stützten sich auf die Krücke seines aufrecht gestellten Stocks. Als Josef Blau herantrat, sah der alte Mann auf. Josef Blau blickte in ein breites, ruhiges Gesicht mit kurzsichtigen Augen, die ihm gelassen entgegensahen. Josef Blau wollte sich zu diesem alten Mann setzen. Er wollte den Hut ziehen und grüßen. Er wollte hier bleiben, bis es dunkelte.

Hinter der Biegung des Weges wurden Stimmen laut und aus den Büschen, die den Blick versperrten, trat ein Trupp von Schülern mit Büchern unter dem Arm. Josef Blau hörte ihr lautes Gespräch und ihr ungebundenes Lachen. Es konnten Knaben aus seiner Klasse sein. Die Entfernung war zu groß, als daß der Lehrer es hätte erkennen können. Wenn er sich auf die Bank setzte, würden sie an ihm vorbeiziehen. Vielleicht rauchten sie, das Verbot nicht achtend. Josef Blau wollte nicht diese Begegnung, heute nicht und nicht vor dem lächelnden alten Herrn. Sein Kopf war wirr von allem, was heute darin war: der Wechsel, Bobek im Spitzenhemdchen der Mutter und der bedrohliche Ausflug. Josef Blau hatte den Ausflug nicht vergessen. Nun stand die Gefahr, der er begegnen sollte, wieder groß und gegenwärtig vor ihm. Er mußte zu Modlizki. Es ging nicht, es aufzuschieben, es mußte heute sein und jetzt, solange Modlizki zu sprechen war, daß Josef Blau ihm ins Gesicht sah und ihn nach der Absicht der Schüler fragte.

Er bog in einen Seitenweg ab, der vor einem hohen Bretterzaun endete. An den Holzplanken dieses Zauns entlang führte ein schmaler Fußweg. Josef Blau hielt den Blick vom Zaun abgewendet. Er wußte, daß in die Planken Herzen und Namen geschnitten, unzüchtige Bilder und Verse mit Graphit und Kreide an das Holz geschrieben waren. Der Fußweg mündete in eine breite Straße. Josef Blau betrat sie wenige Schritte von dem Haus entfernt, das er aufsuchen wollte. Er sah die Gittertür mit der in den Stein eingelassenen Klingel, die Bäume, die das tief im Park liegende Haus verdeckten, und die weiße, nackte Göttin mit lässig erhobenem, über dem Kopf geneigten Arm, die aus dem grünen Boskett hinter der Gartentür wuchs. Einige Häuser weiter gegen die Straße zu wohnte der Schüler Karpel. Die Straße war leer, es drang kein Laut aus den Häusern und aus den Gärten. Nur da und dort bellte ein Hund auf, um gleich wieder zu verstummen. Es war 16 Uhr. Die Herren schliefen, die Diener schlichen lautlos über die Treppen und Gänge und über den gepflegten Kies der Gartenwege.

Wenn Josef Blau auf die Klingel drückte, würde die Gittertür surrend aufspringen. Er würde an der lässigen Göttin vorbei um das Boskett schreiten und dann das einfache schloßartige Gebäude mit den grünen Fensterladen und dem runden Toreingang erblicken, zu dem eine breite Steintreppe anstieg. Im Torbogen würde Modlizki stehen, unbeweglich, beunruhigend wie immer, und sich verneigen vor Josef Blau, als sei er, Modlizki, nicht der einzige in der

Stadt, der ihn von damals kannte, als Blau die langärmeligen, abgelegten Röcke, Westen und langen Hosen wohltätiger Mitbürger trug. War seine Ehrfurcht Hohn? Würde sie sich nicht plötzlich in überrumpelndes, Gestalt, Antlitz und Stimme entfesselndes Gelächter verwandeln?

Josef Blau drückte auf die Klingel. Die Gittertür sprang auf. Als er rund um das Boskett geschritten war, erblickte er Modlizki. Modlizki stand in der Tür, schwarz, mit hochgeschlossener Weste, die sorgfältig geknüpfte weiche Masche wie stets unter dem Kinn. Josef Blau sollte fliehen. Onkel Bobek hatte recht: «Er hat einen bösen Blick», hatte Onkel Bobek gesagt. «Wenn ich ein Kind hätte, würde ich es vor ihm verbergen.» Aber was wußte Onkel Bobek von ihm? Wer wußte von ihm? Was wußten die Knaben von ihm, an die er sich planvoll herangemacht hatte, Josef Blau zu vernichten? Modlizki haßte die Ordnung, die als gut und gerecht galt, die Knaben, denen er gefällig war, den Herrn, dem er diente, aber ihn, Josef Blau, sein Weib, sein Kind und alles, was mit Josef Blau zusammenhing, mit einem besonderen Haß. Modlizki wollte vernichten. Daß Modlizki beschränkt war und ohne Bildung und von wirren Ideen besessen, beruhigte nicht. Denn es war doch eine Ordnung in allem, was Modlizki sagte, eine verwirrende, beängstigende Ordnung, es klang alles, als sei es nicht ohne Vernunft, es nahm gefangen, man konnte sich nicht entziehen, man kehrte wieder, Modlizkis Haß zu ergründen, zu besänftigen, zu mildern. Vielleicht lag es an Modlizki und nicht an dem, was er sagte, daß man nichts fand, es entgegenzusetzen, an seinem Blick und seinem unbewegten Gesicht und seiner Haltung und seiner tiefen gleichbleibenden Stimme, die von allem sprach, nur davon nicht, wovon Josef Blau sprechen wollte, jeder Erinnerung daran auswich. Aber einmal mußte es kommen, daß Josef Blau davon beginnen konnte und ergründete, warum er ihn von allen am tiefsten haßte, vielleicht weil Josef Blau der Genosse seiner Jugend, Armut und Niedrigkeit gewesen und zu Achtung und Stellung aufgestiegen war. Doch Modlizki wußte, daß die, denen Josef Blau vorgesetzt war, ihn nicht achteten. Vielleicht war es doch das andere, die Beleidigung, die Modlizki nicht vergessen hatte von damals, er dachte daran, wenn er mit Josef Blau sprach, seit damals haßte ihn Modlizki, damals hatte es begonnen! Sie waren Kinder und aßen in wohlhabenden Häusern, täglich in einem anderen Haus, jeder für sich an ungedeckten Küchentischen. Aber einmal in der Woche, es war am Donnerstag, Josef Blau erinnerte sich genau, trafen sie in einem Haus zusammen, beim Kaufmann Wismuth, sie aßen in der Küche und standen auf und gingen, nachdem sie der alten Magd gedankt hatten, die Genoveva hieß, ein seltener Name, aber in dieser Gegend nicht so selten, daß man sich ihn hätte merken müssen. Josef Blau bekam das Stipendium und wurde in das Gymnasium aufgenommen und am Donnerstag darauf holte das Fräulein ihn aus der Küche, wo er mit Modlizki saß, an den gedeckten Tisch ins Zimmer und Modlizki ließen sie draußen. Sein Vater war ein Trunkenbold gewesen, die Mutter wusch in den Häusern. Josef Blau sagte nichts und gehorchte. Er begriff nicht anders, als daß er gehorchen mußte, als die Tochter ihn holte. An der Tür zögerte die Tochter und wandte sich nach Modlizki um und Josef Blaus Blick folgte ihrem Blick. Da sah Josef Blau Modlizkis Augen: sie waren so voll Haß, daß Josef Blau der Atem stockte. Doch schon hatte Modlizki den Kopf wieder in gehorsamer Ehrfurcht geneigt. Das Fräulein zögerte noch, aber vielleicht wagte sie nichts ohne Auftrag des Vaters oder vielleicht hatte auch sie Modlizkis Blick gesehen. Sie wandte sich und ging. Josef Blau folgte ihr. Er schloß die Tür hinter sich zur Küche und zu Modlizki. Das war cs, das hattc Modlizki nicht vergessen, daß Josef Blau an diesem Tag aufgestiegen war an den gedeckten Tisch im Zimmer und den Gespielen und Genossen vergessen und beleidigt hatte, Modlizki dachte daran, und er rächte sich und ließ Josef Blau nicht sprechen und erklären und wich der Gelegenheit aus. Er ließ Josef Blau immer wieder kommen, denn er kam vielleicht nicht nur Modlizkis Pläne zu erraten, auch das trieb ihn vielleicht, es Modlizki zu erklären und Modlizki zu versöhnen, aber Modlizki wollte keine Versöhnung, er wollte nicht aufhören zu hassen.

Modlizki schritt Josef Blau entgegen, ohne Eile wie immer, den Kopf mit den schwarzen, in der Mitte gescheitelten Haaren leicht nach links geneigt. Seine großen schwarzen Augen ruhten ernst und unbeweglich auf Josef Blau, seine Haltung war gemessen, von bescheidener Ehrfurcht, er lächelte nicht und in seinem gelben Gesicht mit der langen Nase bewegte sich nichts. Aber die Unbeweglichkeit war nicht Ruhe, sie schien in Gestalt und Antlitz mit Gewalt gehalten, die Gemessenheit gespielt wie auf der Bühne, alles gleichsam auf einen Zweck vorbereitet und beängstigend.

Sie traten in eine holzgetäfelte halbdunkle Halle. Josef Blau setzte sich in einen geschnitzten Stuhl mit dem Rücken gegen das Fenster. Es war gut, daß der Raum dunkel war. Es war leichter, im Dunkeln zu sprechen. Josef Blau sah sich im Zimmer um. Er erkannte ausgestopfte Tierköpfe und Waffen an den Wänden. Auf dem Tisch lag ein aufgeschlagenes Buch.

«Du hast gelesen?» fragte Josef Blau.

«Ein lächerliches Buch, soweit mir ein Urteil zusteht», erwiderte Modlizki. «Es will Gerechtigkeit und allgemeine Gleichheit einführen.»

«Warum lächerlich?» fragte Josef Blau. «Warum setzt du dich nicht, Modlizki?»

Modlizki verneigte sich. Er setzte sich in angemessener

Entfernung auf die Kante eines freistehenden Stuhls. Er saß aufrecht, den Rücken nicht angelehnt.

«Ich bin es, der bei dir zu Gast ist», sagte Josef Blau, «wozu diese Förmlichkeit?»

«Ich bin mir bewußt, welche Auszeichnung ich erfahre.»

Seine Stimme war gleichmäßig und tief. Kein höhnischer Beiklang färbte sie scharf.

«O Gott!» sagte Josef Blau. Er sah Modlizki an.

Modlizkis Gesicht war ruhig und ernst. Modlizki schwieg.

«Warum lächerlich?» fragte Josef Blau von neuem.

«Damit ist nicht geholfen, meine ich.»

«Man soll es lassen wie es ist?»

«Es ist nicht das Wichtigste, meine ich.»

«Das Wichtigste wäre?»

«Wenn sie meinem Herrn alles weggenommen haben und sein Gut verteilt, bleibt er ein Herr. Ein Herr, dem man alles weggenommen hat.»

«Ich verstehe dich nicht.»

«Ich bin nicht befähigt, es auszudrücken.»

«Sprich, sprich, Modlizki!»

«Nun, daß man ihnen die Güter nimmt, meine ich, darauf kommt es nicht an. Vielleicht müßte man verhindern, daß sie ihre Fingernägel pflegen, die Wäsche wechseln, Klavier spielen und den Damen die Hände küssen zum Beispiel. Wenn ich Revolution machen wollte, das wäre meine Revolution, meine ich. Vielleicht, daß es unnütz ist, das Hab und Gut zu enteignen, solange das bleibt, das ganze Getue, was sie als Anstand bezeichnen, die Gesittung, die feinen Formen, die alten Bilder und so. Diese Dinge unterscheiden sie. Sie werden für höhere gehalten.»

Josef Blau dachte an die weiße Göttin im Garten. Er hörte Modlizkis tiefe, verhaltene Stimme. «Du nimmst daran teil», sagte er. «Du bist nicht ausgeschlossen.»

«Mein Vater stand auf einer Leiter, als er beim Diebstahl ertappt wurde», sagte Modlizki. «Er stürzte zu Boden und starb. Ich habe von Jugend an Frostbeulen an den Füßen. Ich will es nicht vergessen.»

«Niemand kann es vergessen», sagte Josef Blau leise.

Modlizki blickte gerade aus vor sich hin. Nach einer kleinen Pause sprach er weiter.

«Ich vermesse mich vielleicht nicht, wenn ich sage, daß ich ein guter Diener bin.» Er schien angestrengt nachzudenken. Josef Blau dachte daran, daß Modlizki das Haus der Eheleute Colbert, die sich seiner angenommen und ihn halb als Pflegekind, halb als Diener gehalten hatten, hatte verlassen müssen, da er sich etwas hatte zuschulden kommen lassen, was den Sitten eines vornehmen Hauses zuwider war. Niemand hatte es von Modlizki erwartet. Modlizki setzte fort, als hätte er Josef Blaus Gedanken mit gedacht.

«Ich verstehe es, geräuschlos zu servieren. Mir ist der Ort jedes Kleidungsstücks und der Anlaß, zu dem es getragen wird, bekannt. Es ist mir bekannt, welche Bestecke aufgelegt und aus welchen Gläsern die verschiedenen Getränke genossen werden. Der Wein wird verläßlich gehalten. Ich bin anwesend, wenn die Dame abends Klavier spielt. Ich höre, aber ich höre gewissermaßen nicht zu. Die Herrschaften hören zu und schwärmen. Ich bin Diener. Ich bitte mir aus, daß man von mir verlangt, daß ich mit schwärme.»

Modlizki erhob sich. «Dieses lehne ich ab. Meine Anwesenheit bei Klavierspiel, Gespräch, Mahlzeit und Reise ist beruflich. Ich lehne eine persönliche Teilnahme ab. Es war mir nicht gegeben, es Herrn Colbert anders begreiflich zu machen als dadurch, daß ich meinen Schließmuskeln ihre Freiheit gewährte, während die Mahlzeit vollzogen wurde. Wenn verlangt wird, daß ich aufhöre, Diener zu sein, bekenne ich mich zu meinem Vater. Herr Colbert hatte das rechte Gefühl, meine ich, wenn er mein Betragen als den Hauch des Umsturzes bezeichnete.»

Modlizki stand vor Josef Blau und sah ihn starr an.

Hat er nicht recht, dachte Josef Blau? Vor Blau saßen die Knaben, wohlgenährt, mit gepflegten Händen, das überhebliche Lächeln wohlhabenden Selbstvertrauens um die Lippen. Das konnte man nicht enteignen.

«Du kennst den Schüler Karpel», sagte Josef Blau. Er blickte zu Boden.

«Der junge Herr wohnt einige Häuser von hier entfernt in dieser Straße. Ich werde durch sein Vertrauen ausgezeichnet.»

«Er ist mein Schüler.»

«Es ist mir bekannt. Er nannte den Namen. Ich verstand, daß es meine Stellung nicht gestattete, darauf hinzuweisen, daß ich bisweilen durch den Besuch seines Lehrers geehrt werde.»

«Was tut er?» fragte Josef Blau. «Was will er?»

«Der junge Herr ist reif für sein Alter. Er liebt es, die Frauenhäuser in der Kasernengasse aufzusuchen. Ich hatte mehrmals die Auszeichnung, ihn zu führen.»

Es war gut, daß kein Licht brannte. Josef Blau fühlte die Hitze des Bluts, das ihm in die Wange drang. Was war das? Also sprach Modlizki davon, mit ruhiger Stimme, ohne Scham? Es bestätigt sich alles, dachte Josef Blau, es bestätigt sich alles.

«Ihn zu führen...» wiederholte er laut.

«Ich werde nicht für Gefühle bezahlt und gehalten. Ich erfülle Wünsche. Auch unausgesprochene. Ich bin nicht da, vor sittlichen Gefahren zu bewahren.»

Josef Blau war es, als habe Modlizki diesen Satz betonter ausgesprochen, um einen Ton schärfer als das andere. Er haßt den Schüler, dachte er. «Modlizki», rief er und hob die

Hand, als bereite er sich vor, sie nach dem andern auszustrecken. «Wir sind miteinander...»

«Ich will das Licht andrehen», sagte Modlizki.

Josef Blau wehrte mit der Hand ab.

Er neigte den Kopf gegen die Brust.

«Der Schulausflug steht bevor», sagte er leise. «Sind Vorbereitungen im Gange?»

«Vorbereitungen?»

«Vorbereitungen gegen mich. Sie hassen mich. Es ist kein Zweifel.»

«Es ist mir nichts bekannt», sagte Modlizki.

«Nichts bekannt, für den Ausflug? Und sonst? Du weißt es!»

«Ich werde es wissen», erwiderte Modlizki.

Ein Glockenzeichen ertönte.

«Der Herr Rat sind vom Schlaf erwacht», sagte Modlizki.

«Der Herr Rat spielen Ping-Pong nach dem Schlafen, sich zu erfrischen.»

Josef Blau reichte Modlizki die Hand.

«Du spielst mit ihm?»

«Ich spiele nicht. Herr Rat benützen mich als Gegenüber.»

Die Tür sprang surrend vor Josef Blau aus dem Schloß. Es war sechs Uhr abends. Die Straße war dunkel. Erst an der Ecke der Hauptstraße brannte eine Laterne.

4. Kapitel

Die Nacht vor dem Ausflug verging in Anrufungen und Gebeten, die Entscheidung, die für morgen bevorstehen konnte, aufzuschieben, den Spruch, der gegen ihn gefällt war, wenn es ging, aufzuheben. Selma schlief neben ihm, ahnungslos, die Lippen halb geöffnet, daß ihr Mund immer zu lächeln schien. Zweimal im Laufe dieser Nacht beugte sich Josef Blau über sie. Er erkannte den Schimmer der weißen Zähne und der tiefe Atem Selmas streifte sein Gesicht. Er schloß die Augen und verharrte so, viele Atemzüge lang, und die Wärme ihres Atems legte sich weich um seine Wangen und seinen Hals. Selmas Atem brach sich nicht, er zog in gleichem Maß aus und ein durch die Öffnung des Mundes, sie fürchtete nichts, indes er mit dem Geschick rang, auch um sie, die dem Morgen entgegenruhte, geduldig der Reife ihres Leibes wie die Frucht des Feldes. Josef Blau weckte sie nicht.

Er verließ das Zimmer zeitig am Morgen. Sie schlief noch. Er ging leise, daß sie ihn nicht höre, nicht erwache und spreche, nicht durch ein unbedachtes Wort die Gefahr von neuem berufe, die er vielleicht in dieser Nacht beschworen hatte. Es war kühl, aber ein heller Morgen, der einen sonnigen Tag versprach. Josef Blau saß fröstelnd in einem Abteil im letzten Wagen des Zugs. Er fuhr allein. Lehrer und Schüler legten die Reise bis an das Ziel der Eisenbahnfahrt nicht gemeinsam zurück, wie es sonst geschah. Josef Blau hatte angeordnet, daß die Knaben einzeln in der Reihenfolge ihres Eintreffens auf dem Bahnhof ihre Karten am Schalter lösen, jeder für sich den Zug besteigen und nur so in den Abteilen zusammenstoßen sollten, wie es der Zufall ergab. So wurde jener gemeinsame Sturm auf den Zug vermieden, den Josef Blau bei solchen Gelegenheiten als ersten Anlaß für ausgelassene Unordnung und Geschrei hatte beobachten können. An einer kleinen Bahnstation wurde der Zug verlassen. Josef Blau blieb am Ende des Bahnsteigs. Als dieser sich geleert hatte, traten die Knaben zu zweien an und erwarteten den Lehrer.

Es war acht Uhr morgens. Die Knaben standen in Marschordnung, parallel zu dem langgestreckten gelbgestrichenen Stationsgebäude, das Gesicht nach einer schriftlich von jedem einzelnen festgehaltenen Anordnung des Lehrers, die die Richtlinien für den Ausflug angegeben hatte, dem Ausgang zugekehrt. So standen sie, für den Uneingeweihten in der Verwirrung von Großen und Kleinen, für den Kundigen, vor allem für die Knaben selbst, unsichtbar aneinandergereiht in der festgelegten alphabetischen Ordnung, Blum, Bohrer, Christian, Drapal, Fischer, Fleischer, Fuchs, Glaser, Goldmann, Haber, Japp, Karpel, Laub, Lebenhart, Müller, Pazofzki, Reis und Vacha, geheimnisvoll aneinander gebunden.

Josef Blau trat heran und gab den Befehl zum Abmarsch. Die Knaben setzten sich in Bewegung. Sie stiegen in ungleichem Schritt die Böschung vom Bahnhof zur Landstraße hinab. Der Lehrer folgte dem Zug.

Die Schritte fanden nicht zum Takt des Marsches zusammen. Sie waren tastend, unsicher, große und kleine nebeneinander. Dorfbewohner begegneten dem Zug und sahen ihm lächelnd nach. Die Knaben wichen den Blicken aus. Sie wandten sich verlegen nach dem Lehrer, das Zeichen von ihm erwartend, das sie befreite, die angemessene Ordnung des Marsches befahl, die die Großen an die Spitze, die Kleinen an das Ende der Kolonne stellte, die Verwirrung der Kräfte aufhob, die auseinanderstrebenden Einzelnen in einen Körper verband, in einen Pfeil mit harter Spitze und gefiedertem Schaft. Josef Blau gab kein Zeichen. Seine Rechnung hatte ihn nicht getrogen. Das erste Bewußtsein der Kraft und körperlichen Übermacht war in verlegener Beschämung zerbrochen. Die Sonne schien auf die Landstraße. Die Knaben marschierten stumm. Sie nahmen die Mäntel über den Arm. Josef Blau fröstelte nach der durchwachten Nacht. Er hüllte sich fest in den ärmellosen Mantel aus dunklem Loden. Sie wandten sich einzeln nach ihm um, Karpel, Laub, Christian, der riesige Pazofzki. Nun sprachen sie miteinander mit gedämpften Stimmen.

Ein leichter Wind, kühl vom Tau der Blätter, die er gestreift, und feucht von Morgennebeln, die er zerstreut hatte, ging hinter dem Dorf durch das offene Tal. Karpel nahm den Hut ab. Der Wind strich über sein gescheiteltes schwarzes Haar. Die anderen Knaben folgten Karpels Beispiel. Und da sie von der Straße abbogen, den Wald zu betreten und den Anstieg zum Ziel, einem Wallfahrtsort im Gebirge zu beginnen, ließ Josef Blau ein Ruf auffahren, der sich gleichmäßig und laut und aus vielen Kehlen wiederholte. Josef Blau hatte die Stimme nicht erkannt. Sie kam aus den ersten Reihen. Es konnte Fleischers oder Christians Stimme sein. Aber nun waren es schon alle Stimmen. Sie klangen triumphierend: Links und links und links! Die Körper richteten sich auf. Der Chor schlug den Takt und wie ein Schritt fielen nun die Schritte ineinander. Josef Blau hielt im Gehen an; sollte er es verbieten? Er nannte ein Marschlied. Er begriff, daß er das Unvermeidliche selbst befehlen mußte, die Führung wieder an sich zu reißen. Die Knaben sangen und der Zug bewegte sich rasch auf leicht ansteigendem Weg gegen den Wald.

Im Nadelwald drang die Sonne nicht durch die dichten Zweige. Sie schritten bergauf über schlüpfriges, faules Laub.

Sie mußten Vertiefungen der Straße ausweichen, in denen sich Wasser gesammelt hatte. Der Atem wurde kürzer, die singenden Stimmen leiser. Josef Blau befahl ein neues Lied. Durch das Erdreich der Straße stießen vom Regen glattgescheuerte Steine. Nacktes Wurzelwerk kreuzte den Weg. Der Zug teilte sich, stockte. Der Gesang verstummte, Josef Blau befahl ihn von neuem. Sie sangen mit Anstrengung, mit müden Stimmen, nicht mehr im schlagenden Takt. Er trieb durch Zuruf zur Eile. Nach dem Plan, den er gestern ausgegeben hatte, war das Ziel mittags zu erreichen. Es sollte keine Verwirrung entstehen durch Nichteinhaltung der Zeit. Es durfte kein Zweifel entstehen an der Notwendigkeit, das vorgeschriebene Ziel zu erreichen. Nichts von dem, was der Lehrer gestern diktiert hatte, durfte heute umgestoßen werden. Die Eile des Steigens ermüdete die Knaben. Sie sollten am Ziel zur Mittagszeit im Dorfgasthaus erschöpft auf die Stühle sinken.

Die Ordnung des Marschs löste sich. Einzelne blieben zurück hinter den anderen. Als erster schritt nun Karpel neben Pazofzki. Der blonde Laub, schwer atmend, das Haar zerrauft, das Gesicht gerötet, blieb stehen. Er wartete auf den Lehrer. Josef Blau sah ihn an. Laub machte einige Schritte vorwärts, dann hielt er.

«Ordnung!» rief Josef Blau.

Alle wandten sich nach ihm um. Er sah rote schweißbedeckte Gesichter mit offenen schwer atmenden Mündern. Sie standen und rührten sich nicht.

«Laub, ich fordere Sie auf, treten Sie in die Ordnung!»

Der Schüler gehorchte. Der Zug formierte sich von neuem. Durch die Bäume leuchtete von oben her die Lichtung. Nun war die Höhe erreicht.

Es war elf Uhr, als sie aus dem Wald traten. Vor ihnen lag in der Sonne, von Wiesen grün, ebenes Land, kaum von kleinen Hügeln durchbrochen. In kurzem Marsch erreichbar lag zwischen niedrigen roten Ziegeldächern der Zwiebelturm der Wallfahrtskirche. Nach der feuchten Kühle des Waldes empfing die Wandernden nun die Mittagswärme eines frühen Sommers. Auch Josef Blau nahm den Hut ab. Er wischte sich die Schweißperlen von der Stirn. Dann blickte er um sich.

Er blieb stehen. Auch der Zug der Knaben stockte. Die Köpfe der Schüler wandten sich nach links. Die Knaben stießen einander an. Sie drehten sich unsicher nach dem Lehrer um. Josef Blau stand, den Hut in der Hand, den Arm gebogen, die Kopfbedeckung wieder aufzusetzen, unbeweglich. Er schloß die Augen. War Wirklichkeit, was er sah? Das Kichern der Knaben ließ keinen Zweifel. Dort, links, kaum hundert Schritte von ihnen entfernt, standen mit nackten Oberkörpern, in Abständen neben und hintereinander mit erhobenen Armen, in gleichem Takt sich vorwärts, seitwärts und rückwärts neigend, die Schüler der Klasse des Lehrers Leopold, er selbst, der Lehrer, der erst seit wenigen Tagen der Schule zugeteilt war, schlank und groß und nackt bis an die Lenden vor ihnen und neigte wie sie den nackten Körper. Das weiße Fleisch und das blonde Haar leuchteten in der Sonne.

Josef Blaus Zug wurde auch von der Klasse des Lehrers Leopold bemerkt. Die Körper ließen ab, sich zu neigen, die erhobenen Arme sanken. Gelächter drang zu Josef Blau herüber. Das Gekicher von Blaus Schülern verstummte. Sie senkten die Köpfe. Das Gelächter der anderen, fühlten sie, galt dem wunderlichen, beschämenden Aufzug, in dem sie schritten. Ehe noch Blau es befohlen hatte, begannen sie zu gehen, hastend, so schnell wie möglich den eigenen Anblick den nackten anderen zu entziehen. Lehrer Leopold stand mit dem Rücken gegen sie. Nun aber wandte er sich ihnen zu. Die Brust war gewölbt, die Haut von der Luft gerötet. Er hob winkend den Arm und neigte grüßend den Kopf. Josef

Blau stieg das Blut in die Wangen. Es konnte nur ein Traum sein, alles, die nackten Leiber, der Lehrer ohne Scham nackt mit den Schülern, vor Josef Blau die eigene Klasse, mit gesenkten Köpfen vorwärts hastend, um plötzlich, gleich, auch die Jacken abzuwerfen, hier auf der Wiese ihn zu umzingeln.

«Vorwärts», sagte er. «Vorwärts!»

Sie begannen zu laufen. Die Großen und die Kleinen in wirrem Haufen, über Steine stolpernd und nicht sich wendend.

«Hallo! Hallo!» Das war des Lehrers Leopold Stimme. Josef Blau lief hinter den Knaben.

Aus dem Gelächter, das ihnen folgte, löste sich eine Stimme. Josef Blau duckte den Kopf zwischen den Schultern. «Thersites!»

Das war der lächerliche Spottname, den sie ihm nachriefen. Der häßlichste Mann vor Troja! Und der andere, der Nackte auf dem Gras der Wiese, vielleicht der Pelide oder Odysseus, Nausikaa begegnend, von der Göttin herrlich verschönt. Wie lange noch würde er den verfolgenden Blicken ausgesetzt sein? Sie hafteten auf seinem Rücken wie Gewichte. Wie viele Schritte noch würde er die Kraft haben, dem Fallen zu widerstehen?

Ein kleiner Bach kreuzte den Weg. Sein Bett war tief. Ein Brett war von einem Ufer zum andern gelegt. Die Knaben schickten sich an, es einzeln zu überschreiten. Nun mußte er stehen. Es gab kein vorwärts. Nun würden sie ihn sehen, wie er allein, schwankend auf dem schwankenden, sich biegenden Brett Schritt vor Schritt setzte, das Gleichgewicht mit den Händen suchend; er mußte es verlieren unter den Blicken im Rücken, gleiten, stürzen. Noch standen sie, die anderen, sahen ihnen nach. Das Gelächter drang wieder her. Sie duckten sich, Josef Blau und die Knaben, die ihm den Spott nie verzeihen würden, den Hohn, den sie um des Lehrers willen erlitten. Sie drängten zur Brücke. Das Gelächter trug eine laut lachende Stimme zu Josef Blau, wieder der Spottname, nein, nein, ein neuer, unerklärlicher, vernichtender, galt er ihm, Josef Blau, war das die Vernichtung? Josef Blau hob die Arme. Alle hatten es gehört.

«Thereschen!» Es klang wie Thöröschen.

Das Gelächter brach ab. Es war kein Laut, als die Schritte der Schüler und das eintönige Rieseln des Wassers. Vom anderen Ufer wandten sie sich um. Sie sahen ihn mit runden Augen an. Ihre Ordnung war aufgelöst. Sie standen im Halbkreis um den Steg. Sie erwarteten ihn, von vorn und von hinten. Er schloß die Augen. Der Boden unter ihm entfernte sich langsam, unaufhaltsam. Er selbst war ohne Gerüst von Knochen. Er sank senkrecht in seine Sohlen. Er hörte einen Schrei. Wer hatte geschrien? Dann trabten viele Schritte. Gesichter neigten sich über ihn. Vielleicht war er in den Bach gefallen. Man nestelte an den Knöpfen, ihn zu entkleiden. Die Brust des Lehrers Leopold war ganz nah. Im Tal zwischen den gewölbten Hügeln stand einsam ein einziges Haar. Niemand konnte es sehen außer Josef Blau, denn die Sonne machte es hell wie die Luft.

Josef Blau öffnete die Augen. Der Lehrer Leopold war über ihn geneigt. Er hatte eine Jacke über den bloßen Leib gezogen. Sie stand offen. Im weiten Halbkreis umgaben ihn die Schüler, Blaus Schüler und die Schüler des anderen, diese alle unvollkommen bekleidet wie ihr Lehrer. Josef Blau tastete nach seinem Rock. Er war trocken und geschlossen. Bloß den hohen Stehkragen hatte man geöffnet und die Krawatte gelöst.

«Nun, nun», sagte Lehrer Leopold, «es ist alles vorüber.»

Josef Blau richtete sich auf. Er versuchte, Kragen und Krawatte in Ordnung zu bringen. Alle sahen ihn an. Der Kragenknopf entglitt seiner Hand, so oft er den Kragen schon geschlossen glaubte. Er sah sich um. Er war von allen Seiten umringt. Der Lehrer Leopold folgte seinem Blick. Josef Blau errötete.

«Lassen Sie den Kragen offen, Herr Blau», sagte er, «und bleiben Sie liegen, bis Sie sich erholt haben. Sie sind vom schnellen Gehen ohnmächtig geworden. Es hat nichts zu bedeuten, Herr Blau.»

Er sprach ruhig, mit angenehmer Stimme, man konnte nicht widersprechen. Aber weshalb schloß er die Jacke nicht? Und warum traten die Schüler nicht in die Ordnung? Man mußte ein Ende machen. Er erhob sich. Lehrer Leopold versuchte ihm zu helfen, aber er stand schon. Erst mußten die Schüler wieder in ihre Ordnung getreten sein, dann wollte er den Kragen schließen.

«Ihre Schüler werden Sie zur Bahnstation bringen, Herr Blau. In langsamem Tempo. Sie sollen nach Hause und sich hinlegen.»

«Nein, nein», sagte Josef Blau.

«Sie dürfen den Marsch nicht fortsetzen. Jemand muß Sie begleiten. Es genügt einer, die anderen schließen sich meiner Klasse an. Wer von euch will Herrn Blau an die Bahn bringen?»

«Ich», sagte der Schüler Karpel und trat vor.

Wollte er ihn verhöhnen oder hatte er die Gelegenheit begriffen, mit dem Lehrer allein zu sein, im Wald, ohne Zeugen? Wollte er ihm beleidigende, gemeine Worte sagen, Worte aus der Kasernengasse, Selma verspotten, daß sie sein Weib war? Nein, nein, nicht mit diesem, mit keinem, allein, mochten sie beim Lehrer Leopold bleiben, die Körper entkleiden, nackten Leibes mit ihm auf der Wiese heidnische Tänze aufführen.

«Ich gehe allein, ich danke Ihnen, Herr Kollege! Lassen Sie den Weg freigeben. Alles nach links! Ich danke Ihnen. Ich gehe!»

Er nahm den Hut ab und ging. Er wandte sich nicht um, bis er den Wald betreten hatte. Er ging aufrecht und setzte die Füße nach innen. Im Wald ließ er sich auf einen glattgesägten Baumstumpf nieder. Nun sahen sie ihn nicht mehr, aber er konnte sie sehen. Sie lagerten um den Lehrer Leopold im Gras und rauchten.

Josef Blau sah die Straße entlang, die er nun durch den Wald zur Bahnstation ruhig hinabsteigen wollte. Die Gefahren der Schule waren für diesen Tag glücklich beendet. Mochten sie mit dem Lehrer Leopold tun, was ihm und ihnen beliebte. Nun würde dieser, nicht Josef Blau, mit den Schülern einkehren und mit den vom Trunk Erhitzten durch den abendlichen Wald heimkehren. Mochte er sehen, wie er mit ihnen fertig wurde, der Pelide! Er wandte den Blick der Wiese zu, von der die Stimmen zu ihm in die Stille des Waldes drangen.

Die Knaben standen mit dem Lehrer zum Abmarsch bereit. Nun gingen sie auf den Steg zu, in gelöster Ordnung, neben- und hintereinander, wie Wunsch und Zufall es ergaben, in der Mitte der Lehrer, barhäuptig, die Größten noch um Kopfeslänge überragend. An der Straße löste sich einer von der Gruppe los und schritt dem Wald zu. Lehrer Blau erhob sich. Er erkannte den Schüler Karpel. Was wollte er? Hatte er, Besorgnis um seinen Lehrer vortäuschend, die Erlaubnis erwirkt, ihm nachzueilen? Karpel näherte sich rasch. Er lief mehr als er ging. Bald würde er vor ihm stehen, wenn er nicht davoneilte, den Berg hinab vor dem Schüler floh. Aber würde Karpel ihn nicht in wenigen Minuten erreichen? Er mußte bleiben, sich dem Schüler in den Weg stellen, die Überraschung Karpels, der ihn hier nicht vermutete, benutzen, ihn durch Blick und Haltung zu verwirren und, falls es nicht anders ging, ihn durch Worte zurücktreiben, die rasch dem Schüler zeigen sollten, daß der Lehrer des Schülers Geheimnis kannte, daß der Schüler in des

Lehrers Hand war, vielleicht durch ein einziges Wort, das er dem Schüler entgegenschleudern konnte, das Wort Modlizki! Nun hörte er schon des Schülers raschen Schritt. Würde aber Karpel sich abschrecken lassen, wenn er ihm allein gegenüberstand?

Karpel trat in den Wald. Der Lehrer, von einem breiten Baum verdeckt, stand wenige Schritte von ihm. Karpel verlangsamte den Gang. Unsicher setzte er noch einige Schritte. Dann blieb er stehen. Er sah geradeaus vor sich hin, als fürchte er, sich umzusehen. Auch Josef Blau rührte sich nicht. Nun blickte Karpel nach links, nach rechts, nun wandte er sich. Der Lehrer stand rechts hinter ihm, nur halb von einem Baum gedeckt, starr, mit aufwärts gestreckten Armen. Er hatte die Fäuste geballt, die Lippen waren aufeinandergepreßt, die aufgerissenen Augen starrten unbeweglich auf den Schüler, dessen Blick nun vorsichtig tastend zu ihm hinging. Sah er den Lehrer nicht? Der Blick ging leer an ihm vorbei, verlor sich im Wald. Karpel wandte sich ab, und als fliehe er ein schreckhaftes Gesicht, lief er mit gesenktem Haupt die Steile Bergstraße hinab über glattgewaschene Steine und nackte Wurzeln, ohne sich umzusehen. Und plötzlich begann er zu singen, schreiend, ein Lied, das sie beim Aufstieg gesungen hatten, immer von neuem dasselbe Lied. Der Wald warf es verstärkt zurück.

Der Lehrer verließ sein Versteck. Er ging hinter Karpel die Straße hinab. Er hörte des Schülers Stimme von unten. Er ging ruhig, da er immer Karpel vor sich wußte und nicht befürchten mußte, daß er im Gebüsch auf ihn lauere.

Auf der Bahnstation sah er Karpel nicht. Erst als er aus dem Zug auf den Bahnsteig blickte, sah er ihn hinter dem Bahnhofsgebäude hervorkommen. Karpel schaute nicht auf. Er ging langsam auf den Zug zu und bestieg ein Abteil der zweiten Wagenklasse.

5. Kapitel

Josef Blau begriff nicht gleich, was hier vor sich ging. Bobek saß da in Hemdsärmeln, den Oberkörper zurückgelehnt, ohne Kragen und mit geöffneter Weste. Neben ihm stand die Mutter, das Gesicht gerötet, die Haare wirr. Die Bluse hatte sich aus dem Gürtel geschoben. Selma kam ihm entgegen. Er blickte an ihrer Gestalt hinab. Sie trug nun lange Röcke, die die Beine bis zu den Schuhen bedeckten. Selma errötete. Sie senkte den Kopf.

«Er will feiern», sagte sie. «Er schickte Martha um Wein. Kalbsbraten hatte er selbst mitgebracht. Die Mutter mußte ihn für ihn kochen. – Ich habe für dich aufgehoben.»

«Da ist er ja», schrie nun Onkel Bobek. «Zurück vom Ausflug? Frische Luft macht Hunger. Setz dich, Blau. Jawohl, du mußt mit uns feiern. Ohne dich hätten wir das Geld nicht. Nicht wahr, Mathilde? Wozu es sich aufheben, pflege ich zu sagen, wozu? Setz dich, Blau, an meine Seite, an meine grüne Seite!» Er legte ihm den schweren Arm auf die Schulter und drückte ihn auf einen Stuhl.

Selma stellte einen Teller Kalbfleisch vor Blau hin.

«Iß, mein Junge, iß und trink!» Er stieß mit ihm an und nötigte ihn, zu trinken. «Auf... auf... also auf alles, verstehst du mich? Auf alles, Mathilde!»

Die Mutter leerte ihr Glas in einem Zug.

«Es ist viel zu feiern», sagte Bobek, «viel zu feiern! Sieh sie dir an, jawohl, hier sitzt sie, ist sie nicht schön wie eine Junge?»

«Aber Bobek...» sagte die Mutter.

«So wahr mir Gott helfe, das ist sie! Wie eine Junge! Sie ist taub, sagst du? Wenn du ihr ein Liebeswort zuflüstern willst, mußt du es brüllen, meinst du? Gib es zu, Blau, daß du es sagen wolltest, gib es zu!»

Er brachte ihm sein Gesicht ganz nahe. Ein saurer Weingeruch wehte Josef Blau entgegen.

«Nicht daß ich wüßte», sagte Josef Blau.

«Sie ist nicht taub, sage ich! Geheilt, sage ich! Vor einer Stunde noch konntest du lächeln und ‹Alte Sau› sagen, und sie dachte, du sagst ein Kosewort. Aber wie der Wein dem einen die Zunge löst, löst er dem andern die Ohren, hahaha, hat ihr die Ohren gelöst!» Er schlug sich auf die Schenkel. «Paßt auf, Blau und Selma, wir wollen eine Prüfung abhalten, hörst du mich, Mathilde?»

«Du tust gerade so, als ob man sonst neben mir schießen könnte, ohne daß ich es höre», sagte die Mutter.

«Nichts für ungut, liebe Mathilde.» Onkel Bobek tätschelte ihre Schulter. «Paß auf, liebe Mathilde, ich will jetzt ein Wort sagen, was rede ich, flüstern werde ich es, hahaha, hinhauchen, und du wirst es wiederholen, laut und deutlich. Einverstanden?»

Die Mutter nickte bejahend.

«Also los», sagte Onkel Bobek, «aber erst Wein her, daß ich mir die Kehle feucht mache, ich will flüstern wie ein Engel.»

Er stieß mit Blau und der Mutter an. Selma saß abgewandt und nähte.

«Nun kommt's», sagte Onkel Bobek. Er spitzte den Mund und riß die Augen angestrengt auf. «Potschamber», flüsterte er mit zärtlicher Betonung.

«Potschamber!» rief die Mutter.

«Hahaha, die Prüfung bestanden!» rief Onkel Bobek. Er warf sich lachend hoch, daß der Stuhl unter ihm krachte.

«Habe ich es nicht mit einer Engelsstimme gesagt und alle Liebe hineingelegt, Mathilde?»

Die Mutter blickte stolz die Anwesenden der Reihe nach an.

Josef Blau schob den geleerten Teller beiseite. Er hatte erst nicht essen wollen, aber der Wein hatte ihm Hunger gemacht und nun machte er ihn müde. Wenn er die Augen schloß, wußte er, würde er einschlafen. Es war gut, daß er Karpel sich nicht in den Weg gestellt hatte, Josef Blau hätte die Arme gehoben, den Mund weit aufgerissen, schreckhaft ausgesehen und noch schreckhafter «Modlizki!» geschrien. Aber Karpel wäre am Ende nicht davongelaufen. Karpel hätte ihn verfolgt, die Hände gerungen, immer einen Schritt hinter dem weit ausschreitenden Lehrer, ihn um Gnade gefleht, der kalt und hart blieb, von Zeit zu Zeit bloß sich starren Gesichts umwandte, den Schüler abzuweisen. Er hätte sich keine Zusage abringen lassen, daß er den Schüler schonen wollte, bis hierher nicht, ans Haus, wo Karpel noch immer seinem Schritt gefolgt wäre, vielleicht bis in die Wohnung, in der sich jetzt Josef Blaus Sieg bei diesem Anblick in eine beschämende Niederlage verwandelt hätte. Bobek hätte vielleicht auch den Schüler aufgefordert dazubleiben, am Fest teilzunehmen, das Bobek sich selbst gab, seiner eigenen Freßlust und Sauflust, und Karpel wäre Zeuge dieser Szenen geworden, auch der Trunkenheit seines Lehrers. Denn der ungewohnte Wein stieg Josef Blau in den Kopf und fiel in die Glieder, die von einer seltsamen Gewichtslosigkeit waren. Er wollte den Aufforderungen Bobeks zu trinken, nicht mehr entsprechen, aber es war schwer, dem Dicken nicht Bescheid zu tun, der zudringlich wurde und den man nicht reizen konnte ohne Gefahr, daß er wie ein Tier um sich schlug. Er sah Selma über ihre Arbeit gebeugt. Sie blickte nicht auf. Sie schämte sich seiner, der durch sein Tun vielleicht alles aufs Spiel setzte, der Lust nicht harten Widerstand leistete – nein, er leistete ihn nicht, so sehr er sich auch bemühte –, das vergaß, das er nicht vergessen sollte, daß er mit jedem Wort, jedem Schritt etwas Unwiderrufliches beging, sich und die mit ihm zusammenhingen, auslieferte. Er sagte leise «Gericht», aber es hatte heute keine Macht, es war ein Wort, sonst nichts, es zwang ihn nicht, und er vermochte nicht, es zu zwingen, daß es schreckenerregend sei wie sonst.

Onkel Bobek hatte seine Rechte in den Rückenausschnitt der Mutter gesteckt.

«Ein Mädelchen ist es, so wahr mir Gott beistehe, soll mal einer kommen und sagen, daß es eine taube Nuß ist. Hahaha, da ist noch frisches Fleisch in der Schale. Martha, ist noch Braten da? Bring her, mein Kind!»

Martha brachte einen Teller mit Kalbfleisch, den sie vor Bobek auf den Tisch stellte. Bobek klopfte ihr auf den Rücken. Martha stand zitternd und wagte erst wegzutreten, als Onkel Bobek sich über das Fleisch gemacht hatte.

Er strich Messer und Gabel erst am Tischtuch ab. Dann schnitt er das Fleisch in große Stücke. Er aß schmatzend, mit offenem Mund. Von Zeit zu Zeit wischte er das Fett mit dem gepolsterten Handrücken aus dem Bart. Seine Augen glänzten. Er benagte die Knochen mit den Zähnen und saugte dann schlürfend das Mark aus ihnen. Sein Atem ging schnaufend. Bisweilen lehnte er sich zurück und stieß einen gurgelnden Glückslaut aus. Dann nahm er das Glas und spülte mit dem Wein die halbgekauten Fleischstücke in den Magen.

Die Mutter hatte sich erhoben und das Zimmer verlassen. Nun kehrte sie wieder, eine Flasche Kümmel in der Hand.

«Hast du Kümmel, Mathilde? Tausendsassa, bei dir wäre man gut aufgehoben, ja, ja.»

Onkel Bobek sah das Gläschen, das die Mutter vor ihn hingestellt hatte, träumerisch an. Dann setzte er es an und trank. Er schüttelte sich und stellte das geleerte Glas hart auf den Tisch.

«Brrr, das bringt den Magen in Ordnung, das hält jung. Nach jedem Essen und nach jeder Flasche ein Glas oder zwei. Ihm auch!» Er wies auf Josef Blau. «Trink auf mein Wohl, Blau. So, so, das brennt die Kehle aus, sag ich, wer bis zum Achtzigsten täglich Kümmel trinkt, wird alt, sag ich, haha! Wo hast du es her, Mathilde? Heimlich im Kasten?»

«Für alle Fälle», schrie die Mutter.

«Wir wollen Inspektion in deinem Kasten halten, was du so hast für alle Fälle. Rück heraus mit allem, sag ich, Mathilde!» Er rollte die Augen und neigte sich über den Tisch gegen sie. «Wozu hebst du es auf, hier», schrie er, «hier!» und schlug mit der Faust auf den Tisch. «Rücke heraus, zahle, zahle!»

«Kann sein», sagte die Mutter und lächelte ihm zu.

Onkel Bobek senkte den Kopf. Dann goß er sich und Josef Blau ein neues Gläschen ein. Er versäuft und verfrißt es, dachte Josef Blau, das Geld, für das ich Bürgschaft geleistet habe.

«Trink», sagte der Onkel.

Es wird schon nicht schlimm werden, dachte er. Am Ende zahlt es doch die Mutter, hatte Bobek gesagt. Er nickte Selma zu.

«Kümmel», sagte Onkel Bobek, «Kümmel! Da wächst das alles und einer kommt und kocht es und macht Schnaps daraus. Ja, ja. Glaubst du, ich hätte nicht selbst danach verlangt, wenn die liebe Mathilde ihn nicht gebracht hätte. Das gehört dazu. Als wir heirateten, die selige Martha und ich, hatten wir das Essen beim Wirt ausgerichtet in Puhonitz. Ja, ja! Das war eine Frau! Rührselig und immerzu in die Kirche. Wir essen, dreißig Leute, Burschen und Weiber und auch die Alten geben nicht nach. Suppen, Kalbfleisch,

Schweinernes, Hühner, zwei Kälber und zwei fette Schweine, vom Kopf bis zum Schwanz, dazu Knödel und Kraut in Fässern. Und erst Bier, dann Schnaps. Und nicht mit Maß, hahaha! Ich mit Martha obenan. Sie ißt nicht, mein Teller wird nicht leer, und nach jedem Happen ein Kübel Bier oder ein Wasserglas Schnaps hinterdrein. Es ist ein Gejohle und Geschrei. Man hört sein Wort nicht wie die Kinnladen krachen und die Zungen schnalzen und die Lippen schmatzen. Der Puhonitzer Wirt ist bekannt weit und breit. Die Martha war neunzehn auf den Tag, hatte von früh an rote Flecken im Gesicht, wagt nicht, mich anzusehen, kein Wort, sitzt da und schaut auf den Tisch. Wenn sie Witze machen wegen dingsda, wie das so ist bei Neuvermählten, wird sie rot bis zu den Haarwurzeln, sie lacht nicht und schweigt. Manchmal spür ich, sie schaut mich so von der Seite an, wenn ich aber die Hand auf sie legen will, schiebt sie mich weg. Die andern stehen schon auf und tanzen, man räumt die Tische weg, da ist Geschrei von draußen, ein Wagen ist da, die Burschen aus Holitz, zwölf Stück, sie wollen meine Hochzeit feiern. Ich kann nicht stehen mehr. Sie kommen her, setzen sich alle um den Tisch, man bringt wieder Suppen und Kalb und Schwein und Bier und ich wieder von vorne weg alles noch einmal. Martha sagt nichts, sitzt da, die Burschen trinken ihr zu; tu Bescheid, schrei ich, aber sie nickt bloß, da kommt der Wirt zu mir, flüstert mir ins Ohr, was, sag ich, kein Kümmel da, kein Schnaps? Da schreien die Holitzer auch, daß sie Schnaps wollen, das Fleisch ist fett, sie wollen auf das Wohl der Neuvermählten trinken, schrein sie. Das überlebe ich nicht, sage ich zu Martha, wenn da kein Schnaps kommt, diese Schande. Der Wirt schickt ins Dorf zu allen, indes tu ich den Holitzern Bescheid mit Bier und immer mit einem Auge nach der Tür, ob noch kein Kümmel kommt. Es wird doch einer Kümmel haben im Dorf, denk ich, der Wirt zuckt von der Tür die Achseln, da fangen die Holitzer an zu singen. Wie sie fertig sind, fange ich ein neues Lied an, daß die Zeit vergeht, versteht ihr mich? Ich drehe mich zu Martha um, denn sie hätte dran denken können, denke ich, da sehe ich sie, sitzt das Mädel da, im Brautkleid mit Myrthen und weint. Die Tränen rinnen ihr in den Mund. Da erbarmt sie mich und ‹Weine nicht, Martha›, sage ich, ‹der Kümmel wird da sein!› Und da kommt auch der Wirt. Er hat ihn bei einem Bauern bekommen, der ein Fäßchen hatte, wie die liebe Mathilde, auf alle Fälle. Aber die Martha, Gott hab sie selig, weint weiter. Sie ist rührselig, Gott verzeih mir, es ist kein Grund mehr zu weinen. Aber das weiß niemand als ich, daß sie an ihrem Hochzeitstag keinen Tropfen getrunken hat. Die Burschen glauben, daß sie betrunken ist und das ist gut.»

Onkel Bobek versank in Sinnen.

Selma erhob sich und holte ein Tuch. Onkel Bobek hatte ein Schnapsglas über den Tisch gegossen. Sie schien Josef Blau größer als sonst in den langen dunklen Kleidern. Nun verfolgt sie niemand mehr auf der Straße, dachte er, alles wird gut. Karpel, nach der heutigen Begegnung, wagt nicht, sich ihr zu nähern, niemand. Heute nacht wollte er ihr alle Geheimnisse entreißen. Heute würde er zu ihr sprechen. Er liebte sie, aber bis heute wußte sie es nicht, er selbst hatte es noch nicht gewußt. Er wollte aufstehen, hier vor allen die Hand um sie legen, er konnte so gut stehen wie sonst. Der Wein hatte ihn leichter gemacht, aber er schwankte nicht. «Selma», konnte er sagen, «der Kümmel wird da sein.» Ganz heiter, voll Liebe würde sie ihn ansehen wie noch nie mit den hellen feuchten Augen, dem offenen Mund, der die blanken Zähne freiließ. Was würde sie antworten? «Ich danke dir.» Vielleicht so.

Josef Blau hörte ein Klirren und Krachen. Onkel Bobek hatte sich erhoben und den Stuhl umgeworfen. Seine Hand suchte einen Halt, fuhr über den Tisch, warf die Schnapsflasche um, die fallend ein leeres Schnapsglas zerschlug. Onkel Bobek fand eine Stütze an der Mutter, der er um den Hals hing. Die Mutter führte ihn zum Sofa, auf das er schnaubend fiel.

«Es ist genug», schrie die Mutter. «Nimm die Gläser weg, Selma!»

«Es ist sechs Uhr», sagte Selma und sah den Onkel an. Der Onkel hatte die Augen geschlossen.

«Er wird hier schlafen», sagte die Mutter.

Sie nahm ihm die erloschene Zigarre aus der Hand und reinigte seine Weste von Aschenresten. Indes nahm Selma die Gläser und Teller vom Tisch und legte das Tischtuch zusammen. Martha, die man gebeten hatte, länger zu bleiben, reinigte die Tischplatte mit einem feuchten Lappen von der klebrigen Flüssigkeit, die an ihr haftete. Selma öffnete das Fenster.

Josef Blau hörte es wie ein großes Rauschen an seinem Ohr, wie ein lärmendes Auf und Nieder, das ihn hob und wieder sinken ließ. Aber jetzt war ihm, als näherte sich ein Schritt. Er kam die Treppen hoch, es klopfte. Josef Blau öffnete die Augen. Er erhob sich.

«Herein!» sagte Selma.

Die Tür öffnete sich. Josef Blau hielt sich an der Stuhllehne. Das war Lehrer Leopold, der eintrat. Er hatte sich umgekleidet, trug einen dunkelbraunen Anzug mit Stehkragen und bunter Krawatte. Der Zipfel eines bunten Tuchs hing aus der linken Brusttasche seines Rocks. Josef Blau sah Onkel Bobeks offene Weste. Er wollte hineilen, Onkel Bobek anstoßen, ihn auf den Mangel aufmerksam machen, aber Onkel Bobek hatte schon die Augen geöffnet und mühte sich mit den Knöpfen.

Nun hörte er Lehrer Leopolds ruhige Stimme, die keinen Widerspruch zuließ. Er wollte erfahren, wie Josef Blau nach Hause gekommen sei.

«Was denn?» fragte Selma. «Was ist geschehen?»

«Eine kleine Ohnmacht», sagte Josef Blau. «Es ist alles in Ordnung.» Er hörte seine eigene Stimme wie die eines Fremden. Sie war brüchig und rauh und klang hoch gegen die volle, tiefe Stimme des Lehrers Leopold.

Nun erhob sich Onkel Bobek. Er ging auf den Gast zu. Er stützte sich auf Stuhllehne und Tischrand. Lehrer Leopold wich nicht zurück vor dem dichten Dunst von Wein und Schnaps, der ihm von Onkel Bobek entgegenwehte.

«Bobek», sagte Onkel Bobek. Er reichte dem Gast die Hand und hielt sie fest.

Lehrer Leopold nannte seinen Namen.

Onkel Bobek stellte ihn den Frauen vor, die Hand des Gastes immer fest in seiner Hand haltend.

«Wir haben gefeiert, wie Sie sehen. Sie verzeihen einem Mann in meinen Jahren... ich habe mir Bequemlichkeiten gestattet.» Er wies auf den nackten Fleischwulst seines Halses, die Hemdsärmel und die offene Weste. «Nehmen Sie Platz, Herr Professor, hier, hier! Und du, meine liebe Mathilde, wie wäre es... errätst du es...? Eine Tasse Kaffee, meine ich, das wäre ein Einfall!»

Die Mutter verließ das Zimmer.

«Sie entschuldigen mich, Herr Professor», sagte sie.

«Kaffee, Herr Professor», sagte Onkel Bobek, der sich wieder auf seinen Platz gesetzt hatte, «Kaffee tut zu jeder Zeit gut. Man kann ihn immer genießen. Wir haben ein kleines Familienfest hinter uns – unsere liebe Mathilde versteht es ausgezeichnet – und Sie einen langen Marsch. Es wird uns allen wohltun.»

Lehrer Leopold saß neben Selma; er sah Selma an, die ganz nahe an den Tisch gerückt war. Josef Blau entging nicht, daß sie errötete. Schämte sie sich der langen Röcke, ihres Leibes, der Josef Blaus Kind trug? Onkel Bobek sprach ohne Unterbrechung. Manchmal verirrte sich seine

Zunge und tastete am Gaumen, bevor sie das Wort fand, das sie sagen sollte. Der Lehrer tat, als höre er ihm zu. Aber sah er nicht heimlich Selma an? Sein Gesicht war von Sonne gerötet. Er war gesund, hatte breite Schultern. Seine Brust war gewölbt und unbehaart. Josef Blau hatte sie gesehen: der Lehrer Leopold war nackt, die Sonne schien auf seinen Rücken, er stand im Gras und um ihn standen die Knaben nackt und bewegten wie Sonnenanbeter die Leiber. Nun saß er neben Selma. Vielleicht fühlte sie durch seine Kleider, wie seine Haut nach Luft roch, nach Wald und Gras.

Lehrer Leopold lächelte. Onkel Bobek sprach. Er brauchte gewählte Ausdrücke. Er machte Josef Blau lächerlich durch alles, was er sagte. Er sprach laut und schnaubend.

«Wenn man ihn zu bereiten versteht», hörte Josef Blau ihn sagen, «darauf kommt es an. Er darf nicht gekocht werden, das wäre grundfalsch. Aufgebrüht, hören Sie wohl, bloß aufgebrüht, daß ein dicker Extrakt bleibt, kein dünnflüssiges schwarzes Wasser. Sie haben gegessen und getrunken, sehen Sie. Ihr Kopf ist müde, in den Därmen tobt es. Sie trinken ein Täßchen, im Magen ordnet es sich, nach links, nach rechts, der Kopf wird klar. Sie können ihn auf nüchternen Magen trinken: er wärmt, er macht Blut. Können Sie dagegen etwas einwenden, Herr Professor?»

«Gewiß, er ist auf alle Fälle weniger schädlich als Bier, Wein oder Schnaps.»

«Hier sind wir. Das war das Wort. Darauf kommt es an, Herr Professor. Die Unterdrückung der Trunksucht! Die Unterdrückung der Trunksucht! An der Trunksucht gehen wir zugrunde. Der gebildete Mensch trinkt ein Glas Bier, zwei, drei, eine Flasche Wein und zwischendurch einen Kümmel. Alle Hochachtung, Herr Professor! Aber das Volk ist ohne Bildung. Wir haben zu Hause ein Schwein gehabt, einen Invaliden, der trank Brennspiritus aus Wassergläsern. Eine Ausnahme? Ich sage Ihnen, ein täglicher Fall. Die Unterdrückung der Trunksucht, darauf kommt es an, wenn wir gesunden wollen. Sehen Sie die Wirtschaft, Handel und Wandel, der Gewerbefleiß... man muß sich dagegen erheben.» Er machte einen vergeblichen Versuch aufzustehen und blickte sich, Zustimmung heischend, im Kreise um.

Lehrer Leopold lachte laut.

«Herr Bobek, sprechen Sie doch von etwas anderem. Ein Thema, das die gnädige Frau interessiert!» Er lächelte Selma zu. «Die Trunksucht, das ist ein Thema für Männer.»

«Ich habe bloß meine unmaßgebliche Meinung geäußert, die für mich natürlich allein ausschlaggebend ist», sagte Onkel Bobek verletzt.

«Er hat getrunken», sagte Selma leise ohne aufzusehen.

«Oh, ich verstehe!» Lehrer Leopold lachte, daß man seine weißen Zähne sehen konnte, und sah Onkel Bobek unbefangen an. Die Mutter stellte Kanne und Tassen auf den Tisch. Der neue Lehrer saß zwischen ihr und Selma. Onkel Bobek ließ sich auf einem Stuhl neben Selma nieder, so daß Josef Blau zwischen Bobek und der Mutter saß. Onkel Bobek schnitt über dem Kaffeetopf Brot mit dem Messer in große Brocken und ließ sie in den Kaffee fallen. Josef Blau wagte nicht aufzusehen. Er hätte aufstehen können und fortgehen. Aber die Schande wäre geblieben. War das Leuchten in Lehrer Leopolds Augen nicht sonderbar? Warum war er gekommen? Seinetwegen? Selma schwieg. Am Ende stieß sie der neue Lehrer unter dem Tisch mit dem Fuß an, gab ihr geheime Zeichen. Er war schön, groß, ein Mann, ein Mann für Selma, größer als sie, die Arme rund und hart. Vielleicht, wenn er sich erhob, um zu gehen, würde sie ihm folgen. Wie sie schmatzten, Onkel Bobek und die Mutter, der neue Lehrer mußte es hören. Sollte er ihnen die Tassen aus den Händen schlagen? Sie sprachen, es war ein wirres Geräusch von Worten. Josef Blau mußte mitsprechen, er mußte etwas sagen, man hatte ihn vergessen. Sie saßen da, als sei er gestorben. Vielleicht war es so. Selma war seine Witwe und dieser hier mit dem blonden Haar war an Josef Blaus Stelle. Josef Blau mußte etwas tun, daß sie bemerkten, daß er da war. Er hatte zuviel Wein und Schnaps getrunken. Aber man mußte nicht reden, es konnte etwas anderes sein. Er konnte die Tasse zu Boden fallen lassen, am Tischtuch reißen, daß alles auf die Erde fiel und der Kaffee über Lehrer Leopolds neuen braunen Anzug rann. Warum hatte er sich ihn angezogen? Haha, seinetwegen? Josef Blaus wegen? Er hatte Selma vorher noch nicht gesehen, aber man sprach von ihr, die Schüler hatten es ihm auf dem Ausflug erzählt, die Leute stießen einander auf der Straße an: das ist der Lehrer Blau, der die große schöne Frau hat, ein Prachtstück, und sie blinzelten mit den Augen. Blinzelten Selma und Lehrer Leopold nicht mit den Augen? Sie hatte die Lippen, die sie von Zeit zu Zeit mit der Zunge befeuchtete, gespitzt und lächelte dem Lehrer zu. Sie hielt den Arm waagrecht vom Leib gestreckt, wenn sie die Tasse zum Mund führte, und spreizte den kleinen Finger.

Josef Blau vermochte nicht, den Kaffee zu trinken. Er hatte einen bitteren Geschmack im Mund. Nun reichte die Mutter wieder Schnaps in kleinen Gläsern.

«Selma, meine Nichte, trinkt nicht», sagte Onkel Bobek. «Mit Rücksicht... Sie werden schon selbst bemerkt haben.»

Selma errötete. Auch Lehrer Leopold schwieg.

«Ja, ja», fuhr Onkel Bobek fort, «die Menschen von heute, das hält nichts mehr aus. Unsere Mütter kamen nieder wie wir uns zum Essen setzen. Da wurde nicht viel Wesens davon gemacht...»

Josef Blau erschrak. Er hielt den Atem an. Was würde

nun kommen? Er sah starr Onkel Bobek an. Lehrer Leopold fiel Onkel Bobek ins Wort.

«Ach, Herr Bobek, man ist leicht geneigt, die Vergangenheit gegen die Gegenwart herauszustreichen. Ich finde unsere Zeit ganz gut, die Frauen wie die Männer. Sind Sie meiner Meinung, gnädige Frau, oder sind Sie auch unzufrieden mit den Zeitgenossen wie Herr Bobek?»

Selma lachte. Sie sprachen, als ob Josef Blau nicht anwesend sei. Er mußte etwas sagen. Die Gedanken jagten einander in seinem Kopf. Lehrer Leopold war Selma zu Hilfe geeilt, als Onkel Bobek vom Niederkommen zu sprechen anfing. Sie hatte ihm vielleicht einen Blick gesandt. Sie wandte sich schon an ihn. Er hatte sie gerettet. Josef Blau hatte es wohl bemerkt. Sie strebten zueinander, alle, die hier saßen, wußten es. Man mußte sich in den Weg stellen, solange es Zeit war. Er sah Selma neben Leopold, nackt, das lange blonde Haar gelöst. Oder vielleicht sollte man alles geschehen lassen. Sie wird aufstehen wie das Mädchen in der Dichtung, er konnte sich nur an den Namen nicht erinnern, wie hieß sie doch, und hinter ihm hergehen, stumm und unabweisbar. Aber er lebte noch, er öffnete den Mund, sie sahen ihn nicht mehr, aber gleich sollten sie wieder von ihm wissen.

«Wir wollen turnen», sagte er.

Das hatte er nicht sagen wollen. Es war dumm. Er hätte lieber etwas anderes sagen sollen. Wie kam das in sein Gehirn? Sein Kopf war wirr, kein Zweifel. Lehrer Leopold nickte ihm zu. Bobek goß die Schnapsgläser voll. Seine Hand zitterte und er beschmutzte das Tischtuch.

«Sie haben recht», sagte Lehrer Leopold, «man hat den Körper lange vernachlässigt. Man beginnt wieder, einen gesunden und wohlgebildeten Leib zu schätzen. Ich bin Turner.»

Er lehnte sich zurück. Selma wandte den Blick nicht von

ihm. Onkel Bobek hatte sich erhoben und bewegte sich vorsichtig aufs Sofa zu.

«Man muß dem Körper geben, was er braucht», fuhr der neue Lehrer fort. «Man muß ihn bewegen, der frischen Luft aussetzen, der Sonne, viel nackt sein!»

«Ach, Sie!» schrie die Mutter.

«Ich meine es ernsthaft. Wir haben nun einmal einen Körper, wie wir einen Geist haben. Man soll sich dessen nicht schämen. Es klingt wohl sehr dumm, gnädige Frau?»

Er sagte es zu Selma, als seien sie beide allein. Als sei niemand im Zimmer. Der schnaubende Bobek nicht, der sich mit geschlossenen Augen auf dem Sofa hin und her warf, die Mutter nicht, und er nicht, Josef Blau.

Selma hatte rote Flecken im Gesicht. Ihre Brust bewegte sich bei jedem Atemzug. Sie antwortete nicht, denn aus Onkel Bobeks Mund stieg ein langgezogener Ton, der tief aus dem Leib kam. Onkel Bobek winkte beschwichtigend mit der Rechten.

«Mit Vergebung», sagte er, «Mensch sein heißt schwach sein. In meinen Jahren kann man es nicht mehr so halten. Es war ein junger Wein, liebe Mathilde.»

Lehrer Leopold erhob sich. Er küßte Selma die Hand. Onkel Bobek hatte die Augen wieder geschlossen. Die Mutter wollte ihn am Hemdärmel zupfen, aber Lehrer Leopold hielt sie zurück.

6. Kapitel

Onkel Bobek war fest eingeschlafen. Es war nicht möglich, ihn zu wecken, um ihn auf dem Sofa zu betten. Die Mutter versuchte, seinen Körper in eine bequemere Lage zu bringen, aber es gelang nicht.

Selma hatte das Fenster geöffnet.

«Frische Luft», sagte Josef Blau.

Sie verstand ihn nicht. Sie nickte ihm zu, als freue sie sich, seinen Wunsch erraten zu haben.

Wenn Onkel Bobek nicht einen tierischen Laut ausgestoßen hätte, vielleicht wäre Josef Blau noch als Sieger dagestanden und Selma hätte ihn bewundernd angesehen. Er hatte eine schlagfertige Antwort auf der Zunge, als der Zwischenfall geschah. «Es klingt wohl sehr dumm, gnädige Frau», hatte der Lehrer Leopold gesagt und Selma angesehen. Wie wenn nun Josef Blau ihm die Antwort gegeben hätte, zu der er schon die Lippen formte? Es hatte zulange gedauert, ehe er sich entschloß. Aber wenn Onkel Bobek hätte an sich halten können, hätte Josef Blau es noch gesagt: «Es klingt, wie es ist!» hätte er gesagt, ruhig, ohne jede Erregung, und weiter vor sich hin gesehen, als sei er nicht anwesend.

Diese Antwort schien ihm klug und würdig. Sie hätte den Lehrer Leopold erledigt. Er wollte sich diesen Satz merken, ihn morgen bei klarem Kopf noch einmal vornehmen. Er mußte morgen dies alles durchdenken. Sein Kopf war heute zu müde. Er wollte zu Bett. Er dachte an alles zugleich, es war keine Reihenfolge in seinem Gehirn.

Er hörte Karpel singen im Wald vor ihm, überlaut, wie ein Wanderer es macht aus Angst. Wie würden die Schüler ihn empfangen? Selma und der neue Lehrer, Gott, das Schicksal, das man hervorrief, Onkel Bobek, der ihn lächerlich gemacht hatte – wozu hatte er das Geld gebraucht? – Josef Blau konnte nichts halten von allem, es verging eines im andern.

Er lag im Bett, ausgestreckt auf dem Rücken. Selma trat ein. Sie trug eine Kerze in der Hand. Das Licht flackerte. Ihr Haar schimmerte, wie das Licht darauf fiel. Sie ging an den Schrank. Sie nahm ein in Papier eingeschlagenes Päckchen. Sie entfaltete ein Hemd, Josef Blau erkannte es. Es war ein Spitzenhemd aus rosa Seide, wie die Mutter es hatte. Selma sah es an und betastete es. Dann, als entschlösse sie sich plötzlich, warf sie die Kleider ab. Einen Augenblick stand sie nackt im flackernden Licht. Dann zog sie das Hemd an. Es spannte über dem Leib. Aber an der Brust und unter den Armen bildete es feine Fältchen. Sie betrachtete sich im Spiegel.

«Er ist ein Dummkopf», sagte Josef Blau.

Sie wandte sich rasch um. Hatte sie gedacht, er schlafe?

«Ich bin nicht schuld daran», sagte sie, während sie das Hemd auszog, sorgsam wieder zusammenlegte und in den Schrank schloß. «Er kam und brachte Fleisch und verlangte, daß wir es bereiten. Martha befahl er, Wein zu holen. Wer konnte auch denken, daß ein Gast kommt!»

War es Absicht, daß sie nicht verstand, wen er meinte?

«Wie lange kennst du ihn?» fragte er. «Du kennst ihn schon lange, sage es ruhig!»

«Wen?»

«Den Leopold, den Turner, hahaha. Auf der Wiese hat er mit den Schülern nackt geturnt. Ein Dummkopf ist er, mit einer Athletenbrust, weißt du?»

«Sprich nicht so», sagte sie. «Du hast getrunken. Schlaf!»

«Siehst du, ich habe getrunken. Ich bin es nicht gewöhnt. Aber ich bin nüchtern, nüchterner als nüchtern... es ist ganz hell in meinem Kopf... ein schmerzhaftes Licht... ich sehe alles... und alles ist klar und wie zu greifen, aber ich strecke die Hand nicht aus, siehst du... es gefällt mir, sie nicht auszustrecken, oder ich fürchte mich... oder es ist alles gleichgültig, Selma... ich könnte über alles reden, alles sagen... Der Körper ist wie aufgehoben und er schwebt, ohne daß man ihn hält. Ich liege, aber ich fühle das Bett nicht. Ich halte es mit den Händen, aber ich fühle das Bett nicht. Alles ist weit... alles Schreckliche, man kann es betrachten... Alles wird vielleicht gut, ja, ja... Die Gedanken gehen durcheinander, aber jeder ist trotzdem klar. Das kann alles nicht gut enden, sage ich, aber ich bete nicht, es macht doch nichts, so oder so, sage ich, es nimmt seinen Fortgang. Als Leopold fortging, sagte da nicht jemand, wer war es doch gleich: ‹Ein liebenswürdiger Mensch.› Deine Mutter sagte es. Alle sind gegen mich. Sie werden dich ihm zutreiben, ob du willst oder nicht, ich will mich in den Weg stellen, aber am Ende treibe ich dich auch. Vielleicht ist nichts zu ändern. Gut, gut, eins zwei, eins zwei, Onkel Bobek schnarcht wie eine Uhr. Ein alter Mann kann es nicht so halten. Du lachst über mich, Selma, sage es ruhig, Selma, gut, gut.»

«Ich lache nicht. Aber wenn man am nächsten Morgen so weit sein kann wie ich, denkt man an nichts als an das eine.»

Sie löschte das Licht.

Sie dachte nur an das eine. Warum hatte sie dann ein seidenes Hemd gekauft und warum, warum gerade heute zog sie es an und betrachtete sich darin im Spiegel? Wann wollte sie es tragen? Wenn sie mit ihm zusammentraf? Hatten sie es schon verabredet? Nun schlief sie. Josef Blau hielt die Augen offen. Es wurde ihm schwer, aber so oft er sie für Sekunden schloß, war ihm, als sei er ohne Halt auf einer schwankenden Fläche. Er verlor das Bewußtsein seiner Lage, wie sehr er sich auch ins Gedächtnis rief, daß er waagrecht und ausgestreckt auf dem Bett lag. Er erinnerte sich nicht, wo sein Kopf war, fühlte ihn tief unten, hoch oben, unter den Beinen hängend, daß das Blut ihm zu Kopf stieg. Er setzte sich im Bett auf und lauschte. Die Mutter in ihrem Zimmer warf sich im Bett. Das Gleichmaß in Onkel Bobeks schnarchenden Atemzügen war unerträglich.

Es gab keine Rettung, man konnte nicht entgehen, auch wenn man die Decke über den Kopf zog oder die Finger in die Ohren steckte. Wozu hatte Onkel Bobek das Geld gebraucht?

Selma schlief ruhig. Sollte er ein Streichholz anreiben, um zu sehen, ob sie lächle? Vielleicht stand ihr Traum auf ihrem Gesicht und er konnte ihn ablesen. Vielleicht sah er, daß sie von Leopold träume, er konnte sie wecken, ihr sagen, was er gesehen hatte, und sie würde nicht wagen zu leugnen. Träumte sie, daß sie neben dem neuen Lehrer im Bett lag? Er war breit und voll Kraft. Neben diesem mußte sie nicht verdorren wie neben Josef Blau. Leopold drückte sie in den Armen, daß sie aufschrie, sie war voll Lust wie er, der sich über sie neigte und sie nahm. Es gab kein Mittel gegen Leopold, sie eilte ihm zu, im Traum und am Tage, alle hatten es gefühlt und nicht gewagt, die beiden anzureden. Ein liebenswürdiger Mensch, hatte die Mutter gesagt. Der Lehrer Leopold hatte Selma angesehen, ruhig, mit geradem Blick, ohne Scham, als sei sie schon sein Weib, indes er, Josef Blau, im Hintergrund saß. Niemand achtete auf ihn, man wandte sich dem andern zu, dem Sieger. Josef Blau war ein Gestorbener, Vergessener. Lehrer Leopold hatte es gehört, was die Knaben hinter Blau herriefen, vielleicht sagte er es ihr, während sie im seidenen Spitzenhemd auf seinem Schoß saß und sie lachten und wiederholten es einander immer wieder. «Thereschen», und es klang wie Thöröschen. Er wollte es nicht zulassen, er wollte es verhindern. Er wollte sich ihnen in den Weg stellen, in alle Geheimnisse eindringen, jeden Atemzug bewachen. Wenn die langen Kleider kein Schutz waren, er wollte nicht zögern, das andere zu verlangen, das er einmal schon auf der Zunge gehabt hatte. Sie sollte sich die dichten blonden Haare scheren, daß der Kopf kahl war wie der einer Nonne. So konnte sie nicht zu einem Geliebten, mit kahlgeschorenem Kopf nicht mehr.

Er wollte mit Onkel Bobek sprechen. Heute konnte er alles sagen. Er wollte wissen. Wegen des Geldes und: wieviel männlicher der Lehrer Leopold sein konnte als er selbst. Onkel Bobek mußte das wissen. Josef Blau bewegte sich vorsichtig aus dem Bett, die Beine zuerst, daß das Bett nicht knarre. Nun stand er. Er ging langsam. Er tastete an der Wand entlang. Selma hatte die Schranktür offen gelassen. Josef Blau stieß mit der Hand dagegen. Die Tür knarrte. Selma bewegte sich. Josef Blau blieb stehen. Er hielt den Atem an. Nun schlief sie wieder ruhig.

Er öffnete die Tür zum Wohnzimmer, trat ein und schloß sie langsam. Sie hatte nicht geknarrt. Er lächelte. Er hatte mit aller Umsicht gehandelt, die Tür langsam geöffnet, daß kaum jemand, der es gesehen hätte, hätte bemerken können, daß sie sich bewegte. Wie lange hatte das gedauert, erst die Beine, dann der Weg zur Tür, das Öffnen und Schließen? Vielleicht eine Stunde, vielleicht zwei. Er hatte die Geduld nicht verloren. Nun war die Tür zu. Onkel Bobek würde schreien, wenn er ihn weckte. Er machte Licht. Er hielt die Lampe hoch und leuchtete Onkel Bobek ins Gesicht. Vielleicht fiel Onkel Bobek aus dem tiefen Schlaf in leichteren Schlummer und würde dann eher zu wecken sein. Onkel Bobek schnarchte unvermindert weiter. Sein Kopf war nach hinten gefallen, der Mund weit offen, daß die schwarzen Zahnstummeln sichtbar waren.

Auf dem Tisch stand die Schnapsflasche. Josef Blau nahm

sie und goß Schnaps in ein Wasserglas. Dann setzte er sich neben den Onkel, das Glas in der Hand.

Es war kalt. Das Fenster stand noch offen. Auch wenn der Tag warm ist, wie im Sommer, dachte Josef Blau, sind die Nächte im Frühling kalt. Es ist merkwürdig, dachte er. Es ist doch sonst alles dasselbe: die Luft und die Erde erwärmen sich durch die Sonne. Das Thermometer zeigte heute Sommertemperatur. Wieso war die Nacht kälter als eine Sommernacht? Wieso kühlten im Frühjahr Luft und Erdrinde rascher ab als im Sommer? Es gehörte nicht hierher. Dazu war er nicht aufgestanden und saß im Nachthemd, das Wasserglas mit Schnaps in der Hand, frierend neben dem Onkel, um das zu ergründen. Er wollte ihm zwei Fragen stellen, klare Fragen: wegen des Lehrers Leopold und wegen des Geldes. Aber es blieb merkwürdig. Er wollte morgen, wenn der Kopf ihn nicht mehr schmerzte, versuchen, es zu beantworten. Er sagte es laut vor sich hin, es nicht zu vergessen: Abkühlung der Erdrinde. Man mußte sich schützen. Die Abkühlung war größer, als er zuerst gedacht hatte. Seine Beine zitterten. Sie steckten in langen, an den Knöcheln zusammengebundenen weißen Hosen. Er stellte das Glas auf den Tisch und schloß das Fenster. Über einem Stuhl hing ein weites Kleidungsstück. Er schlüpfte in die Ärmel. Es reichte bis an die Waden. Josef Blau nahm das Schnapsglas und setzte sich neben den Onkel.

Er begann damit, Onkel Bobeks Hand zu streicheln, die auf dem Sofa lag. Dann stieß er Onkel Bobek vorsichtig an. Onkel Bobek erwachte nicht. Er stieß kräftiger, schüttelte ihn an der Schulter. Als auch das nicht half, erhob sich Josef Blau. Er neigte das Glas über den Schlafenden und begann ihm den Schnaps in den offenen Rachen zu gießen. Onkel Bobek warf sich in die Höhe, daß der Schnaps ihm über die Weste floß. Er schnappte nach Atem, schlug mit den Händen um sich, öffnete die Augen, schnaubte und begann dann krampfhaft zu husten. Josef Blau sah ihn erschreckt an. Des Onkels Augen traten blutunterlaufen aus den Höhlen. Er streckte den Kopf angestrengt vor. Es schien, als sollte er ersticken. Er griff sich ans Herz und sah starr Josef Blau an. Josef Blau ließ das Glas zu Boden fallen. Was hatte er getan? Der Onkel gab ihm mit den Händen ein Zeichen. Josef Blau begriff. Er trat hinter den Onkel und mit geballten Fäusten schlug er dem Hustenden gegen den breiten Rücken.

Der Husten ließ nach. Onkel Bobek winkte Josef Blau Einhalt. Nun lehnte Bobek sich zurück. Er atmete, wenn auch mit Anstrengung, ruhig.

«Trinken», sagte Onkel Bobek mit trockener Stimme.

Josef Blau hob das Glas vom Boden auf. Er füllte es zur Hälfte und reichte es dem Onkel. Der Onkel trank. Er atmete tief.

«Ein Glück, daß du da warst», sagte er leise, daß Josef Blau ihn kaum verstand. «Ohne dich wäre ich erstickt. Setz dich!»

Josef Blau setzte sich neben ihn. Der Onkel sah ihn von oben bis unten an. Dann lächelte er und klopfte ihm mit seiner fetten Hand auf die Schulter.

«Hol was zum Essen», sagte Onkel Bobek.

Im Zimmer war nichts Eßbares zu sehen. Josef Blau ging in die Küche. Auf einem Teller fand er Knochen und Fleischstücke, legte Messer und Gabel dazu und schnitt einige Brotscheiben ab. Dann suchte er eine Serviette. Onkel Bobek, der indes im Dunkeln saß, wurde ungeduldig.

«Hierher, mein Kind», sagte er, als Josef Blau eintrat.

Josef Blau schob einen Stuhl zum Sofa und stellte, was er gebracht hatte, vor den Onkel hin.

Onkel Bobek gab sich keine Mühe mit Messer und Gabel. Er faßte die Fleischstücke mit den kurzen, fetten Fingern an und schob sie in den Mund. Von Zeit zu Zeit feuchtete er den Gaumen mit einem Schluck aus dem Glas, das Josef Blau in der Hand hielt.

«So wäre ich bald hinüber gewesen», sagte Onkel Bobek. «Da soll einer sagen, wie schnell es so aus sein kann. – Glaubst du an Gott?»

Josef Blau schwieg.

«Du bist ein gebildeter Mensch. Glaubst du an Gott?»

«Doch», sagte Josef Blau.

«Ich bin ein guter Christ.» Onkel Bobek neigte sich zu Josef Blau und legte ihm die Hand um die Schulter. Josef Blau saß aufrecht. «Ein guter römisch-katholischer Christ. Da soll keiner ein Wort dagegen sagen dürfen, mein Kind, dem würde ich meine Meinung sagen, daß er sich zu Boden legt und nicht so bald wieder aufsteht. Ich habe doch alles gehalten wie es im Katechismus steht, nicht wahr, mein Kind?»

Josef Blau nickte mit dem Kopf. Der Onkel sah ihn an.

«Hab ich nicht gebeichtet und kommuniziert wie irgendeiner? Siehst du. Mir kann niemand was einwenden und ich werde meine Fürsprecher haben, glaubst du nicht?»

Der Onkel saß unbeweglich und hielt Josef Blau umschlungen.

«Ein Säufer, ein Fresser, ein Bauch wie eine Tonne, sagst du? So einer, sagst du, kann nicht ins Himmelreich eingehen? Du, jetzt wirst du mir etwas sagen, warum, frag ich dich, denn du bist ein gebildeter Mensch, warum sind die Heiligen so armselig und mager und sehen aus wie die Hungersnot? Warum gibt es keinen fetten unter ihnen, einen gepolsterten mit einem warmen Bauch und Backentaschen? Es ist ein Unrecht, sage ich, das ist nicht richtig, ist meine Meinung. Hat es keinen dicken Blutzeugen gegeben? Sieh mich an, mein Kind! Es ist ein großes Unrecht und man möchte verzweifeln.» Onkel Bobek rannen die Tränen über die Wangen in den Bart.

«Das ist so eine Sache mit Gott!» Er hatte einen Schluck aus dem Glas getan und sich beruhigt. «Der Bobek hat kein Vertrauen. Wie sollte er auch unter diesen Umständen, das wirst du doch zugeben, wie?»

Josef Blau antwortete nicht. Was hätte er auch sagen sollen? Er wollte eine Gelegenheit finden, den Onkel zu fragen, der Onkel aber sprach weiter.

«Ich glaube alles und ich halte alles, wie es im Katechismus steht, siehst du! Aber halt! Da ist ein Punkt wegen Gott! Siehst du, da gehe ich nicht mehr mit, ich habe kein Vertrauen, sage ich. Er verachtet die Dicken, siehst du, weil sie fressen, die Dicken sind nicht beliebt. Aber was tue ich? Ich stecke es ein, denkst du? Gott verzeihe es mir, man weiß nicht, wann man hinüber ist, aber siehst du, ich stecke es nicht ein, ich glaube nicht an ihn! Ich kann sonst nichts tun, aber das, siehst du, das tue ich. Da kann keiner gegen mich aufstehen. Ich habe alles gehalten, aber so für mich, siehst du, verstehst du mich wohl, wer mich nicht mag, den mag ich auch nicht.»

Er hatte an einem Knochen noch ein Stück verknorpeltes Fleisch entdeckt und begann es zu nagen.

«Kann das eine Sünde sein? Die Täubchen, da fliegen sie, die Hühnchen, da picken sie die Körner von der Erde. Weißt du, wie viele Arten es gibt, ein Täubchen zu bereiten? Euer Onkel Bobek kennt siebzehn Arten, süß und bitter und pikant, gefüllt und gebraten. Kann das eine Sünde sein? Wer war es doch gleich, wie hieß er doch gleich, der den Wein gefunden hat?»

«Noah.»

«Noah, da hast du's, und wer hat's in ihn gelegt? Gott, der alles erschaffen hat, siehst du, von der Sonne bis zum Kümmel. Da war bei uns einer, da konnte ich nicht Schritt halten, wenn der sich hinsetzte und sich ans Essen machte. Er schloß die Augen bei jedem Bissen und einmal saßen wir beim Wirt und es gab Hasen mit Sauce und Knödel und Rotkraut dazu. Aber in der Sauce war etwas, das verstanden sie bei uns, daß man die Zunge am Gaumen wetzte und man malmte den Saft zwischen den Kiefern aus dem Fleisch bis zum letzten, so einen Hasen habe ich nicht wieder gegessen.»

Der Speichel sammelte sich in Onkel Bobeks Mund und rann über die Lippen. «Man wollte nicht aufhören. Da legte er Messer und Gabel hin und schloß die Augen und er kaute und schmatzte, und weißt du, mein Kind, was er tat? Das hat Gott geschaffen, sagte er, der Name des Herrn sei gelobt! Siehst du und er weinte. Der eine, siehst du, der hört, der andere sieht und der dritte schließt seine Augen und schmeckt. Als er alt war, sagten sie ihm, er soll Maß halten, weil die Augen schwach sind, er muß sonst erblinden. Weißt du, was er sagte? Gesehen habe ich genug, sagte er, aber gegessen noch lange nicht. Er war dick und gottesfürchtig sein Leben lang. Wenn man Geld hat, siehst du, der eine legt es in den Schrank, der andere macht Geschäfte, der dritte hält auf Wein und auf gutes Essen. Wer gibt es den Armen? Ich bin gewiß ein wohltätiger Mensch. Du brauchst mir nur eine traurige Geschichte zu erzählen, so geht's mir ans Herz und läuft mir aus den Augen. Da kann keiner auftreten und gegen mich zeugen, wenn es über mich kommen sollte, heute oder morgen.»

«Man braucht Geld dazu», sagte Josef Blau. Nun konnte er ihn fragen.

«So ist es, man braucht Geld. Man macht Schulden, siehst du, weil man leben will. Denn wozu es sich aufheben. Kannst du es dir mitnehmen? Es kann jetzt über dich kommen, du hast gegessen und getrunken, schläfst, wir haben es jetzt gesehen, was kann das Geld dir dann helfen? Was du gegessen hast, das kann keiner nach dir erben. Jeder Kümmel, den du nicht getrunken hast, ist endgültig verloren, mein Kind. Ich hebe es nicht auf, siehst du, von mir wird keiner was haben, ich habe keinen Erben außer Selma und wer ist Selma? Das bist du, mein Kind und mein Erbe! Wenn du gut aussiehst, verstehst du, dann borgen die Leute. Aber wer wird einem borgen, der mager ist, Gott verzeih es mir, wie ein Heiliger? Wird Berger ihm borgen? Da wird er lachen, siehst du, sonst nichts.»

«Wozu hast du die 1000 Kronen gebraucht?»

Er sah Onkel Bobek gespannt an... Onkel Bobek lachte.

«Den Tausender, siehst du, da ist ein Loch, das muß man zustopfen, aber man muß ein anderes aufmachen dazu. Ich bin einem in die Hände gefallen, der will sein Geld auf den Tag. Warte, sage ich, Judas, einen Monat, eine Woche, einen Tag. Keine Stunde, sagt er. Hier ist der Wechsel, sagt er, und deine Pension ist verpfändet. Gut, sage ich, denn es gibt noch Menschen, die ein Profitchen einstecken, und spreche mit Berger. Aber es ist nichts geworden, siehst du, und nun muß er doch warten, denn die Pension, da habe ich vier Monate voraus. Ich zahle es doch, ich bringe es in Ordnung, aber Zeit, Zeit, Zeit, er soll warten lernen. Denn wie ich von euch weggehe, mein Kind, so das Geld an der Brust, wozu es sich aufheben, pflege ich zu sagen, juckt es mich in den Händen und das Wasser läuft mir im Mund zusammen. Ein Gulasch und zwei Bier, sage ich und ein Schnäpschen als Nachtgebet. Aber eins gibt das andere, das verstehst du, wir sitzen bis zwölf. Dann steht einer auf und wir alle mit ihm in ein Frauenhaus in der Kasernengasse, hahaha, jawohl, mein Kind, euer alter Onkel Bobek, der stellt noch seinen Mann.»

Ging er auch nachts in die Kasernengasse wie Modlizki und Karpel? Am Ende hatten sie einander dort getroffen, Karpel und der Onkel, Karpel hatte dem Onkel erzählt und deswegen lächelte der Onkel nun so.

«Hast du dort Bekannte getroffen?» fragte Josef Blau. Er blickte vor sich hin in das flackernde Licht der Kerze.

«Das versteht sich. Da trifft man so manchen, der tagsüber herumgeht mit niedergeschlagenen Augen.»

«Karpel, hieß einer so?»

«Karpel, Karpel?» Der Onkel wiegte nachdenkend den Kopf. «Dort nennt niemand, der nicht muß, seinen Namen. Leicht möglich, daß ich ihn kenne. Mich kennen sie alle. Ich schäme mich nicht, verstehst du, ich bin ein Witwer. Wo soll ich es hintun, was ich überflüssig habe? Onkel Bobek, rufen sie, die Gäste wie die Mädeln, wenn ich komme, ganz so wie du und Selma. Aber ich sage, sagt mir nicht Onkel, sage ich, denn ich will es mit jedem Zwanzigjährigen aufnehmen, sage ich!»

Josef Blau horchte auf. «Mit Zwanzigjährigen?»

«Du glaubst mir nicht? Komm, das hat noch keiner gewagt. Was habe ich vorhin gesagt, mein Erbe, habe ich gesagt und nun das! Komm, zieh dir Hosen an, verstehst du mich, sie lassen uns noch hinein. Wenn du mit mir kommst, öffnen sie. Ich lasse die Wirtschafterin rufen, Fritzi heißt sie, ich habe sie gekannt, als sie ein Mädel war wie die anderen. Du sollst mich kennenlernen, so nach dem Wein und dem Schnaps. Du meinst, das macht dem Onkel Bobek etwas? Den Onkel Bobek schmeißt das nicht um. Das wäre gelacht, mein Junge. Da sind fünf Mädchen, eine hübscher als die andere. Wir machen keine langen Geschichten, verstehst du, alle fünf mit, keine Faxen im Salon, mußt kein Sechserl in den Automaten werfen und mir Musik machen, Euer Onkel Bobek braucht noch keine Musikbegleitung. Zieh dich an und komm!»

«Nein, nein», sagte Josef Blau. Der Onkel zog ihn an der Hand. Josef Blau versuchte sich freizumachen. Wie sollte er sich wehren! Wollte Onkel Bobek ihn wirklich zwingen, nun nachts in die Kasernengasse zu gehen? Er konnte Karpel mit Modlizki dort treffen oder einen anderen. Es ging nicht, es wäre das Ende gewesen.

«Alle fünf, sage ich, und die Wirtschafterin als Zugabe. Genügt dir das? Schließlich, ich bin heute müde. Glaubst du es, glaubst du es, du? Sage es aufrichtig und ohne Ausflüchte!»

Der Onkel beugte den Kopf vor und sah ihm in die Augen.

Er hielt noch immer seine Hand.

«Ja, ja», sagte er.

Der Onkel ließ los.

«Man ist doch nicht mehr der Jüngste», fuhr Onkel Bobek nach einer Pause fort. Er nickte schwermütig mit dem Kopf. «Das ist nicht wegzuleugnen. Ja, ja. Wie ich so zwanzig war, dreißig, da hättest du mich sehen sollen! Und mit vierzig noch immer. Nun es sind eben jetzt andere an der Reihe, Jüngere, solche, wie du, was?»

Josef Blau erschrak. Was wollte der Onkel von ihm?

«Aber du wirst wohl der Stärkste nicht sein, was? Hahaha! Ich möchte mal Selma fragen, so ganz im Vertrauen.»

Josef Blau stieg das Blut zu Kopf.

«Sei still», sagte er.

«Nun, nun, ich tu's ja nicht! Nur keine Bange! Ich will das Mädel schon nicht in Verlegenheit bringen, hahaha. Aber sie weiß vielleicht gar nicht, daß es was anderes gibt, was ein richtiger Mann...»

«Onkel!»

«Onkel! Onkel! Nur keine Angst! Ich sag ja nichts. Werde mich wohl hüten. Da käme ich wohl schön an. Aber ein richtiger Mann, weißt du, wie ich so alt war, wenn ich nachts nach Hause kam, da konnte ich getrunken und gegessen haben, was ich wollte. Siehst du, nicht einmal die Zigarre nahm ich aus dem Mund, Tag für Tag, jahraus, jahrein, da war mir ganz gleichgültig, was sie sagte, die gottselige Martha. Da gab's kein Erbarmen, und das war nicht alles, was so nebenher ging. Kannst dich nur mal in der Gegend umsehen, da laufen sie herum, so an die dreißig Bobeks gewiß. Hat manchmal ein schönes Stück Geld gekostet. Aber wozu es sich aufheben, pflege ich zu sagen.»

Josef Blau hatte sich erhoben: «Du lügst!» sagte er.

«Hahaha, da lüg ich wohl, meinst du, weil ich nicht so einer bin wie du. So ein dürrer, vertrockneter, wie ein Heiliger, Gott verzeih es mir! Aber da soll einer an sich halten! Zu wenig habe ich gesagt, wenn einer jung ist und ein Mann, der kann noch ganz andere Sachen, so einer, wie der neue Lehrer, wie heißt er doch, der...?»

Josef Blau sah den Onkel starr an. Er hatte die Hände gehoben, als wollte er ihm an den Hals fahren, das Blut pochte in den Adern seines Halses. Das Zimmer ging auf und ab, war es, weil das Licht flackerte und die Schatten tanzten, oder war es noch immer der Wein in seinem Kopf?

Onkel Bobek verstummte.

«Du», sagte Josef Blau, «du lügst!»

Der Onkel schwieg.

«Sag, daß du lügst», schrie Josef Blau.

Der Onkel sah ihn an und gab keine Antwort.

«Was ist mit dem Geld, frage ich?» sagte Josef Blau keuchend. «Du versäufst und verfrißt es. Du richtest uns alle zugrunde. Ich will das Geld haben, du! Nun sprich, wie wirst du mir das Geld geben, wenn es soweit ist? Sprich! Oder... oder...»

Er machte einen Schritt auf ihn zu.

«Heb die Hand nicht auf», sagte Onkel Bobek und versuchte, auf dem Sofa seitwärts zu entkommen.

«Gib Antwort!»

«Das Geld wird da sein.»

«Woher?»

«Wenn es nicht anders geht, heirate ich doch die liebe Mathilde.» Onkel Bobek seufzte.

Das Licht flackerte. Die Tür hatte sich leise geöffnet.

Josef Blau wandte sich um. Er sah Selma. Sie hatte einen Mantel übergeworfen.

«Was gibt's?» fragte sie.

«Nichts, nichts», sagte Onkel Bobek. «Wir sprechen so, wir beiden miteinander.»

«Ach», sagte Selma. «Wie du aussiehst, hahaha! Was hast du denn an?»

Josef Blau blickte an sich herunter. Er trug den weiten faltigen Schlafrock der Mutter. Der Schlafrock war aus blauem Kattun und mit großen gelben Blumen bedruckt.

Selma lachte. Er hörte sie noch, als sie die Tür des Schlafzimmers hinter sich geschlossen hatte.

7. Kapitel

Der Lehrer Leopold wurde in den Pausen von Josef Blaus Schülern umringt. Josef Blau stand wie immer an seinem Platz am Ende des Gangs, in den die Türen der Schulzimmer mündeten. Er hörte Lehrer Leopolds laute Stimme und das Lachen der Knaben.

In den Schulstunden ereignete sich nichts. Karpel wich seinem Blick aus, er hob die Augen nicht vom Pult. Wenn der Lehrer ihn rief, antwortete er mit abgewandtem Gesicht.

In einer Pause trat Lehrer Leopold auf Josef Blau zu. Er erkundigte sich nach Selmas Befinden. Josef Blau antwortete kurz. Er forderte den neuen Lehrer nicht auf, ihn wieder zu besuchen.

Auf dem Heimweg sah Josef Blau vor sich Karpel und Laub mit einem schwarz gekleideten Mann. Josef Blau erkannte Modlizki. Es mußten besondere Dinge vorgehen, wenn Modlizki die Schüler nach der Schule erwartete. Er mußte Modlizki aufsuchen.

Als er am nächsten Tag nachmittags von der Lehrerkonferenz heimkehrte, erfuhr er von Selma, Modlizki sei dagewesen, ihn zu sprechen. Er habe nicht gesagt, was er wollte. Kein Zweifel, daß sich wichtige Dinge vorbereiteten. Es war heute zu spät, Modlizki aufzusuchen, Josef Blau mußte es auf den morgigen Tag verschieben. Es war klar, daß etwas im Zuge war. Vielleicht hatte Josef Blau in seinem Rausch durch Worte und Gebärden heraufbeschworen, was nun eintreten sollte. Er mühte sich, alles in sein Gedächtnis zurückzurufen, was in jener Nacht geschehen war. Aber das meiste war wie in einem großen Lärm von Stimmen versunken. Er wußte – und er erstarrte bei diesem Gedanken –, daß er in dieser Nacht den Gedanken an die Verantwortung verloren hatte. Der Gedanke war fremd und ohne Schrecken gewesen, wie ein Ding, das er ruhig betrachten konnte, als berühre es ihn selbst nicht. Er wußte, daß er Onkel Bobek bedroht hatte und daß der Lehrer Leopold Selma angesehen hatte, als sei Josef Blau nicht anwesend oder gestorben und er hörte noch Selmas Lachen am Ende aus dem Schlafzimmer durch die geschlossene Tür.

Er durfte nichts verloren geben, trotz allem. Er mußte trotz allem mit der Macht seines Gedankens, mit der Kraft der Anrufung dorthin zu gelangen suchen, wo die Schicksale, seines, Selmas und des zu Gebärenden Schicksal, sich entschieden. Denn es gab keinen Zufall. Eines zog das andere nach sich. Alles war verbunden, Worte, Taten und Menschen. An einem Ort liefen sie zusammen und dort entschied sich Leben und Tod.

Er wollte morgen zu Modlizki gehen, nachmittags, wenn Modlizki am besten zu sprechen war. Er überlegte nachts, was er ihn fragen wollte: wegen der Pläne der Knaben und wegen des Lehrers Leopold. Modlizki würde ihn ansehen, mit geneigtem Kopf, und sprechen. Es waren merkwürdige Dinge, die Modlizki sagte, wenn sie auch lächerlich waren, in gewissem Sinne beschränkt. Modlizki fehlte vielleicht nichts als eine gründliche Bildung. Aber Modlizki lehnte ab, sich zu bilden. Er wollte nichts von den anderen, nicht einmal ihr Wissen. Er haßte sie, er haßte Josef Blau, trotzdem Josef Blau der Sohn eines Gerichtsdieners war und nicht mehr besaß als ein Metalldreher. Aber darauf kam es nicht an, sondern auf das andere, das Josef Blau mitmachte, auf den guten Ton, die feine Bildung und das ganze Getue, wie Modlizki es nannte. Warum begann Modlizki immer von seinem Vater zu sprechen, der von einer Leiter gefallen und gestorben war? Josef Blau wußte es doch. Er war selbst dabeigestanden, durch den Lärm der Leute angelockt, als man Modlizkis Vater aufhob und ins Krankenhaus schaffte. Wollte Modlizki Josef Blau an den Gerichtsdiener erinnern, Josef Blaus Vater, der vom Bürgersteig herunter auf die Straße trat, wenn der Bezirksrichter kam? Josef Blaus Vater war groß und breit und trug einen Vollbart mit ausrasiertem Kinn. Seine Wangen waren wie rote Äpfel. Er hielt sich gerade wie ein Soldat bis zu seinem Tod. Der Bezirksrichter schickte ihn um Würstchen und Bier.

«Springen Sie mir um Würstchen, Blau», sagte der Bezirksrichter Wünsche.

Der Gerichtsdiener erzählte es dem Sohn mit einem lauten, bösen Lachen. Nicht daß er ihn um Würstchen schickte, daß er sagte «Springen Sie mir», das beleidigte Josef Blaus Vater, als hätte darin etwas besonders Beleidigendes gelegen, neben dem die zweite Kränkung verblaßte, daß er ihm «Blau» sagte, einfach Blau, und nicht Herr Blau, wie es einem alten und verdienten Mann zukam, der der Vater des Bezirksrichters hätte sein können.

Um fünf Uhr morgens bewegte sich Selma. Josef Blau hörte sie leise stöhnen. Hatte sie einen schweren Traum? Sie richtete sich im Bett auf.

«Schläfst du?» fragte sie. «Ich glaube, es soll jetzt beginnen.»

Er sprang auf, zog rasch Hose und Rock an. Selma stöhnte leise. Sie hatte die Augen geschlossen. Als sie sie öffnete, stand er in der Mitte des Zimmers und sah sie an.

«Rufe die Mutter», sagte sie.

Die Mutter lag im Bett. Ihr Haar war über den Kopf glatt nach hinten gestrichen und zeigte am Scheitel große, kahle Stellen.

Josef Blau weckte sie.

«Es ist soweit», schrie er.

Sie erhob sich. Sie stand vor ihm in einem dunklen Unterrock und einer über den Bauch herabhängenden weißen Jacke, die am Kragen von einem roten Muster verziert war.

Die Mutter stürzte in Selmas Zimmer. Sie beugte sich über das Bett der Tochter.

«Die Wehen!» schrie sie.

Josef Blau fuhr zusammen. Es mußte durch alle Räume des Hauses gedrungen sein.

Die Mutter hatte den blauen Schlafrock mit den großen gelben Blumen angelegt. Josef Blau wandte den Blick ab.

«Steh nicht müßig», rief sie. «Ruf Martha, daß sie die Hebamme holt.»

Josef Blau eilte die Treppen hinunter. Er klopfte im Souterrain an die Tür. Martha öffnete. Sie trug nichts als einen Rock und ein ärmelloses Hemd. Das Haar hatte sie zu einem kurzen dünnen Zopf geflochten, der steif von ihrem Kopf wegstand wie der Schwanz einer Ratte. Ihre Füße waren nackt.

«Zieh dir Strümpfe an, Martha!» sagte er.

Martha sah ihn erstaunt an.

«Es hat begonnen», sagte er, «hole die Hebamme!»

Er setzte sich ans Fenster und wartete. Im Nebenzimmer hörte er die Mutter auf und ab gehen und mit Geschirr klirren. Die Mutter trat ein. Sie hatte die Ärmel des Schlafrocks bis über die Ellbogen hochgeschlagen. Josef Blau hörte sie nun aus der Küche. Er trat an die Tür zu Selmas Zimmer. Selma hatte die Augen geschlossen. Ihr Mund war offen wie stets, aber um ihre Lippen lagen Falten, die Josef Blau nicht kannte. Selma schien ihm fremd, als habe er sie noch nie gesehen. Er trat näher ans Bett. Auf ihrer Stirn standen Schweißtropfen. Sie atmete unregelmäßig. Ihr Antlitz war entstellt, häßlich. War es Selma, die stets gleiche, mit der glatten, unbewegten Stirn, die hier vor ihm lag? Oder war es eine Andere, Unbekannte?

«Selma», sagte er leise.

Sie schlief nicht, aber sie hörte ihn nicht.

Sie hatte sich entfernt von allen und war allein; etwas Fremdes, Unbekanntes zu vollbringen, war sie fremd und unbekannt geworden.

Josef Blau hörte Schritte und Stimmen. Er verließ das Zimmer.

Die Hebamme trat mit Martha ein. Die Hebamme hieß Frau Nowak. Sie war grauhaarig, groß und stark mit dickem, rundem Bauch. Auf dem Kopf trug sie eine weiße Haube. Sie entnahm ihrer Handtasche einen weißen Mantel und legte ihn an. Martha brachte warmes Wasser. Frau Nowak wusch sich sorgfältig die Hände. Josef Blau hatte sich gesetzt und schrieb einen Brief an den Direktor. Er gab Martha den Brief und bat sie, ihn dem Schuldiener zu übergeben. Der Schuldiener würde um acht Uhr am Schultor stehen. Sie sollte nichts sagen und keine Frage beantworten, den Brief abgeben und zurückkehren.

Indessen hatte die Mutter aus der Küche Kaffee gebracht. Die Hebamme und die Mutter setzten sich an den Tisch. Josef Blau trank nicht. Er lauschte. Aus Selmas Zimmer drang leises Stöhnen. Frau Nowak sah ihn an.

«Das ist nichts», sagte sie. Sie hatte ein falsches Gebiß, an dem die Zunge beim Sprechen anstieß. «Das wird noch lange dauern.»

Nun erhoben sich die Frauen vom Kaffeetisch und traten in Selmas Zimmer. Josef Blau folgte ihnen.

«Guten Tag, liebe Frau Blau», sagte Frau Nowak, «nun, sind wir soweit? Nur Geduld, nur Geduld, sage ich, das ist das Wichtigste.»

«Ich habe solche Angst», sagte Selma.

«Es wird alles gutgehen», schrie die Mutter.

«Sie ringt mit dem Tode», dachte Josef Blau. Er war ins Wohnzimmer zurückgekehrt. Die Hebamme hatte begonnen, Selma zu untersuchen.

«Sie ringt mit dem Tode.» – Er ballte die Fäuste in den Taschen, er wollte alle Gedanken auf das eine richten, daß sie dem Tod entgehe, daß er sie dem Tod entreiße. Nun war sie mit den beiden Frauen allein. Aber vielleicht suchte ihr Blick ihn. Sie verlangte Hilfe von ihm. Er hatte es über sie gebracht. Wenn sie starb, hatte er sie getötet.

Selma stöhnte. Sie hielten ihre Beine und legten die Hände auf ihren Leib. Er hörte die Stimme der Mutter, die Selmas Schreie überschrie.

«Wehen!» schrie sie, daß Josef Blau errötete. Sie hätte auch gerufen «Sie ist gestorben» mit derselben Stimme. Warum sprach sie nicht leise? Er stand da, mit angehaltenem Atem, nichts zu verwirren, auch nicht durch den Hauch seines Mundes. Die Mächte des Lebens und des Todes rangen in Selmas Zimmer miteinander. War der Mutter Taubheit stärker als die eingeborene Scheu vor dieser Stunde? Selmas Mutter stand da mit aufgekrempelten Ärmeln und hörte und begriff nicht. Sie griff mit kräftigen Händen zu, um zu helfen, sie legte die Hand auf den sich werfenden Leib, seinen Krampf zu lösen, und ihre Stimme jagte das Unsichtbare aus dem Raum. Ihre Stimme drang durch Türen und Mauern in die Wohnungen der Nachbarn. Sie verband, was hier geschah, mit ihnen allen, ihrem Alltag, den sie lebten, ihrem Schicksal, mit ihren Gedanken, Worten, Wünschen und Flüchen, die sie ausstießen, den Kopf hebend von dem Kaffee, den sie tranken, von den Stiefeln, die sie putzten, von der Notdurft, die sie gerade verrichten mochten. Sie knüpfte, was noch nicht geboren war und was er bewahren wollte, mit alldem zusammen, mit Schicksal und Schuld und gab es preis.

Martha kehrte zurück. Sie hatte den Schuldiener am

Schultor getroffen und ihm den Brief überreicht. Er hatte nicht gefragt, von wem sie komme. Sie hatte mit niemandem gesprochen. Lehrer Leopold wird die Klasse übernehmen, dachte Josef Blau. Er wird in seiner Art den Unterricht leiten, den Knaben Freiheiten geben, die Josef Blau ihnen versagte, die Zucht, die er sorglich hegte, zerstören, daß sie vielleicht nicht wieder aufzurichten war. Er war ein junger Lehrer, der nicht wußte, was er tat. Er wußte nicht, daß die, die vor ihm saßen, nach seinen Blößen spähten, grausam waren, überheblich, den Beruf dessen, der sie lehrte, verachtend als den Beruf von Söhnen armer Leute.

Die Schüler würden morgen, wenn Josef Blau wiederkam, gestärkt sein in ihrem Willen, ihm zu widerstehen, ihre Pläne würden mutiger geworden sein. Er war nicht vorbereitet, ihnen zu begegnen. Heute konnte er die Wohnung nicht verlassen, um Modlizki aufzusuchen. Er mußte bleiben, alles vergessen, alles ausschalten und nichts denken als: Selma.

In Selmas Zimmer war es still. Nun öffnete sich leise die Tür. Die Mutter und Frau Nowak traten ein. Martha blieb bei der Gebärenden. Die Frauen setzten sich wieder an den Tisch.

«Sie brauchen Kraft, Frau Nowak», sagte die Mutter und goß der Hebamme eine neue Tasse ein, «wenn er auch kalt ist.»

«Das erste Kind», sagte Frau Nowak und schob mit der Zunge an ihren Zähnen, «das erste Kind, das ist immer so eine Sache.»

«Das will Kraft!»

«Aber sie schwitzt schon, die junge Frau. Glauben Sie mir, darauf kommt es an, ich bin eine erfahrene Geburtshelferin. Auf den Schweiß kommt es an!»

«Wenn die Wehen vor zehn Uhr beginnen», sagte die Mutter, «wird es ein Knabe.»

«Das ist ein Aberglaube.» Frau Nowak machte eine wegwerfende Handbewegung.

«Das hat meine gottselige Mutter gesagt. Wir waren elf. Vier starben bei der Geburt und drei noch als Kinder. Meine Mutter wußte, was sie sagte.»

«Wir haben viel gegen den Aberglauben zu kämpfen, auch bei solchen, bei denen man eine Erfahrung vermuten sollte.»

«Wann, denken Sie, daß es da ist, Frau Nowak?»

«Vor dem Abend. Wenn die Öffnung so groß ist wie ein Taler, kommt das Kind vor dem Abend.»

«Ist das gewiß?»

«Das ist kein Aberglaube, meine Liebe», sagte Frau Nowak verletzt. «Ich bin eine erfahrene Geburtshelferin. Mich hat schon mancher Arzt zu Rat ziehen müssen, wenn er nicht mehr weiter wußte, meine Liebe.»

«Selma hat der Mutter Gottes von Wranau ein Gelübde getan.»

«Das ist sehr gut», sagte Frau Nowak, «ich hätte ihnen allerdings die Bystritzer empfohlen. Ich habe wirklich gute Erfahrungen mit ihr gemacht. In aussichtslosen Fällen, meine Liebe.»

«Soll man noch...?»

«Es hat Zeit. Dazu kommen wir noch zurecht. Nur nichts übereilen.»

Frau Nowak erhob sich und öffnete die Tür zu Selmas Zimmer. «Sie hat die Augen geschlossen», sagte sie und setzte sich wieder.

«Wichtig ist, sehr wichtig, daß nichts herausgetragen wird aus dem Zimmer, wo die junge Frau liegt. Das darf man auf keinen Fall zulassen. Darauf sehe ich streng. Sie haben es doch dem Mädchen gesagt?»

«Nichts heraustragen?»

«Sagen Sie es dem Mädchen. Man darf nichts heraustragen, keinen Stuhl, keinen Topf, nicht einmal ein Tuch. Da nützt nichts.»

«Sollte man nicht einen Arzt rufen?» sagte Josef Blau.

Frau Nowak maß Josef Blau mit dem Blick. «Bitte, wenn Sie wünschen, ich habe nichts dagegen. Aber machen Sie sich darauf gefaßt, daß der Arzt alles aus dem Bett schmeißt, alle Decken und Polster. Dann ist es aus mit dem Schwitzen. Der Schweiß treibt die Säfte aus, sehen Sie, das ist wichtig. Sogar der Doktor Frankfurter, mit dem arbeite ich schon sehr lange. Ein alter Herr und sehr zugänglich. Aber auch er ist gegen das Schwitzen. Aber ich muß darauf bestehen, daß Sie einen Arzt holen lassen, wenn Sie kein Vertrauen zu mir haben.»

«Doch, doch!» sagte Josef Blau. «Ich habe Vertrauen.»

Selma begann wieder zu stöhnen.

«Bleiben Sie hier», sagte Frau Nowak zur Mutter. «Ich gehe allein. Wenn ich Hilfe brauche, rufe ich.»

Sie ging zu Selma. Die Mutter nahm das Geschirr und ging in die Küche.

Um zwölf brachte die Mutter das Essen. Josef Blau berührte es nicht. Er saß am Fenster und lauschte in Selmas Zimmer, aus dem Seufzer, Schreie, das Krachen des Bettes und das gleichmäßige Schwätzen der Hebamme zu ihm drangen. Immer wieder, wenn ein lauterer Schrei zu ihm drang, fuhr er auf, wollte sich erheben, hineineilen, ihr zu helfen. Aber schon verging der Schrei in leises Jammern und Schluchzen. Dann verstummte auch dies; er lauschte. Was war das? Das Blut wich aus seinem Gesicht. Er durfte nicht denken, was er fürchtete, denn der Gedanke konnte es rufen. Dann hörte er wieder Bewegung. Er lehnte den Kopf zurück und schloß die Augen.

Die Hebamme erschien aus dem Zimmer.

«Nur ein bißchen Suppe», sagte sie, «das andere kommt nachher.»

Ihr Gesicht war rot, die Haare hingen in die vom Schweiß feuchte Stirn. «Es wird schnell gehen. Für ein erstes Kind sehr schnell. Und es ist alles in Ordnung. Man kann es sich nicht besser wünschen.»

Um drei Uhr nachmittags wurde die Mutter in Selmas Zimmer gerufen. Martha kam heraus, holte Wasser, suchte etwas und verschwand wieder. Josef Blau hörte Selma schreien, kurz, abgerissen. Er hatte sich erhoben, er stand nach vorn geneigt, die Hände fest aneinandergepreßt. Man kann es sich nicht besser wünschen, hatte die Hebamme gesagt. Durfte er hoffen? War Hoffnung nicht Überhebung?

Selma begann zu sprechen, schreiend, unverständlich, die Stimme war nicht Selmas Stimme, sie klang wie die Stimme einer Irren. Er lauschte. Erst verstand er nicht, aber dann hörte er, daß sie betete. Die Litanei, die Anrufung der Heiligen, endlos gleichmäßig, gellend, ohne Senkung des Tons, endend in einem langgezogenen wilden Schrei. Dann wurde es still. Beten, dachte er, Selmas Gebet helfen, es aufnehmen. Er begann mit leiser Stimme, die Augen starr auf eine Stelle gerichtet, mit Benennungen des Höchsten, die ihm geläufig waren, um vorzudringen zu ungewohnten, unbekannten, die gehört werden würden, jenes Wort durch alle Anspannung zu finden, das löste und befreite.

Die Tür öffnete sich und Frau Nowak trat ein. Sie fand ihn stehend und, ohne daß er merkte, was um ihn vorging, die Lippen bewegend. Es war fünf Uhr.

Sie griff nach seiner Hand. «Kommen Sie!» sagte sie.

Sie zog ihn hinter sich ohne Mühe. Sie traten in Selmas Zimmer. Selma lächelte ihm zu. Sie flüsterte etwas, aber er verstand es nicht. Ihr Gesicht war glatt, aber nicht ohne die Spur der Falten, die es vorhin verändert hatten. Es schien ihm anders als früher, sanfter, trotzdem es müde war, bewegter als sonst. Er beugte sich über sie. Da zog ihn die Hebamme zur Seite und wies auf einen weißen Ballen von

Polstern, der neben dem Bett auf einem Stuhl in einem Korb lag. Selmas Augen folgten seinem Blick. Er sah ein kleines rotes runzliges Gesicht mit geschlossenen Augen.

Selma versuchte zu sprechen. Die Hebamme legte den Finger auf den Mund.

«Ein Knabe», sagte Frau Nowak.

Da schlug der Knabe die Augen auf. Sie blickten starr auf Josef Blau. Dann öffnete er den Mund und entstieß ihm einen langgezogenen dünnen Laut, der wie ein armseliges Krähen klang.

Selma lächelte müde.

Die Hebamme faßte Josef Blaus Hand und führte ihn zurück ins Wohnzimmer. «So», sagte sie, «nun lassen Sie sie schlafen.»

«Sie lebt», dachte Josef Blau, «sie lebt!»

Das Kleine, das neben ihr lag, war sein Sohn. Mein Sohn, sagte er leise, es sich begreiflich zu machen, daß etwas Besonderes in sein Leben getreten sei. Er hörte die beiden Frauen, die aßen und tranken. Die Mutter rief ihn. Er sollte mitessen. Er schüttelt verneinend den Kopf. «Mein Sohn», dachte er, und «sie lebt, sie schläft.»

«Ich habe es gesagt, Frau Nowak», sagte die Mutter, «wenn die Wehen vor zehn Uhr beginnen, wird es ein Knabe.»

«Ein Zufall», sagte Frau Nowak. «Aber sehen Sie, es ist ohne Arzt gegangen!» Sie sah Josef Blau an.

«Ich danke Ihnen!» sagte er.

«Und noch dazu einen Sohn habe ich Ihnen geholt! Ja, ja! Das sagen alle, die Nowak hat eine gute Hand. Ich gratuliere, Herr Professor!» Sie ging auf Josef Blau zu und reichte ihm die Hand. «Ein gesundes, starkes Kind. Und Gott segne ihn!» sagte sie.

«Unberufen», rief die Mutter, und klopfte mit den Fingerknöcheln auf den Tisch.

«Wie soll er denn getauft werden?» fragte Frau Nowak.

«Josef Albert!» rief die Mutter. «Sein Onkel Bobek wird Pate sein, Albert Bobek.»

«Ach, der Her Bobek! Da hat er sich einen guten Paten ausgesucht. So ein guter und lieber, der Herr Bobek!»

Er würde einen Namen haben und ein ganz Bestimmter sein, dieser Runzelige mit dem Greisengesicht und dem armseligen Krähen, der im Nebenzimmer lag. Josef Albert Blau, daran hatte Josef Blau noch nicht gedacht. Er würde sich allein dadurch von allen unterscheiden, vom alten Hämisch, der im Haus wohnte, von Modlizki, von Onkel Bobek, daß er einen besonderen Namen hatte, einen Namen, der an ihn und an den er gebunden war, und durch diesen Namen ein Einzelner sein. Er lag da und krähte und schlief. Und man gab ihm einen Namen. Man wählte einen aus, Martin oder Franz, wie es einem gefiel, nach dem Heiligen, auf dessen Tag die Geburt fiel, nach dem Paten, nach dem Vater. Josef Albert. Wer hatte es bestimmt? War der Name nichts? Hatte der Name nicht sein Schicksal? Man zeichnete das Neugeborene zum erstenmal, wenn man ihm den Namen gab, nachdem man ihm das Leben gegeben, ihn einem unbekannten, unergründlichen Schicksal preisgegeben hatte, das er bestehen mußte. Josef wie der Vater und Albert wie der Onkel, mit denen er so verkettet wurde. Würde er als Josef Albert bestehen? Wem würde er ausgesetzt sein gerade als Josef Albert? Vielleicht wäre er ein anderer mit anderen Namen und anderem Paten, wie er gewiß mit anderem Vater ein anderer wäre. Sollte Josef Blau aufstehen und sagen: Es ist nach der Lehre unserer Kirche ein geistiges Band zwischen Paten und Patenkind, dem Band zwischen Vater und Sohn zu vergleichen. Ich will nicht, daß Onkel Bobek der Pate ist. Aber wen sollte er vorschlagen, welchen Namen, welchen Paten? Wußte er, daß der andere besser war? War es nicht besser, geschehen zu lassen, nicht einzugreifen, nichts zu ändern, nichts hervorzurufen, nichts zu bewegen?

Es wurde an die Tür gepocht. Martha öffnete: Onkel Bobek trat ein, nach Atem suchend. Er ließ sich auf das Sofa fallen, bevor er sprach. Zuerst nickte er mit dem Kopf nach allen Seiten.

«Alle Hochachtung», sagte er schnaubend, «ich gratuliere! Was ist es denn eigentlich?»

«Ein Junge!» schrie die Mutter.

«Hut ab, Blau!» sagte der Onkel. «Hut ab! Ich weiß es vom jungen Hämisch. Ich habe ihn vor einer halben Stunde auf der Straße getroffen. ‹Kaufen Sie was Schönes zur Taufe›, sagte er. ‹Sie sollen doch Pate sein, mein ich.› Ich hierher und die Treppen hinauf und da bin ich.»

So war das Kind schon mit allen verbunden. Sie sprachen in den Straßen von ihm, verwickelten und verstrickten es in ihren Gedanken, Gesprächen und Beziehungen, in die es nun unlöslich verwirrt war.

Die Mutter war leise in Selmas Zimmer gegangen. Sie kehrte zurück, den weißen Ballen in den Armen. Sie schlug vorsichtig die Tücher auseinander und hielt das Kind Onkel Bobek hin.

«Ein Prachtstück!» sagte Onkel Bobek. «Tututu tatatralla djidjidji.» Er drohte dem Kind mit dem Zeigefinger und begann dröhnend zu lachen.

«Wem ist es eigentlich ähnlich, Herr Bobek?» fragte Frau Nowak.

Onkel Bobek blickte noch einmal auf das Kind. «So wahr mir Gott helfe», sagte er, «er sieht aus wie die liebe Mathilde.»

Abends brachte ein Bote einen Korb mit Rosen. Eine Karte lag dabei mit Glückwünschen von Lehrer Leopold.

«Ein liebenswürdiger Mensch», sagte die Mutter. Sie wollte gleich zu Selma, es ihr zu sagen. Selma schlief. Als sie erwachte, standen die Blumen neben ihrem Bett. Selmas Blick lag lächelnd auf ihnen.

«Das ist von Leopold», sagte Josef Blau.

Verstand sie nicht oder wußte sie es?

Sie sah die Blumen an und lächelte.

8. Kapitel

Josef Blau schlief diese Nacht im Wohnzimmer. In seinem Bett, das man von Selmas Bett fortgerückt hatte, schlief Frau Nowak.

Er hörte das Neugeborene schreien. Hatte es Hunger? Die Mutter hatte es noch nicht an die Brust genommen. Es ist die erste Nacht in Josef Alberts Leben, dachte Josef Blau. Josef Albert. Man nannte ihn schon.

Josef Albert schrie und schlief ein, um wieder zu erwachen und zu schreien, erst kräftig, dann immer schwächer, bis er verstummte. Er schlief ein, wenn die Müdigkeit größer war als der Hunger. Er wird noch viele Nächte haben, dachte Josef Blau, in denen endlich die Müdigkeit alles, Angst, Sorge, Gebet, Reue, Schmerz in einem leisen, von Träumen geworfenen Schlaf überwältigen wird. Josef Albert hat sich aus der Mutter losgerissen. Er atmet. Er heißt. Er lebt. In der Mutter war er der Mutter Atem, Herzschlag, Hunger, Schmerz, Freude. Er ist zehn Stunden lang Josef Albert und schon weiß niemand, was in ihm ist. Ist es nur der Hunger, der aus ihm schreit, oder die Angst vor allem, was ihn schreckhaft umgibt, vor den riesigen roten nackten Gesichtern mit den aufgerissenen dunklen Rachen, die sich über ihn neigen und entsetzliche Laute ausstoßen – sie schlagen an Josef Alberts Trommelfell wie Paukenschläge – vor der Helligkeit, vor der Kälte? Er war in Wärme und Dunkel. Erinnert er sich? Weiß er? Niemand dringt zu ihm. Er ist allein. Zwischen ihm und alldem ist eine leere Kluft, die er nie überwinden wird. Er hat Eltern. Der Vater spricht mit dem Sohn. Was sagen sie? Sie begreifen einander nicht. Wird Josef Albert den Vater verstehen, wenn dieser ihn anblickt, zu ihm spricht? Er ist Josef Blaus Fleisch und Blut. Er ist sein Sohn. Er ist hineingeboren in des Vaters Lebenskreis, in seine Verstrickungen, in seinen Namen, in das häßliche Antlitz der tauben Großmutter, das er trägt, heute geboren, warum nicht morgen, in zehn Jahren, in hundert? Wenn der Sohn ihn fragt, Rechenschaft will, wird er des Vaters Worte verstehen, seinen Blick, die stumme Umarmung? Kann er begreifen, was Selma nicht begreift, daß ihre Schicksale zusammenhängen, wird er nicht ihn fragen: warum, warum mit deinem, Josef Blaus Schicksal und nicht mit anderem hängt das meine zusammen? Der Vater wird nicht aufhören, um ihn zu ringen, daß sich am Sohn nicht ein Schicksal entlädt, das der Vater, die Mutter verschuldet, oder auch nur durch ein Wort, einen Schritt gelöst haben.

Die Tür von Selmas Zimmer öffnete sich. Josef Blau fuhr auf. Es war Frau Nowak in einem weißen Jäckchen, unter dem ihr Leib runder und größer hervortrat.

«Was ist geschehen?»

«Nichts, nichts», sagte Frau Nowak. Sie sprach das s wie ein sch, zischend. Sie hatte die Zähne abgelegt. «Es sind die Blumen. Sie riechen zu stark. Ich stelle sie hierher. Es ist alles in Ordnung.»

Der Duft der Blumen störte die Wöchnerin und das Kind. Man mußte die Blumen des Lehrers Leopold entfernen. Vielleicht, wenn Selma erwachte, blickte sie nach den Blumen und lächelte. Nun waren die Blumen nicht mehr da. Vielleicht fragte Selma die Hebamme nach ihnen. Aber die Hebamme brachte sie nicht wieder. Sie rochen zu stark, sie störten, sie vergifteten die Luft. Niemand hatte daran gedacht, Blumen zu schicken, nur Lehrer Leopold hatte daran gedacht. Er hatte am Morgen, als ihm der Direktor auftrug, die Klasse des Lehrers Blau zu übernehmen, erfahren, daß die Wehen begonnen hatten. Aber wer hatte ihm gesagt, daß das Kind da war? Er hätte die Blumen nicht geschickt, ohne es zu wissen, denn es hätte alles anders gekommen sein können.

Vielleicht hatte Lehrer Leopold durch einen Boten nach Selma fragen lassen. Vielleicht war er selbst im Haus gewesen. Am Ende war die ganze Zeit Leopolds Posten vor dem Haus gestanden, den Blick auf Blaus Fenster gerichtet, ein Schüler aus Blaus Klasse, der diesen Dienst übernommen hatte. Er hatte den Lehrer am Fenster stehen sehen, Selmas Schreie gehört, die Stimme der Mutter. Er war zu Lehrer Leopold geeilt, ihm zu berichten.

In seiner ersten Stunde atmete Josef Albert den Duft von Lehrer Leopolds Blumen. Er wußte noch nicht, und Lehrer Leopold war schon um ihn, Lehrer Leopold, der Josef Alberts Mutter ansah, als sei Josef Blau schon lange vergessen. Seine Mutter hatte gelächelt, als sie die Blumen sah. Sie fragte nicht und lächelte. Sie wußte oder sie ahnte. Aber alle wußten es, von jenem Augenblick an, als Lehrer Leopold ins Zimmer trat, unbekümmert sie ansah und zu ihr sprach, als stehe nichts zwischen ihm und ihr. Alle wußten es, alles, auch daß er ihr Blumen schicken würde. Sie rochen stark. Sollte er aufstehen, das Fenster öffnen, die Blumen auf die Straße werfen? Was wollte der Lehrer Leopold? Was würde das Nächste sein? Was nun? Wenn es geschehen sein würde, würde allen sein, als hätten sie es von Anfang an gewußt. Nun war Josef Albert dabei. Josef Blau mußte an sein Bett treten, mit ihm sprechen. Man bekam Kopfschmerzen von dem scharfen Geruch, der das Zimmer erfüllte. Josef Albert mußte zu Josef Blau stehen, der sich in den Weg stellen, die Blumen aus dem Fenster werfen würde. Er würde mit ihm allein sein. Die Mutter und Selma waren nicht da, weg vielleicht mit Leopold, nur er mit dem Sohn und er umfaßte den

Sohn und sprach: «Liebe deinen Vater, Josef Albert, komme, was komme!»

Josef Blau fuhr auf. Er öffnete die Augen. Hatte er es laut gesagt? Ihm war, als habe er den Klang seiner Stimme gehört. Er stand auf und öffnete das Fenster. Auf dem Bahnhof bewegten sich Lichter. Ein Zug pfiff in der Ferne. Jemand sang mit grölender Stimme auf der Straße ein Lied.

Frische Luft, dachte Josef Blau.

Er legte sich wieder ins Bett. Josef Albert schrie. Auch Selma war wach. Er hörte sie mit der Hebamme sprechen. Sie fragt nach den Blumen, dachte Josef Blau.

Als er erwachte, wärmte die Hebamme in seinem Zimmer Milch auf dem Spirituskocher.

«Etwas Fieber», sagte sie, «aber es ist nicht schlimm. Sie hat schon mehrmals nach Ihnen gefragt. Aber ich sollte Sie nicht wecken.»

Josef Blau trat bei Selma ein. Die Vorhänge im Zimmer waren herabgelassen. Selma lag auf dem Rücken. Ihre Hände knüllten ein Tuch. Das Haar war zerrauft und hing in die Stirn. Sie lächelte nun nicht mehr wie am Abend zuvor. Das Gesicht war gerötet, die Augen gingen unruhig hin und her. Sie waren groß und das Fieber flackerte in ihnen. Josef Blau erschrak. Das war schlimmer, als er nach den Worten der Hebamme gedacht hatte. O Gott, er hatte gehofft, daß die Gefahr vorüber sei.

«Man muß den Arzt holen», sagte er leise zu Frau Nowak.

«Ich werde Martha schicken», erwiderte die Hebamme, ohne zu widersprechen.

Er trat nahe an ihr Bett. Sie versuchte sich aufzurichten. Dann ergriff sie seine Hand und zog ihn nahe zu sich. Ihre Hand war heiß und trocken. Frau Nowak hatte sich entfernt.

«Für alle Fälle», sagte Selma. «Gut, daß ich dich noch sehe.»

«Selma», sagte er. Er konnte nicht weitersprechen. Er hielt ihre Hand und drückte sie, als könne er so Selma festhalten. Selma warf sich unruhig unter dem schweren Federbett. Sie stützte sich auf die Linke und brachte ihren Mund nahe an sein Gesicht.

«Karpel hat den Wechsel», sagte sie und fiel in die Polster zurück.

Josef Blau ließ ihre Hand los.

«Was... was sagst du... Selma?»

Sie hatte die Augen geschlossen. Sie atmete laut. Ihre Brust hob und senkte sich ungleichmäßig. Hörte sie ihn nicht mehr? Schlief sie? War es zu Ende? Hatte sie alle Kraft gespart, ihm noch das eine zu sagen, ehe sie ging? Sie liebte ihn! Selma liebte ihn! Sie hatte nicht nach den Blumen gefragt, im Fieber nichts anderes gedacht als daran, daß er kommen sollte, so lange sie noch sprechen konnte, daß sie ihn warne.

Frau Nowak trat wieder ein.

«Schläft sie?» fragte sie. Sie sah Josef Blau an. «Es ist nicht schlimm. Das ist das Gewöhnliche. Sie müssen sich nicht aufregen, Herr Professor!»

Sie schob ihn, der keinen Widerstand leistete, aus Selmas Zimmer.

«Es ist nichts», sagte die Mutter, die ihm den Kaffee auf den Tisch stellte.

«Es ist nichts», sagte der Arzt, der bald darauf bei Selma eintrat.

Wenn es nichts war, so war es doch etwas. Josef Blau hatte es zuerst nicht erfaßt. Aber jetzt sah er es. Karpel hatte den Wechsel. Er konnte ihn nur von Berger gekauft haben, von Bobeks Freund, der das Geld geliehen hatte. Aber woher wußte es Selma? Selma mußte gestehen, von wem sie es wußte. Wer hatte ein Interesse, es Selma zu sagen. Nur der, der wollte, daß Josef Blau es erfahre: Karpel, der den Lehrer in Schrecken halten, ihn erniedrigen, den Wechsel benutzen wollte, den Lehrer in der Schule wehrlos zu machen. Hatte er Selma auf der Straße überfallen, es ihr zugeraunt, oder trafen sie einander, sprachen miteinander, hatten wenigstens einmal miteinander gesprochen? Selma hatte gezögert, es dem Gatten zu sagen, daß er nicht mit Fragen in sie dringe, woher sie es wisse. Hatte Josef Blau je den Namen Karpel genannt? Sie hatte ihn gesagt, als sei er ihr ein geläufiger, oft gesprochener Name. Woher hatte Karpel von diesem Wechsel gewußt? Auch von Selma? Sie mußte alles sagen, sowie man ihn zu ihr lassen würde, er wollte in sie dringen, nichts durfte verborgen bleiben. Sie hätte vielleicht nie verraten, daß sie es wußte, aber das Fieber hatte sie reden gemacht, die Angst des Todes, die Ermattung der Geburt, schreckhafte Bilder, die der Halbschlaf der Krankheit ins Gehirn brachte, und die Sorge um das Neugeborene. Wenn es Selmas Zustand zuließ, wollte er heute zu Modlizki. Solange der Wechsel in Karpels Händen war, war der Lehrer dem Schüler ausgeliefert. Es waren ungewöhnliche Dinge, die Karpel plante, erschreckende Pläne.

Wie hatte Karpel sich Selma genähert? Was hatte er ihr vorgespiegelt, sie zu Zusammenkünften zu veranlassen? Vielleicht drohte ihr Karpel lange schon mit seiner Rache, daß er den Lehrer vernichten würde, und Selma kaufte den Gatten los. Sie sollte sprechen. Am Ende wußten es alle, die Schüler, die Mutter, Modlizki, nur er wußte es nicht, daß er gerettet wurde, nicht durch sein Gebet, sondern durch Selma, die ihn loskaufte bei den Schülern. Was war der Preis, den Selma zahlte? Was hatte sie schon getan, wie weit war sie gegangen? Was verlangte Karpel nun, daß er Josef Blau mit dem Wechsel schone?

Selma schlief jetzt. Sie hatte Suppe gegessen und das Kind

zum erstenmal an die Brust genommen. Das Fieber hatte nachgelassen. Die Mutter und Frau Nowak saßen im Wohnzimmer. «Es ist keine Gefahr», sagte Frau Nowak. Er konnte gehen. Es war halb acht, als er die Wohnung verließ.

Lehrer Leopold stand auf dem Korridor, bereit, Josef Blau auch heute zu vertreten. Er trat auf Josef Blau zu und streckte ihm mit weiter Bewegung die Hand entgegen.

«Meine herzlichsten Glückwünsche! Es ist alles, wie es sein soll, da Sie kommen.»

Josef Blau reichte ihm wortlos die Hand.

Er betrat die Klasse, wie immer, von der Tür aus das erhöhte Podium besteigend, beim Gang an seinen Platz die Schüler nicht aus dem Blickfeld zu lassen. Er hängte den Hut an den Nagel und machte seine Eintragung in das Klassenprotokoll. Alles ging schnell. Er wollte nicht, daß die Knaben, wie es bei anderen Lehrern üblich war, durch eine vortretende Abordnung ihn beglückwünschten. Er stand am Fenster und begann den Unterricht, dort fortsetzend, wo er in der letzten Stunde geschlossen hatte.

Der Schüler Karpel saß da wie die anderen, unbeweglich, mit gesenktem Kopf.

9. Kapitel

Modlizki stand auf der Freitreppe, schwarz, mit hochgeschlossener Weste. Er schritt Josef Blau entgegen, ohne Eile wie immer, den Kopf mit dem schwarzen, in der Mitte gescheitelten Haar nach links geneigt.

Sie traten in die holzgetäfelte Halle.

Josef Blau setzte sich. Er hatte das Fenster im Rücken und vor sich die Wand mit ausgestopften Tierköpfen und Waffen. Modlizki stand vor ihm. Josef Blau forderte ihn mit einer Bewegung der Hand auf, sich zu setzen. Modlizki setzte sich in angemessener Entfernung auf die Kante eines freistehenden Stuhles. Er saß aufrecht, den Rücken nicht angelehnt.

Modlizki sah Josef Blau wartend an. Josef Blau rückte unruhig auf dem Stuhl. Er mußte anfangen, zu sprechen. Modlizki, wußte er, würde nichts tun, das quälende Schweigen zu beenden.

«Du bist bei mir gewesen, Modlizki», sagte er. «Es war mir nicht möglich früher zu kommen. Es ist...»

«Es ist mir bekannt», sagte Modlizki. Er erhob sich. «Ich hätte nicht versäumt, ehestens meinen Glückwunsch auszusprechen.»

«Ich danke», sagte Josef Blau. «Setze dich, Modlizki.»

Es war so vieles, wovon zu sprechen war. Wie sollte er beginnen? Er mußte vorsichtig sein, sich keine Blöße geben.

«Es ist ein Knabe?» fragte Modlizki. Josef Blau nickte.

«Er wird das Glück haben, eine sorgfältige Erziehung zu genießen. Mir wurde dieses nicht zuteil. Mein Vater...»

«Ich weiß», sagte Josef Blau.

Modlizki verneigte sich und schwieg.

Er hätte ihn nicht unterbrechen sollen. Nun mußte Josef Blau wieder beginnen.

«Von wem hast du davon erfahren, Modlizki, von dem Kind, meine ich?»

«Der junge Herr Karpel kam gestern vorbei. Ich pflege des Abends vor dem Haus zu stehen. Die Abende sind warm, als wäre es Sommer.»

«Der Schüler Karpel? Ihr habt über mich gesprochen?»

«Wir sprachen dieses und jenes. Der junge Herr zeichnet mich durch sein Vertrauen aus. Ich glaube, ich habe mir erlaubt, es einmal zu erwähnen.»

«Was sagte er?»

«Wir hatten heute den neuen Lehrer, sagte er. Ich fragte, ob Herr Blau erkrankt sei. Nein, sagte der junge Herr. Bei der Frau klappt es. Aber jetzt wird das Junge schon da sein. Der junge Herr drückte es so aus. Es steht mir nicht an, es ihm zu verweisen. Es ist ein freudiges Ereignis, eines Kindes zu genesen, erlaubte ich mir, mit Nachdruck zu erwidern.»

Modlizki lächelte nicht. In seinem Antlitz bewegte sich nichts. Die Stimme war eintönig und tief. Sie hob und sie senkte sich nicht. Josef Blau blickte auf den Boden, auf das bunte Muster des Teppichs.

«Der junge Herr liebt eine starke Ausdrucksweise», fuhr Modlizki fort. «Sie könnte geeignet sein, zarte Hörer zu verletzen. Er ist mit Sorgfalt erzogen. Ich möchte meinen, daß ein gewisser Mutwille es ist, der ihn treibt, die Spuren dieser Erziehung zu verwischen. Ich will mich nicht vermessen, ein Urteil abzugeben, aber ich zweifle nicht, daß der junge Herr von sich reden machen wird.»

«Wann?» fragte Josef Blau.

«Das ist mir nicht bekannt. Ich meine es nicht im besonderen, ich hatte die Absicht, etwas zu sagen, was man als allgemeines bezeichnet.»

«Du glaubst, daß er kein durchschnittlicher Mensch ist, Modlizki?»

«Das wollte ich im allgemeinen sagen.»

«Im Guten oder im Bösen?»

«Ich weiß nicht. Es ist so, daß er besonderes unternehmen wird. Vielleicht wird es einem gut erscheinen und anderen böse. Es kann sein, meine ich, daß es so kommt.»

«Ich glaube, es gibt eine Grenze zwischen gut und böse. Es gibt auch Dinge, die dazwischen liegen. Aber – das Besondere, das nicht Allgemeine kann man doch erkennen, ob es so ist oder so.»

Modlizki sah Josef Blau an. Josef Blau hatte es nicht klug gesagt. Modlizkis Blick machte ihn unsicher. Modlizki wartete.

«Sprich, Modlizki!» sagte Josef Blau.

«Ich habe keine Bildung genossen und ich weiß nicht, meine Meinung zu sagen, daß man sie klar versteht. Ich will ein Beispiel geben. Es könnte sein, daß der junge Herr etwas in der Schule unternimmt, was dem Lehrer böse, den Schülern gut erscheint, zum Beispiel.»

«Was ist es?» fragte Josef Blau.

«Ich sage es als Beispiel. So wäre dem einen gut, was dem anderen böse ist.»

Sah ihn Modlizki nicht merkwürdig an, als beobachtete er jede Bewegung seiner Muskeln? Modlizki wußte.

«Es gibt allgemeine Grundsätze, nach denen man das Gute vom Bösen unterscheiden kann. Das Gesetz, die Religion, Gott.»

«Das Gesetz», sagte Modlizki. «Es sagt, daß niemand nehmen darf, was des anderen ist. Das ist es, wie mir scheint, im Grunde. Die Religion sagt, daß man den Nächsten lieben soll und daß der Arme ins Himmelreich eingeht.»

«Ist es nicht gut und ein Trost?»

«Es ist gut für die Herren und die Damen.»

«Sie brauchen es weniger als die anderen, Modlizki.»

«Es mag sein, daß mir die Bildung abgeht, es zu verstehen. Es mag der Grund sein, daß ich anderer Meinung bin, wenn es erlaubt ist. Es ist leicht, den Nächsten zu lieben, für einen Herrn. Die Herren und Damen sind nicht veranlaßt zu stehlen. Es bezieht sich mithin das Verbot nicht auf sie. Es ist zu ihrem Schutze. Wenn wir lieben, so uns böses tun, die andere Backe hinhalten und so, ist es den Herren und Damen gut. Dieses ist sozusagen vorübergehend, sagt man uns. Wir gehen ins Himmelreich, was unser Trost ist. Die hier die Ersten sind, werden dort die Letzten sein, worüber sich wieder die Damen und die Herren getröstet haben. Wenn es gestattet ist, ist deswegen unsere Religion verbreitet.»

«Deswegen verbreitet?»

«Ich meine, daß sie gegen uns ist und daß man sie darum überall gelehrt hat.»

«Es ist merkwürdig, wie du es ansiehst, Modlizki. Du glaubst, die Reichen haben sie benutzt, ihre Macht zu erhalten?»

«Die Herren und Damen. Liebe deine Feinde, wird gesagt. Du sollst nicht stehlen, wird gesagt. Du sollst nicht begehren deines Nächsten Esel, wird gesagt. Eher geht ein Kamel durch ein Nadelöhr als ein Reicher ins Himmelreich eingeht, wird gesagt. Ich habe es gelesen. Ich habe gelesen, daß es der Glaube der Sklaven gewesen ist. Die Herren und Damen haben ihn bekämpft, sie begriffen ihn nicht. Dann begriffen sie ihn, habe ich gelesen, und sie verbreiteten ihn und richteten seine Zeichen bei allen Völkern auf, die sie unterwarfen. Sie nahmen ihnen alles, denn es war so, daß sie

sie liebten und wollten, daß sie leichter ins Himmelreich eingehen.»

Modlizki kannte nur den Haß. Sein Haß machte ihn findig, aber er blieb beschränkt und eigensinnig. Man durfte es nicht in sich einlassen, was Modlizki sagte.

«Ist es nicht von Gott?» fragte Josef Blau leise.

Modlizki schwieg. Er sah starr vor sich hin.

«Ist es nicht von Gott?»

«Vielleicht ist es von Gott», sagte Modlizki.

«Es gibt eine göttliche Gewalt», sagte Josef Blau. Er hatte die Augen geschlossen. «Es wäre alles undenkbar, verstehe mich! Es wäre alles Zufall und ein Wahnsinn, Modlizki!»

«Die Gebildeten untereinander leugnen, wie ich es gelesen habe, die göttliche Macht. Es sind Leute aufgestanden, es zu beweisen, daß kein Gott ist. Alles vollzieht sich, sprechen sie, nach natürlichen einfachen Gesetzen. Der menschliche Geist sei an den Körper gebunden und sterbe mit ihm. Der menschliche Geist erst habe Gott erfunden. Die Gebildeten brauchen Gott nicht. Aber wir, sprechen sie, brauchen ihn noch und unseretwegen lassen sie ihn bestehen. Denn wir haben keine Bildung genossen, wir sind ohne Erziehung. Es könnte sein, daß wir nichts fürchten, wenn wir Gott nicht fürchten und die Lehre, die gepredigt wird. Wir könnten meinen, daß ohne den Trost des Himmelreichs es sich nicht lohne, sich zu trösten und könnten beginnen zu begehren, was den Herren und Damen gehört, und wähnen, daß die Rache unser sei. Ich habe nicht oft Gelegenheit, mit Gebildeten zu sprechen. Ich verstehe es so wie ein Mann ohne Bildung und Erziehung es versteht. Ich möchte die Gelegenheit benützen, zu fragen, ob Gott ist, wenn es erlaubt ist?»

«Ich habe es gesagt», sagte Josef Blau.

«Wie denn, nicht bloß, um mich auf den rechten Weg zu

bringen, der für einen Mann meines Standes der ziemliche ist?»

«Wir sind eines Standes, Modlizki, wir sind zusammen aufgewachsen.»

«Ich weiß, daß es mir nicht ansteht, mich dessen zu erinnern. Ich habe es vergessen. Ich gehöre zur dienenden Klasse.»

«Ich auch, Modlizki.»

«Ich begreife den Wunsch, geachtet zu werden, wie es dem Stande zukommt, dem man angehört.»

Josef Blau wich seinem Blick aus. «Dem man angehört», hatte Modlizki gesagt, nicht «dem man nun angehört». In seinen Worten war kein Hohn. Seine Stimme hob und senkte sich nicht. Aber war in Modlizkis Augen nicht der Funke des Hasses? Josef Blau wollte aufstehen und gehen. Jeden Augenblick konnte es zu spät sein. Denn jeden Augenblick konnte Modlizkis Haß gegen ihn ungehemmt hervorbrechen. Aber von wem sollte er alles erfahren, wenn nicht von Modlizki? Modlizki würde selbst davon beginnen, was Josef Blau wissen wollte. Josef Blau fühlte es. Er mußte warten.

«Gott will, daß wir unsere Feinde lieben», fuhr Modlizki fort. «Gott hat eine Lehre gegeben, die für die Herren gut und gewinnbringend ist und uns hat er einen Trost gegeben. Ich vermesse mich nicht, Gott zu leugnen, aber ich verstehe, daß er gegen mich ist. Er ist ein Herr, der täglich gebratenes Fleisch genießt und sich die Schuhe putzen läßt, meine ich. Seine Lehre ist nicht gut für uns. Wir sind eine große Masse und er ist mit den anderen. Man kann nicht auftreten dagegen, meine ich. Du sollst nicht töten, du sollst nicht stehlen!»

«Töten?»

«Ich sage es zum Beispiel. Sie sagen, man könnte die Güter gerecht verteilen. Aber sie werden nicht gerecht verteilt bleiben. Und was ist gerecht, meine ich? Ich sage, wenn es erlaubt ist, daß es darauf nicht ankommt. Die Güter sind es nicht.» Er machte eine Pause.

«Kann man aufhören, Gott zu fürchten, frage ich?» Er sah Josef Blau starr an.

«Schweig, schweig, Modlizki!»

Was sprach er? Was löste er? Was forderte er heraus?

Modlizki verneigte sich gegen ihn und schwieg.

«Warum sprichst du nicht weiter? Ach, was willst du, Modlizki? Ich habe kein Recht und nicht die Absicht, dir das Wort abzuschneiden. Ich bin gekommen, mit dir zu sprechen. O Gott, du bringst mich zur Verzweiflung!» sagte er mit gequälter Stimme.

Modlizki schwieg.

«Sprich, sprich! Was wolltest du? Wo habe ich dich unterbrochen?»

«Ich bin mir bewußt, wie langweilig dieses für einen Gebildeten ist. Aber man spricht dies und das. Ich bin ohne die Schulung der Gedanken, daß man diese versteht. Ich weiß, daß wir ausgeschlossen sind und ich will so bleiben. Wir sind eine Masse gegen die Herren und Damen, aber wir können nichts tun als Masse, worauf es ankommt, wenn man mich versteht. Denn auf die Güter kommt es zuerst nicht an. Wir sind ihnen einzeln gegenüber.»

«Ich verstehe dich gut, Modlizki!»

Er stand allein den Knaben gegenüber, die ihn ausschlossen. Sie verachteten ihn. Sie verwendeten ungewöhnliche Mittel.

«Wir können zu Wahnsinn und Verzweiflung treiben.»

Modlizki konnte es. Wenn er noch lange sprach, trieb er ihn dazu. War nicht jeder Augenblick kostbar? Zu Hause lag Selma. Sie fieberte vielleicht. Das Neugeborene konnte erkrankt sein. In dieser Stunde konnte Karpel mit dem Wechsel etwas unternehmen.

«Wir sind eine große entsetzliche, aufsässige Masse. Ich meine, daß es so sein könnte. Dann würde das andere nachfolgen. Wir können zu Wahnsinn und Verzweiflung treiben, jeder für sich. Wie ein Teig ist es, wenn man mich recht versteht. Wir lächeln nicht und wir weinen nicht. Wir nehmen nicht Anteil, an nichts. Wir sind bescheiden, aber ungelegen, so meine ich es. Gehorsam, aber schnell oder langsam. Wir befolgen alles, aber es macht die irr, die befehlen. Man kann keinen Tadel finden, aber es ist quälend, ängstigend und es ist kein Grund, wenn man es besieht. Wir sind harmlos und gehorsam, wir entwinden uns immer wieder.»

«Wie Kragenknöpfe», sagte Josef Blau. Modlizki sah ihn fragend an. «Nichts, nichts!»

«Ich meine, daß es so sein könnte. Wir schließen uns aus aus allem. Wir hören keine Musik, nur Befehle. Es sind keine Feste. Es wird eine große Angst kommen, wenn ich es richtig denke. Wir lehnen alles ab. Nichts bewegt uns, an unsere Abkunft nicht zu denken. Man kann nicht sprechen. Denn es ist, daß wir taub sind und gehorchen. Zu mir, meine ich, führt kein Weg von den Herren. Sie werden allein sein und wir werden starr sein und sie ansehen, eine große Masse, daß sie verzweifeln. Ich bin gelassen und der Herr Rat sind unruhig. Ich lasse mich nicht verleiten. Ich bleibe von allem ausgeschlossen. Es ist nicht so, daß sie mich ablehnen, sondern, daß ich es ablehne. Der junge Herr Karpel kommt und sagt, es ist da eine Sache. Ich frage nicht, ich schweige. Herr Rat und die jungen Herren zeichnen mich durch Vertrauen aus. Ich erwidere nur, wenn ich gefragt werde.»

«Eine Sache, Modlizki? Was für eine Sache ist das? Rede, rede!»

«Eine Sache mit einem Wechsel. Er hat ihn gekauft, sagt der junge Herr.»

«Was will er damit? Hat er es gesagt, Modlizki?»

«Der junge Herr hat nichts hinzugefügt.»

«Nichts hinzugefügt? Aber gelächelt vielleicht, gelächelt, die Stimme, klang sie freudig, höhnisch, was hast du bemerkt, erzähle es, wie es sich abgespielt hat und was du sonst weißt, alle Einzelheiten... verschweige nichts, Modlizki, ich bitte dich, wir sind miteinander...»

Er verstummte. Er fühlte, wie Modlizki ihn starr ansah. Nichts bewegte sich in Modlizkis Gesicht, indes Josef Blau hastig atmete, die Worte hervorstieß, die Hände aufhob.

«Es geht vielleicht um alles, Modlizki!» sagte er leise und schloß die Augen.

«Vielleicht, daß der junge Herr gelächelt hat. Aber ich entsinne mich nicht. Ich stand vor dem Haus. Es war abends. Da kam der junge Herr. Er zeigte das Blatt. Da, sagte er, ich habe es gekauft.»

«Er hatte es in der Hand.»

«Ich sah es und sah die Unterschrift. Es ist noch nicht fällig, sah ich. Es wird eingelöst werden zur Fälligkeit, das ist kein Zweifel.»

«Kein Zweifel? Es war für Bobek, Modlizki, verstehst du? Er verfrißt und versäuft es. Ich habe nichts, siehst du, nichts, ich bin nicht weitergekommen, wir sparen, und wenn der Monat um ist, ist nichts da und nun alles das, die Hebamme, der Arzt, alles wird kosten, woher soll ich es nehmen und noch das, wenn Bobek mich im Stich läßt, du glaubst, ich habe zurückgelegt? Nichts, ich bin arm wie die andern, wie du, siehst du, Modlizki, glaubst du, ich bin aufgestiegen, Modlizki? Ich fühle es, leugne es nicht, Modlizki, ich fühle, daß du das glaubst, aber es ist nicht so, ich habe nichts, Modlizki.»

«Darauf kommt es nicht an», sagte Modlizki.

«Darauf kommt es an, Modlizki, auf nichts sonst, siehst du! Karpel weiß, daß es darauf ankommt, darum hat er den Wechsel gekauft. Er wird hart sein, wenn es soweit ist und ich werde nicht zahlen können, denkt er. So haben sie mich in der Hand. Ich muß mich fügen, sonst legen sie den Wechsel vor. Woher weiß es Selma?»

«Es ist mir nicht bekannt.»

«Wer hat ein Interesse daran, daß sie es weiß, frage ich? Der, der will, daß ich es erfahre. Wenn ich es nicht weiß, hat die ganze Sache keinen Zweck. Deshalb hat man es ihr gesagt. Nur Karpel kann es gesagt haben!»

«Vielleicht, daß der junge Herr es gesagt hat.»

Josef Blau stand auf und Modlizki erhob sich sogleich. Blau setzte sich rasch wieder und winkte Modlizki, sich zu setzen.

«So kennt er sie, spricht mit ihr? Droht ihr, jagt ihr Angst ein, o Gott, was verlangt er von ihr? Wo trifft er mit ihr zusammen, seit wann, du weißt es, du genießt sein Vertrauen, sprich, Modlizki!»

«Es ist mir nicht bekannt.»

«Frag ihn, Modlizki, ich muß es wissen, ich will vorbereitet sein, auf alles, es ist vieles im Gange. Da ist der neue Lehrer, Modlizki!»

«Die jungen Herren sprachen davon.»

«Wovon? Daß er mit Selma gesprochen hat?»

«Sie haben sich lobend über ihn geäußert.»

«Lobend? Und was sonst?»

«Es wurde nicht weiter davon gesprochen.»

«Du sollst fragen, Modlizki! Sie werden es dir erzählen. Du bist klug. Du kannst es ihnen entlocken. Wegen des neuen Lehrers und was mit dem Wechsel ist. Was soll ich tun, Modlizki?»

«Wenn es erlaubt ist, ich glaube nicht, daß der junge Herr den Wechsel gutwillig herausgibt.»

«Was soll ich tun? Du wirst mir helfen, Modlizki!»

Modlizki schwieg. Er sah Josef Blau an. Dann sagte er langsam:

«Vielleicht, wenn man den jungen Herrn in die eigene Gewalt bekäme...» Er stockte. Was war das? Prüfte er die Wirkung seiner Worte?

«Ich verstehe dich nicht. Sprich weiter!»

«Nun, daß der Lehrer den Schüler in die Hand bekommt wie der Schüler den Lehrer.»

«Wie denn? Was meinst du?»

«Wenn der Schüler wüßte, daß er in des Lehrers Hand ist, würde er auch den Wechsel geben.»

«Ach Gott, sprich deutlich, was soll ich?»

«Wenn es erlaubt ist und man es recht versteht. Daß der junge Herr dem Lehrer abends begegnet. Dann würde der junge Herr, meine ich, zu vielem bereit sein. Es steht viel auf dem Spiel, zu Hause und in der Schule.»

«Wie begegnet?»

«Ich meine, wenn der junge Herr in der Kasernengasse ist.»

«Nein!» Josef Blau sprang auf. «Das ist unmöglich!»

Auch Modlizki hatte sich erhoben.

«Ich meine nicht so, daß der junge Herr dem Lehrer in einem Haus begegnet. Es könnte beim Verlassen des Hauses sein, daß der Lehrer dasteht. Es wird heute nach sieben Uhr sein, daß der junge Herr in einem Haus ist. Wenn es erlaubt ist, wird es das zweite Haus an der linken Seite sein, wenn man von der Kaserne zählt. Es wäre so, daß der Lehrer dort steht und wir verlassen das Haus.»

«Dastehen, Modlizki... es ist...»

«Ich könnte aus dem Fenster sehen und bemerken, wenn es soweit ist. Wir würden das Haus sogleich verlassen.»

«Wie soll ich...»

Ein schrilles Glockenzeichen unterbrach ihn.

«Der Herr Rat sind erwacht», sagte Modlizki.

«Ja, ich höre, die Glocke, wir sind nicht fertig, Modlizki...»

«Wenn es mir erlaubt ist, ich glaube, es ist alles gesagt. Ich werde in allen Fällen aus dem Fenster sehen. Es ist Zeit, sich zu entscheiden.»

«Ich bin nicht entschlossen, Modlizki. Wenn man mich sieht, ich meine…»

Modlizki näherte sich der Tür.

«Es liegt in der Art meiner Stellung, daß es mir obliegt, den Befehlen des Herrn pünktlich nachzukommen. Verspätungen aus Anlaß privater Gründe wären nicht am Platze. Das Verhältnis des Herrn zu mir ist nicht privat. Es würde sonst nicht entsprechen.»

«Eine Ausnahme, heute, ersuche ihn…»

«Ich werde nicht verstanden.»

Sie standen auf der Freitreppe. Josef Blaus Blick fiel auf die weiße, lässige Göttin.

«Es ist die Nachbildung einer altgriechischen Figur», sagte Modlizki, «sie ist aus carrarischem Marmor. Herr Rat sagen, daß ihr Anblick tröstlich sei.»

Er verneigte sich, trat ins Haus zurück und schloß die Tür hinter sich. Josef Blau blickte ihm nach. Wie hatte Modlizki erraten, daß er an die Göttin dachte? Man sollte sie zerschmettern, alles, Modlizki hatte recht. Es war da, abzulenken, zu verführen, vergessen zu machen. Nun beobachtete ihn Modlizki aus einem Fenster oder einem Guckloch. Es war beunruhigend, seinem Blick ausgesetzt zu sein und sein Gesicht, von dem die Maske nun gefallen war, nicht zu sehen. Es lachte oder der Haß entstellte es. Josef Blau schritt die Treppen hinab, und über den Kiesweg durch den Garten. Die Gittertür sprang surrend vor ihm aus dem Schloß. Er trat auf die Straße. Es war sechs Uhr abends. Es war eine Stunde Zeit, einen Entschluß zu fassen. Man mußte in Ruhe überlegen. Es war nicht alles besprochen. Was würde dann geschehen, wenn er Karpel und Modlizki gegenüberstand? Wenn Karpel auf ihn losging, alles verloren gebend Lärm schlug, andere Menschen herbeirief. Frauen, betrunkene Männer kamen aus den Häusern, es entstand ein Auflauf, Karpel sprach mit ihm, laut und höhnisch, oder er begann zu bitten, vor diesen Zeugen. Wie leicht, daß Josef Blau nicht entfliehen konnte, weil die Menschen ihn dicht umstanden! Modlizki konnte ihm helfen, wenn er Karpel unterfaßte, die erste Überraschung des Schülers ausnutzte, ihn fortzuziehen. Er hätte Modlizki darum ersuchen, ihn auf diese Möglichkeit aufmerksam machen sollen, an die Modlizki nicht denken konnte.

Josef Blau stand noch immer vor dem Haus. Wenn er läutete, mußte Modlizki öffnen. Josef Blau brauchte nur eine Sekunde, es Modlizki zuzuflüstern. Dem Herrn mußte es nicht auffallen. Es konnte nichts Ungewöhnliches sein, daß jemand klingelte, ein Bote, der Briefträger, die Zeitungsfrau, ein Bettler.

Josef Blau drückte auf den Knopf der Klingel. Er wartete. Die Tür surrte nicht. Modlizki öffnete ihm nicht, er wollte nicht mehr sprechen. Er hatte seinen Rat erteilt. Er überließ es Josef Blau, sich zu entscheiden. Es gab kein Mittel, Modlizki zu zwingen, sich sprechen zu lassen. Josef Blau mußte den Umkreis dieses Hauses verlassen. In kurzem konnte Karpel kommen, Modlizki zu holen. Karpel durfte dem Lehrer nicht vor Modlizkis Haus begegnen.

Josef Blau ging langsam der Stadt zu. Es war Tag. Er mußte, wenn er sich entschloß, Modlizkis Rat zu folgen, den Mantelkragen hochschlagen und den Hut tief in die Stirn drücken. Modlizki würde ihn erkennen, da er ihn erwartete. Josef Blau wollte die Straße aus der Kaserne betreten. Dann hatte er nur wenige Schritte in der Kasernengasse zu gehen. Die Kaserne diente als öffentlicher Durchgang. Vor dem zweiten Haus konnte er etwas verweilen, eine Zigarre anbrennen, auf die Uhr sehen, sich umblicken, als ob er jemand erwarte. Indes mußten sie aus dem Haus treten.

Die Kasernengasse war schmal. Kein Zweifel, daß in den Haustoren, auf der Straße Frauen standen, die ihn anrufen würden. Wenn er darauf vorbereitet war, würde es ihn nicht veranlassen, sich umzuwenden, wie man unwillkürlich tut, wenn man unverhofft angesprochen wird. So konnte er weitere Annäherung abschneiden. Wenn der Schüler ihn erblickt hatte, mußte er den Weg, den er gekommen war, zurückgehen. Der Weg in die Kaserne war kürzer als der nach dem anderen Straßenausgang. Im Torgang der Kaserne, schien ihm, war er gerettet. Dorthin würde ihn Karpel nicht und nicht ein Auflauf der Frauen verfolgen. Zudem würde Modlizki den Schüler hindern, dem Lehrer nachzueilen. Es lag daran, daß Josef Blau nicht den Bruchteil einer überflüssigen Sekunde blieb, nachdem Karpel ihn gesehen hatte. Alles konnte, wenn nichts Unvorhergesehenes dazwischentrat, in wenigen Minuten zu Ende sein. Karpel hatte ihn gesehen. Es brauchte nichts gesprochen zu werden. Nun war etwas, was Josef Blau gegen den Schüler gebrauchen konnte, wenn er dem Rat Modlizkis folgte.

Er trat in einen Zigarrenladen ein und kaufte eine Zigarre und ein Päckchen Streichhölzer. Die Vorbereitungen konnten alle getroffen sein, ohne daß der Entschluß noch gefallen war. Vielleicht fiel dieser so spät, daß keine Zeit mehr zur Besorgung der Zigarre und der Streichhölzer blieb. Die Zigarre war wichtig. Ein Mann, der auf der Straße stehen blieb, eine Zigarre herauszog, umständlich die Spitze abschnitt, das Feuerzeug herausholte und die Zigarre in Brand setzte, war ein alltäglicher Anblick, der nicht auffallen konnte. Außerdem zerfiel dann die Wartezeit in Tätigkeit, war ausgefüllt und erträglicher. Er wußte, was er zu beachten hatte, wenn er wartete: die Zigarre, das flackernde Streichholz, bis die Tür sich öffnete.

Es war halb sieben Uhr, als er in der Stadt war. Von hier zur Kasernengasse war in langsamer Gangart nicht weiter als fünf Minuten. In der Hauptstraße flammten die Laternen auf. Aber es war noch, vielleicht von der ersten Dämmerung gedämpfter Tag. Die Gelegenheit, Karpel zu überraschen, mußte nicht bald sich wiederholen. Gegen Modlizkis Rat ließ sich nichts einwenden. Karpel brauchte ungewohnte Mittel, der Lehrer antwortete in ungewohnter Weise. Daß er zu einem anderen Zweck, als Karpel zu überraschen, die Kasernengasse aufsuchte, konnte niemand, auch Karpel nicht, annehmen. Er stände sonst nicht wartend vor dem Haus, aus dem Karpel trat. Es mußte klar sein, daß dem Lehrer Karpels Unternehmungen angezeigt worden waren und daß der Lehrer nun, den Schüler auf offener Tat zu greifen, hierher gekommen war. War die Straße allzu belebt, sah er es noch aus dem Torbogen der Kaserne. Er gab den Weg auf und kehrte um. Aber vielleicht war die Straße ruhig zu dieser Stunde. Man erkannte jeden, der entgegenkam, von weitem. Solange er in der Kaserne war, war er gesichert. Er konnte ruhig eintreten, ohne sich entschieden zu haben und mit kurzem Blick die Straße überschauen.

Im Tor der Kaserne standen Posten und Gruppen von Soldaten. Er überschritt den weiten Hof. Soldaten standen in Reihen aufgestellt. Ein Offizier verlas mit lauter Stimme ein Schriftstück. Josef Blau trat durch ein zweites Tor in eine düstere Halle. Er schlug den Rockkragen hoch und drückte den Hut tief in die Stirn. Am Ausgang der Halle stand ein Posten. Josef Blau zögerte einen Augenblick. Vor ihm lag die Kasernengasse. Ein einzelner Soldat mit einer Mappe unter dem Arm kam durch die Straße auf das Tor zu.

Die Zigarre und das Streichholzpäckchen waren in Josef Blaus Tasche. Sein Herz pochte. Sein Atem ging schnell. Der Soldat neben ihm sah ihn an. Der Soldat mit dem Buch trat ein. Er rief dem Posten ein Wort zu und ging an Josef

Blau vorbei. Aus dem Dunkel der Halle hinter Josef Blau näherten sich Schritte auf den steinernen Fliesen. Die Straße vor Josef Blau war leer. Er betrat sie langsamen Schritts wie ein Spaziergänger. Aus dem Dunkel der Tore lösten sich hutlose Frauen in weiten, ärmellosen Gewändern, Tücher um die Schultern. Josef Blau hatte sie von der Kaserne aus nicht bemerkt. Hinter den Fensterscheiben sah er runde, flache Gesichter, bleich im Schimmer der Straßenlaterne, mit großen, runden Augen. Jemand pochte rechts von ihm mit dem Knöchel an die Fensterscheibe. Er sah sich nicht um. Ein Fenster wurde klirrend geöffnet. Die Frauen unter den Türen winkten mit den Köpfen und riefen ihn mit leisen, zischenden Lauten. Hinter ihm näherte sich jemand wohl auf Pantoffeln. Der Schritt schlurfte auf dem Pflaster. Eine Frauenstimme rief hinter ihm her. Er hielt die Zigarre in seiner Tasche fest umklammert. Nun stand er vor dem zweiten Haus an der linken Straßenseite.

Konnte er stehen bleiben? Von allen Seiten winkte und zischte es. Vor ihm lag der längere Teil der Straße, noch hundert Schritt bis an ihr Ende. Er mußte umkehren in den Schutz der Kaserne. Hatte Modlizki ihn erkannt? Josef Blau hatte den Kragen des Mantels hochgeschlagen und den Hut tief in die Stirn gedrückt. Er wollte sich umwenden und zurückkehren.

Die Tür des zweiten Hauses öffnete sich von innen. Ein Lichtschein fiel auf das Pflaster vor Josef Blau. An einer Frauengestalt vorbei trat jemand auf die Straße. Es war nicht Karpel. Hinter ihm, noch im Flur sah Josef Blau zwei Gestalten. Er erkannte Modlizki an der Haltung des Kopfs. War das Karpel, der neben ihm stand? Nun mußte es sich entscheiden. Josef Blau richtete sich auf. Da ertönte ein Schrei. Die Tür flog ins Schloß. Es war der Schüler Laub, der geschrien hatte. Er stand allein auf der Straße. Nun erkannte ihn Josef Blau. Die anderen waren im Haus. Der

Schüler Laub hob die Hände, sein Hut war ihm vom Kopf gefallen. Er hatte hellblondes, gescheiteltes Haar. Er ging auf den Lehrer zu.

Es war keine Zeit zu verlieren. Es konnte ein Auflauf entstehen. Die Frauen würden die Partei des Schülers ergreifen. Josef Blau wandte sich um. Er lief die Straße zurück zur Kaserne. Der Schüler folgte ihm. Er hörte seine Stimme. Sie rief etwas, aber Josef Blau verstand es nicht. Er lief durch die Kaserne. In einer breiten, baumbepflanzten Straße hielt er an. Er lehnte sich an einen Baum. Sein Herz pochte.

«Der andere war der Schüler Karpel», dachte er. «Er ist in meiner Gewalt.»

Er sah sich um. Der Schüler Laub folgte ihm nicht mehr. Josef Blau atmete tief und richtete sich auf. Er breitete die Arme aus und streckte sich, als sei eine Last von seinem Rücken gefallen. Er lächelte. Er konnte gelassen das Weitere erwarten. Er war umsichtig, planvoll, führte mit Kraft seine Pläne zu Ende. Er konnte gelassen nach Hause gehen.

Zu Hause fand er die Mutter und Bobek im Wohnzimmer. Selma hatte geschlafen. Er warf einen Blick auf sie und Josef Albert. Selma nickte ihm zu.

Er hatte den Überrock noch an. Als er sich anschickte, ihn abzulegen, bemerkte er, daß seine linke Hand noch immer die Zigarre hielt.

Er legte die Zigarre auf den Tisch vor Onkel Bobek.

«Da», sagte er, «rauche!»

Er lächelte. Er dachte, daß er Bobek hätte auf die Schulter klopfen können und sagen: «Alter Junge.»

10. Kapitel

Onkel Bobek steckte sich nach dem Abendessen die Zigarre an. Er machte zurückgelehnt mit halbgeschlossenen Augen die ersten Züge.

Noch ahnte Onkel Bobek es nicht. Nun kam Onkel Bobek an die Reihe. Josef Blau wollte nun fortfahren, wie er begonnen hatte, alles aus dem Weg zu räumen, alles in Ordnung zu bringen. Es war noch nicht zu Ende. Das Geld mußte beschafft werden, ohne Aufschub, es mußte bezahlt werden und Onkel Bobek mußte es beschaffen. Der Wechsel mußte verschwinden, auch wenn Karpel nun nichts wagen würde. Der Wechsel bedrohte sie, er blieb eine Gefahr, so lange das Geld nicht da war, und es war anders nicht zu beschaffen.

Onkel Bobek sah dem Rauch nach, den er von sich blies. Er träumte. Josef Blau wollte nur einige Worte sprechen, klare, ruhige, jeden Widerspruch ausschließende Worte, denen sich Onkel Bobek nicht würde widersetzen können. Dann wollte er zu Selma und ihr sagen, daß es in Ordnung sei. Selma mußte zu ihm aufsehen; er war mutig und entschlossen. Karpel wagte nichts mehr. Josef Blau schützte Selma, er machte Anschläge zunichte, die Selma und das Kind bedrohten, bei Josef Blau war sie geborgen, wenn auch er kein Turner war wie der neue Lehrer.

Onkel Bobek fühlte Josef Blaus Blick nicht. Er sah nichts, er rauchte. Onkel Bobek war glücklich. Aber war es Josef Blau nicht auch? Hatte nicht auch Josef Blaus Glück nun begonnen? Onkel Bobeks Glück sollte bald sich für einen Augenblick umwölken. Aber die Mutter würde ihm Wein geben, sie würde ihm fette gewürzte Gerichte vorsetzen und die Wolken würden verzogen sein. Onkel Bobek war nicht da, sich zu grämen.

«Wir wollen ein Glas Wein miteinander trinken», sagte Josef Blau.

Onkel Bobek öffnete die Augen.

«Ja, ja.» Josef Blau lächelte ihm zu. Warum sollte er nicht mit dem Onkel trinken? «Es muß noch etwas da sein.»

«Blau», sagte Onkel Bobek, «du gefällst mir.»

Josef Blau lehnte sich zurück. Er hob als erster das Glas hoch und hielt es gegen die Lampe. Er grüßte mit erhobenem Glas den dicken Bobek.

Der Onkel sah ihn ungläubig an. Auch er hob sein Glas.

«Blau», wiederholte er, «du gefällst mir.»

Gefiel er ihm? Nun, vielleicht würde er jetzt allen gefallen, Selma, den Schülern, dem Lehrer Leopold. Es war alles leicht, wenn man wußte, wie man es nehmen sollte.

Josef Blau neigte sich nicht vor, als er es dem Onkel sagte. Er blickte gegen die Decke. Er sagte es ruhig, daß das Geld morgen da sein müsse und daß ein Schüler den Wechsel gekauft habe. Deswegen müsse er ihn einlösen. Onkel Bobek sah starr auf die Tischplatte.

«Nun?» fragte Josef Blau.

Onkel Bobek brauste nicht auf, er hielt den Kopf gesenkt. Er fügte sich, als sei unvermeidlich, sich Josef Blau zu fügen.

«Liebe Mathilde», sagte Onkel Bobek, «du hörst es! Das Geld muß da sein. Willst du es vorlegen, liebe Mathilde?»

«Unter Umständen», rief die Mutter.

Bobek atmete schwer. Vor ihm auf dem Tisch lag der

nackte, fleischige Arm der Mutter. Er streckte langsam seine Hand aus. Er blickte Josef Blau fragend an. Aber Josef Blau lächelte nicht. Sein Blick lag unbarmherzig auf dem Onkel.

Onkel Bobek legte seine Hand zögernd auf den Arm der Mutter. Dann ließ er den Kopf sinken. «Diese Umstände sind eingetreten, liebe Mathilde», sagte er leise.

Die Mutter erhob sich.

«Das heißt...»

Onkel Bobek nickte.

«Bobek!» Die Mutter trat auf Onkel Bobek zu. Sie umarmte ihn und küßte ihn auf den Mund.

«Es geht in Ordnung», sagte Onkel Bobek. «Du gibst das Geld.»

Die Mutter faßte ihn und zog ihn zu Josef Blau hin. Sie umarmte Josef Blau, ohne den Onkel loszulassen. Blau fühlte ihren nassen Mund an seiner Wange. Onkel Bobek kaute an seiner Zigarre.

«Ach», schrie die Mutter, «Bobek, ach du!» Sie lehnte den Kopf an seine Brust.

Onkel Bobek trat einen Schritt zurück.

«Man muß die Sinne beherrschen, Mathilde», sagte er. Sie traten vor Selmas Bett. Die Mutter schmiegte sich an Onkel Bobeks Schulter.

«Ach Selma, Selma», schluchzte die Mutter. «Sieh uns an. Es ist soweit. Ja, ja, nun muß ich euch verlassen!»

Selma lächelte. Sie streckte die Hand aus, sie reichte sie der Mutter, die sich über Selma beugte und sie schluchzend küßte.

«Nein, nein», sagte die Mutter, «das, wer es mir noch gestern... Küsse sie auch, Bobek!» Sie trocknete mit einem zerknüllten Taschentuch ihre Tränen. «Sag, daß du ihr ein guter Vater sein wirst, Bobek, ach, ach, er ist jetzt achtzehn Jahre tot, achtzehn Jahre, wie die Zeit vergeht, er hat es nicht erleben sollen! Das hätte keiner gedacht, daß es Bobek sein würde, so sag doch ein Wort, Bobek!»

«Es verschlägt mir die Sprache», sagte Onkel Bobek, «denn es ist bei Gott keine Kleinigkeit, seht ihr. Schließlich man hatte nach niemandem zu fragen. So wie ich es gewohnt bin, ich spreche nicht gern am Morgen, erst wenn ich etwas Warmes im Leib habe, versteht ihr, vorher nicht. Ich hätte gedacht, daß dazu noch Zeit ist. Wenn du es nicht übereilen willst, liebe Mathilde, vielleicht sollten wir alle es uns noch einmal überlegen!»

«Es ist alles überlegt», sagte Josef Blau.

«Gut, gut, ich dachte nur so. Ein Vorschlag, nichts weiter. Nichts für ungut, meine Lieben. Aber es ist so plötzlich gekommen. Man muß sich zurechtfinden.»

Er verließ das Zimmer mit der Mutter, die an seinem Arm hing.

«Nun kommt es in Ordnung», sagte Josef Blau, «die Mutter wird nun Onkel Bobek das Geld geben.»

Er stand vor Selmas Bett.

«Ich bin so glücklich», sagte Selma. Sie lächelte und nickte ihm zu.

Karpel würde den Wechsel zurückgeben, wenn Josef Blau das Geld hatte, und das würde er morgen haben. Das kam in Ordnung. Aber es war nicht alles. Es war im Grunde nicht wichtig. Was hätte Karpel mit dem Wechsel tun können, wenn man es sich recht überlegte. Wegen des Wechsels allein war Josef Blau nicht in die Kasernengasse gegangen. Das andere war wichtiger, daß sie es nur von Karpel wissen konnte. Jetzt konnte er sie fragen. Sie konnte ihm nicht entgehen. Sie würde sprechen. Alles gelang ihm. Auch das würde gelingen. Er würde wissen, ob sie Karpel traf, wo und wie oft sie ihn gesehen hatte und alles was geschehen war.

«Von wem weißt du es, Selma?»

Sie lächelte nicht mehr.

«Wegen des Wechsels», sagte er.

Sie wich seinem Blick aus.

«Ich soll es nicht sagen», antwortete sie leise.

«Sprich, du mußt sprechen, Selma!»

Sie schwieg.

«Warum fragst du mich?» sagte sie.

«Ich muß es wissen», wollte er sagen. Aber er sagte es nicht. Warum wirklich fragte er sie? Ob es so war oder so, ob es Karpel gesagt hatte oder ein anderer, es war doch vergangen. Nun würde Selma Josef Blau erkennen, wie er war, klug und umsichtig, entschlossen und voll Größe. Wozu mußte er es wissen?

Er verzieh. Er vergaß. Das alles sollte nun weit hinter ihnen liegen. Er lächelte. Sie sahen einander an. Und nun lachte auch sie, lachten sie beide, ohne Grund, laut, nicht so, daß Onkel Bobek und die Mutter im Zimmer daneben es hörten, aber laut genug, daß Josef Albert davon erwachte.

«Gute Nacht, Selma», sagte Josef Blau.

«Gute Nacht.»

Er lächelte noch, als er ins Wohnzimmer trat.

Onkel Bobek hatte den Rock abgelegt. Auf dem Tisch standen drei gefüllte Gläser.

Die Mutter sprach mit lauter Stimme. Onkel Bobek sah starr vor sich hin und trank.

«Mein Zimmer wird nun leer stehen», sagte die Mutter zu Josef Blau. «Aber vielleicht werdet ihr es vermieten.» Sie wischte sich die Tränen von den Wangen.

Sie trat schluchzend vor das Bild ihres ersten Gatten, das an der Wand hing.

«Wirst du mir ein guter Mann sein wie dieser, Bobek?» Sie zeigte auf das Bild. Onkel Bobek gab keine Antwort. «Er hat mich geliebt, er war zärtlich zu mir, warum soll ich mich schämen?»

Sie nahm das Bild von der Wand, hauchte auf das Glas, unter dem es lag, und rieb es mit ihrem Taschentuch.

«Kosterhoun, Kosterhoun», rief sie, «das hast du nicht ahnen können, Kosterhoun, daß deine kleine Hilduschka und der dicke Bobek... das nicht, Kosterhoun.»

Sie trat an den Tisch zurück und neigte sich über Onkel Bobek.

«Wirst du auch Hilduschka zu mir sagen, Bobek?»

Onkel Bobek hob den Kopf und schlug mit der Hand auf den Tisch.

«Nein», sagte er, «das nicht. Das wirst du nicht erreichen, Mathilde. Gut, gut, ich habe nicht nein gesagt, es ist noch nicht fällig, aber ich tue es, wann denkt der gute Bobek an sich? Aber das mußt du dir aus dem Kopf schlagen, daß ich das zu dir sage, so wahr ich Bobek heiße, ich lasse mich nicht plattschlagen, wenn ihr das glaubt, habt ihr euch alle geirrt.»

Er trank das Glas leer, goß von neuem ein, trank wieder und schlug das Glas auf die Tischplatte.

Man müßte es feiern, dachte Josef Blau, anders, mit Musik, Gesang, Lehrer Leopold sollte dabei sein, man sollte Reden halten, er selbst, Josef Blau wollte sprechen. Selma sollte ihn hören und vergleichen.

Er wollte trinken und mit Selma tanzen. Er trank Onkel Bobek zu.

«Hast du es gehört, Blau», sagte Onkel Bobek. «Hilduschka! Hast du es gehört? Ich bin ein guter Kerl, aber alles hat seine Grenzen. Vielleicht könnte man es anders aus der Welt schaffen, aber gut, gut. Ich sage ja und ich tue es. Und warum? Habt ihr euch das überlegt?» Seine Augen füllten sich mit Tränen. «Ich tue es um euretwillen, so bin ich, so bin ich immer gewesen. Aber wir wollen es feiern, hört ihr? Davon soll gesprochen werden, wie der Onkel Bobek Verlobung feiert, da gibt's nichts, Mathilde, keine Ausflüchte, und häng deinen Kosterhoun wieder an die Wand, sag ich, zum Teufel!»

«Er ist so verstaubt, der Selige», sagte die Mutter und hängte das Bild an seinen Nagel.

Onkel Bobek leerte sein Glas.

«Ich komme nicht in Stimmung», sagte er. «Alles wegen des bißchen Geldes. Siehst du, Blau, so ist es. Man tappt so hinein in alles, wer denkt auch, wie es enden soll? Ja, ja, wer da so wüßte, wie es kommt, aber da ist nichts, bloß Gottvertrauen, und was ändert das? Wie oft und es hat sich nicht gelohnt und man kann nicht zurück, siehst du, man möchte sich die Haare ausreißen, aber was nützt es? Wozu sich den Kopf schwermachen, pflege ich zu sagen. Es hat alles seine zwei Seiten. Man ist nicht mehr der Jüngste und da hat man jemanden, der einen zudeckt, der die Wärmflasche vorbereitet und das Nachthemd an den Ofen hält und immer ein guter Bissen und ein Schnaps im Haus. Es hat alles zwei Seiten. Aber was ist das, hörst du es? Wem gilt das? Vielleicht sind es Freunde, öffne ihnen, Blau, ich brauche sie, sie sollen kommen, ich will ihnen ins Auge sehen, sie sollen mich trösten und mit uns trinken!»

Auch Josef Blau hörte es. Unten auf der Straße wurde in die Hände geklatscht. Dann verstummte das Klatschen. Nun wurde gepfiffen und gerufen.

Josef Blau zog den Fenstervorhang hoch und öffnete das Fenster. Er sah zwei Gestalten auf der dunklen Straße.

«Hallo!» rief es von unten.

Es war Modlizkis Stimme.

Was wollte Modlizki von ihm? Und wer war der andere, der neben Modlizki stand? Er konnte es nicht erkennen. Vielleicht war es Laub oder Karpel. Es war wohl wegen der Begegnung, daß sie kamen. Sie wollten ihn um Verzeihung anflehen, gewiß. Mochten sie kommen. Es lag so weit zurück. Er hatte keinen Groll. Er verzieh.

«Wirf ihm die Schlüssel hinunter», sagte Onkel Bobek.

Die Mutter schlug die Schlüssel in ein Zeitungsblatt. Dann warf sie sie aus dem Fenster.

Modlizki trat allein ein. Also stand der andere unten. Er fürchtete sich einzutreten.

«Setzen Sie sich zu uns», sagte Onkel Bobek. «Nehmen Sie teil an dem Familienfest, das wir feiern. Gehören Sie nicht mit dazu im Grunde? Sie sind Blaus Freund. Das ist genug.»

«Ich würde es nicht ablehnen, Herr Bobek», sagte Modlizki. «Aber es handelt sich um etwas Ernstes.»

«Sie wollen allein sein. Gut, ich verstehe, Freunde haben einander bisweilen etwas zu sagen. Gehen wir in deine Räume, Mathilde. Und wenn Sie fertig sind, rufen Sie uns. Ich habe einen stillen Tag heute, wir wollen beieinander bleiben. Ich möchte nicht allein sein, sehen Sie!»

Modlizki schloß sorgfältig die Tür hinter ihnen. «Ich bitte um Vergebung, aber es schien mir wichtig, es gleich zu berichten, sowie ich es erfahren hatte.»

«Was gibt's, Modlizki? Ich habe alles gesehen, Modlizki, Karpel stand mit dir im Hausflur. Er schlug die Tür zu. Es war zu spät. Ich hatte ihn schon erkannt.»

«Um den jungen Herrn handelt es sich nicht. Er steht unten. Er erwartet mich.»

«Er hätte mitkommen können, Modlizki. Ich zürne ihm nicht. Du wirst das Geld bekommen und Karpel wird den Wechsel geben. Mehr will ich nicht.»

«Es handelt sich nicht darum.»

«Handelt sich nicht darum?»

«Der junge Herr will nichts.»

«Ich habe Karpel erkannt, Modlizki. Aber siehst du, damit ist genug geschehen. Du mußt nicht für ihn sprechen, wenn es das ist, was er von dir verlangt.»

«Es handelt sich um den anderen jungen Herrn.»

«Um Laub? Ist er auch da? Sage ihnen, daß ich weiß, sie werden sich diesen Abend einprägen. Sie können nach Hause gehen, Modlizki.»

«Der andere junge Herr ist nicht da. Wir erreichten ihn gestern vor der Kaserne. Der junge Herr war sehr erregt. Wir führten ihn durch unbelebte Straßen. Denn der junge Herr schluchzte, und alles, was wir sagten, hatte nicht die Wirkung, ihn zu beruhigen. Der junge Herr wurde streng gehalten. Es dauerte bis lang nach acht Uhr, ehe der junge Herr sich beruhigte. ‹Verzeihung›, sagte er da, ‹es ist wegen der Nerven. Ich erschrak sehr. Thereschens Gesicht war schrecklich, mit aufgesperrtem Mund.› Er meinte seinen Lehrer. Dann begann er zu lachen. Wir dachten, daß er sich abgefunden habe. Als wir allein waren...»

Modlizki machte eine Pause.

«Wir wollten glauben, daß er sich mit dem Plan beruhigt habe, morgen durch mich als Fürsprecher Nachsicht zu erbitten. Allein sein letztes Lachen verließ uns nicht. Es hatte etwas Unheimliches und ich kann es nicht schildern. Wir gingen noch etwa eine Stunde miteinander, aber davon sprachen wir nicht. Er zog uns zu dem Haus, in dem der junge Herr wohnt. Man wird immer überrascht, denn die jungen Herrn sehen es anders. Aber damit hatte ich nicht gerechnet.»

«Womit?»

«Daß der junge Herr sich erhängt.»

Josef Blau wich zurück. Seine Hände tasteten nach einem Halt.

«Modlizki!» schrie er.

«Es kam und es überrascht uns alle.»

Josef Blau ging auf ihn zu. Er ergriff ihn an der Schulter.

«Du lügst», wollte er rufen. Aber seine Kehle hatte keine Gewalt über die Stimme.

Blaus Hand glitt von Modlizkis Schulter.

«Wir beschlossen, hierher zu gehen. Es erschien uns klug und vorsichtig, daß der Lehrer es weiß.»

«Was ist mit Laub, Modlizki?» Josef Blau sprach heiser. Sein Mund war trocken.

«Es scheint, daß er es gleich getan hat, nachdem er nach Hause gekommen war. Man sah es von der Straße. Das Fenster war erleuchtet und der junge Herr hing am Fensterkreuz. Sie hatten ihn schon abgenommen, als wir kamen.»

«Er ist – ?»

«Der junge Herr mochte eine Stunde gehangen haben. Es ist unmöglich, daß einer das übersteht. Es geht über menschliche Kräfte. Er hatte sich in Hinsicht auf die Farbe des Gesichts verändert. Die Zunge des jungen Herrn ...»

«O Gott, Modlizki, o Gott!»

Er ließ sich auf den Stuhl fallen und barg den Kopf über dem Tisch in den Händen. Von nebenan hörte er eine dünne weinende Stimme. Wann war es doch, daß die Sonne auf Laubs bloßen Scheitel fiel? Das Haar glänzte, als sei es von Silber. Das Antlitz des Schülers war zart wie ein Mädchenantlitz, es war rot und weiß und noch ohne Flaum an den Wangen. Modlizki sprach, seine Stimme hob und senkte sich nicht. Aber Josef Blau träumte vielleicht. Es konnte nicht anders sein, er träumte. Es hatte sich doch gewendet! Was war es, wovon Modlizki sprach? Josef Blau begriff es nicht, es ging an ihm vorbei.

«Es wird eine Untersuchung stattfinden. Man wird fragen, wie es gekommen ist. Man weiß, daß der junge Herr mit dem jungen Herrn Karpel fort war. Man wird fragen, wo sie gewesen sind. Der junge Herr Karpel will sagen, daß sie in den Anlagen gewesen sind. Der junge Herr Laub war scherzhafter Laune, will er sagen. Man wird verlangen, daß etwas Auffälliges an dem jungen Herrn bemerkt wurde. Dies sei ihm aufgefallen, daß der junge Herr scherzhafter war als sonst, wird der junge Herr Karpel sagen, so habe ich ihm geraten. Es ist notwendig, es gleich zu besprechen.»

Josef Blau schwieg.

«Der junge Herr Karpel wartet auf mich. Es ist notwendig, daß der junge Herr unterrichtet ist, wie er es sagen soll. Wenn niemand sagt, wie es gewesen ist, kann der junge Herr sprechen, wie ich ihm geraten habe. Sonst muß der junge Herr erzählen, wie der junge Laub aufgeschrien hat, als er aus dem Haus trat und wie er in Verzweiflung kam.»

Modlizki wartete.

«Wenn es also soweit ist, wie soll es sein? Die Eltern werden kommen und suchen, daß jemand schuldig sei. Denn dies ist ein Trost im Schmerz.»

Josef Blau hob den Kopf.

«Und wer ist der Schuldige? Wer hat es bewirkt, werden sie sagen, wenn sie es erfahren haben, wer ist schuld, daß er tot ist? Der Herr Lehrer Blau hat ihn gemordet.»

Josef Blau hatte sich erhoben. Er sah Modlizki an mit starren, unbeweglichen Augen. Modlizki wich zurück. Josef Blaus Hände tasteten auf der Tischplatte als suchten sie etwas. Sie ergriffen die Weinflasche. Seine Finger umklammerten ihren Hals als würgten sie ihn. Modlizki duckte sich. Josef Blau hatte die Weinflasche gehoben. Er schwang sie über den Kopf. Der Wein rann über seinen Ärmel. Josef Blaus Mund war geöffnet. Er stieß einen heiseren Laut aus. Dann zersplitterte die Flasche an der Wand.

Josef Blau stützte sich auf den Tisch. Er hielt die Hand vor dem Mund. Die Tür hatte sich geöffnet. Etwas Warmes, Klebriges drang aus seinem Mund über die Finger. Ob es Blut war? Laubs Blut, das an seinen Händen klebte? Er hob die Hände, er drehte sich im Kreise, dann kam neues Blut, er mußte die Fäuste in den Mund stopfen, das Loch stopfen, Bobek, die Mutter, Modlizki drehten sich um ihn. Sie schrien durcheinander. Nun rissen sie an ihm. Er wehrte sich nicht. Er schloß die Augen.

Die Mutter brachte Wasser. Modlizki erbot sich, den Arzt zu holen.

«Ein Blutsturz», sagte Modlizki. «Ein Schüler hat sich erhängt, weil er in einem Frauenhaus entdeckt wurde. Es ist Herrn Blau zu nahegegangen.»

«Halt mich fest, Bobek», sagte die Mutter.

«Habe ich es nicht gesagt, Mathilde? Er ist nicht gesund, Mathilde! Bazillen so groß wie die Datteln, pflege ich zu sagen. Öffne das Fenster, Mathilde!»

Er wendete sich an Modlizki. «Es ist kein Glauben in der Jugend von heute, Herr Modlizki. Kein Gottvertrauen wie früher. Bin ich nicht auch mit fünfzehn in Frauenhäuser gegangen? Aber habe ich mich umgebracht, frage ich Sie, Herr Modlizki? Habe ich es getan?»

«Sie haben es nicht getan, Herr Bobek», antwortete Modlizki. Er verneigte sich und verließ das Zimmer.

11. Kapitel

Es war alles klar und schloss sich zu einem Ring. Es war nirgends eine Lücke. Alles vollendete sich. Josef Blau fieberte. In den Nächten war sein Körper naß von kaltem Schweiß. Josef Blau hielt die Augen geschlossen. Aber sein Kopf war klar.

Die dunklen Träume der ersten Tage waren gewichen. Er floh nicht mehr, pochenden Herzens, mit Füßen, an denen schwere Klumpen dichten Schlammes hingen. Er sah nicht mehr, wie auf ein fahles Blatt gemalt, flach, das Gesicht des Schülers Laub mit dicker, zwischen den Lippen geklemmter Zunge und hinter Laub Modlizki, umringt von den Knaben der Klasse, schwarz gekleidet, mit wächsernem Gesicht, einen geschweiften Zylinder in der Hand, von dem eine schwarze Schärpe in einem unerklärlichen Wind unheimlich flatterte. Denn es regte sich kein Hauch und es war eine unbewegliche ewige Stille.

Es war nun eine kühle Klarheit in Josef Blaus Gehirn. Wie ein Morgen, dachte er, im Sommer nach einer schwülen Nacht. Josef Blau wollte nichts sehen und nicht sprechen. Er wollte nicht, daß die Klarheit weiche. Er erkannte alles. Er begriff alles. Er weinte nicht und er betete nicht. Nun war es zu spät, zu weinen, zu sprechen oder zu beten. Es war zu spät, Gott zu rufen, die Hände zu ringen, beschwörende Worte zu ersinnen. Der Schüler Laub war tot. Es war kein unausweichliches Schicksal, das ihm den Tod gebracht hatte, der Tod des Schülers Laub begann irgendwo, an einem Punkt wendete sich der Weg zu Laubs Tod, von einem Punkt ging er aus, an einem Punkt lag der Schritt vom Weg des Lebens ab zum Weg des Todes. Man konnte an diesen Punkt nicht zurück, von neuem zu beginnen. Wo begann es? Begann es bei der Zigarre, die Josef Blau gekauft hatte? Ohne Zigarre wäre er nicht in die Kasernengasse gegangen und der Schüler Laub lebte noch. Aber das war nicht der Anfang. Begann es bei dem Gespräch mit Modlizki, bei Selmas Worten, die sie Josef Blau zuflüsterte, als er neben ihrem Bett stand nach Josef Alberts Geburt, mit dem Wechsel, bei Onkel Bobek, bei Josef Albert? Wo auch immer es begann, es war unwiederbringlich, jedes Wort, jeder Schritt hatten den Weg geändert. Jedes Wort, jeder Schritt rissen nach sich, wer tat, lud Schuld auf sich und verstrickte sich und die anderen. Der Weg ging hin und her, von einem zum anderen, von Josef Blau zu Selma, zu Karpel, zur Mutter, zu Bobek, zu Josef Albert, zu Lehrer Leopold, zum Schüler Laub. Alle waren verstrickt, alle hingen zusammen. Was man getan und gesprochen hatte, ging weiter, man konnte nicht sehen, wohin es sich wandte und wo es zu Ende war. Man konnte nicht zurück an den Anfang, es von vorne zu beginnen, und es gab kein Ende. Josef Blau hatte getan, Pläne gefaßt und ins Werk gesetzt. Der Schüler Laub lag in der Erde und in seiner Kammer Josef Albert, aller Verstrickungen, aller Sünden, aller Leiden Erbe. Josef Blau begriff seine Schuld: er hatte getan und hatte gewußt, daß jede Tat die Gewalt neuer Taten in sich hatte, er hatte geatmet und hatte gewußt, daß nur der von Schuld frei blieb, der dem Baum gleich war, atemlos, ausgeschaltet, ohne Gedanken, denn auch das Gedachte war in der Welt. Alle ahnten, daß es so war, aber nur die Gott ergriff, erlebten es bis ans Ende und ihnen blieb kein Ausweg. Oh, daß man nicht den Atem anhalten konnte, da jeder Hauch die Welt veränderte, schuldlos zu bleiben. Mit dem ersten Wort begann es, mit dem ersten Schrei. Vielleicht starb der Schüler Laub schon, ehe er geboren war, als das Werkzeug seines Todes, Josef Blau, kein unverantwortliches Werkzeug, geboren wurde, als Josef Blau zuerst atmete, schrie, die ersten Schritte tat, als Josef Blau an der Hand der Mutter ging. Die Mutter trug Josef Blaus Bruder eingehüllt in den Armen. Sie verdeckte sein Gesicht, daß kein Blick es sehe, denn es konnte ein böser Blick sein, der es traf. Die Frauen traten zur Mutter auf der Straße und sie fragten nach dem Alter des Kindes. Die Mutter ahnte, was ein Wort vermochte, ein lobendes, überhebliches, berufendes Wort, es vermochte das Glück und das Leben des Kindes zu berufen und sie suchte das Kind zu schützen, indem sie log und es für ein einjähriges ausgab, als es sechs Monate alt war. Begann Laubs Tod bei dem Tod dieses Knaben, der als Säugling starb? Bei den Tränen und Gebeten der Mutter, die dem Säugling bald folgte? Sie hatte eingefallene Wangen, sie wusch die Wäsche für den Vater und den Sohn in der Küche, sie hob schwere Lasten und sie haderte mit Gott, bis das Blut aus ihrem Hals kam, daß sie sterben mußte. Alles setzte sich fort und wandelte und nun war das Blut aus Josef Blaus Mund gekommen und wo endete es? Eines ruhte auf dem andern und eines schloß sich an das andere. Man konnte zurückgehen, Schritt für Schritt, aber man konnte nichts zurückrufen. Begann es beim Gerichtsdiener, dem ausgedienten Soldaten, der sich nachts stöhnend im Bett warf, daß die Bretter krachten, dem Vater, der ihn, Josef Blau, ins Leben gesetzt hatte als Josef Blau, unwiderruflich, wie Josef Blau Josef Albert? Dieser hieß Kurt Wünsche und war der Sohn des Bezirksrichters und dieser war Josef Blau, trug eine Weste, diente dem Priester am Altar im weißen Chorrock neben Modlizki, wurde der Lehrer, dieser Josef Blau, weil eines dem andern folgte, unzählige Worte und Schritte, weil dieser der Vater war und ihn zeugte und so war, und diese die Mutter, das das Zimmer, in dem er geboren wurde, das der Name, den er erhielt, diese die Nacht, die er wach lag, und diese die andere, die er schlief, weil er diesem begegnete und anderem entging, eine unendliche Kette. Er stand vor den Knaben und tat und sprach und der Schüler Laub war tot und was noch war schon gesetzt, floß schon unaufhaltsam und niemand ahnte es noch? Er stand vor ihnen und sagte und bewegte sich und setzte ihren Plänen Pläne entgegen. Er befahl ihnen, und allein, daß er schweigend vor ihnen stand, war unauslöschlich in ihnen, ob es Liebe erweckte oder Haß oder Gleichgültigkeit. Andere waren Bauern oder Kaufleute oder Beamte und sie verstrickten und verantworteten nicht so die Schicksale vieler vor dem göttlichen Gericht wie Josef Blau. Sie erkannten nicht wie Josef Blau erkannte, über den die Klarheit gekommen war, daß es keine Rettung gab, keine Flucht und keinen Ausweg, daß man nicht entfliehen konnte, daß es nichts gab, was nicht nach sich zog, es nützte nichts, die Augen geschlossen zu halten, es ging nicht, alles auszuschalten, bis auf den Atem, man durfte nicht denken, aber die Gedanken gingen durch das Gehirn, einer folgte dem andern. Vielleicht sollte er zählen, wie er als Kind getan hatte, wenn der Schlaf nicht kommen wollte, nichts mehr tun als zählen, bis alles zu Ende war.

Jemand neigte sich über ihn. Er öffnete die Augen. Es war heller Tag. Selma stand neben seinem Bett. Der wie vielte Tag war es, seit Modlizki ihm die Nachricht von Laubs Tod gebracht hatte? Damals lag Selma noch fiebernd im Bett. Sie war wieder schön wie damals, bevor ihr Leib Josef Albert trug. Um ihre Augen lagen nun keine Falten und ihre Wangen waren gerötet. Sie hatte den Mund geöffnet, die Hände halb gehoben. Was erschreckte sie? Wo war Josef Albert? Er hörte ihn nicht. Schlief er oder lebte er nicht mehr? Er wollte nicht denken, er wollte zählen, es gab nichts als zählen, aber er zählte doch schon, er zählte mit lauter Stimme, deswegen war Selma an sein Bett getreten. Er winkte ihr mit dem Kopf. Sie neigte sich über ihn.

«Papier», flüsterte er.

Sie brachte einen Bogen und einen Bleistift. Er legte den Bogen auf seine Knie. Josef Blau schrieb. Er schrieb Zahlen auf das Papier, vielstellige Zahlen. Er zählte sie zusammen und zog sie voneinander ab. Selma saß neben ihm. Sie legte ihre Hand auf seinen Arm.

«Was ist das», sagte sie, «o Gott, was ist geschehen?»

Sie weinte.

Er hörte es. Aber wie sollte er es ihr erklären?

Wer konnte es begreifen, den es nicht ergriffen hatte?

Sie zog ihre Hand zurück. Sie wandte die Augen nicht von ihm, bis er über das Papier gebeugt ermattet in Schlaf fiel.

Als er erwachte stand Modlizki am Fußende des Bettes. Es mochte vier Uhr nachmittags sein. Modlizki hielt den Kopf seitwärts geneigt. Seine Stimme klang eintönig wie die des Vorsängers in der Kirche. Wo hatte er den Zylinder? Er hielt ihn vielleicht so, daß die Bettwand ihn verbarg.

«Es ist vorüber», sagte Modlizki, «und es ist kein Anlaß zur Besorgnis. Deswegen bin ich gekommen. Es ging so, wie es vorgesehen war. Die Beisetzung der sterblichen Reste des jungen Herrn war von großer Feierlichkeit. Der schwergeprüfte Herr Vater, die tiefgebeugte Frau Mutter, der trauernde Lehrkörper und die jungen Herrn aus allen Klassen nahmen an den Begräbniszeremonien teil. Es war eine wohlgelungene Feierlichkeit mit gewähltem musikalischem Programm, das dem Stande des Verblichenen entsprach. Ich selbst schloß mich dem Trauerzug an. Der junge Herr Karpel war sehr bewegt. Ich begleitete ihn auf dem Heimweg, um ihm zuzusprechen.»

Es ist eine Erscheinung, dachte Josef Blau. Es ist aus einem Traum.

«Wie gesagt, es ist kein Anlaß zur Besorgnis. Die Untersuchung wurde oberflächlich geführt. Soll ich darüber berichten?»

«Ich danke», sagte Josef Blau.

Er nahm den Bogen, der neben dem Bett lag, und beugte sich über ihn. Er multiplizierte sechsstellige Zahlen.

Als Josef Blau wieder aufblickte, saß Martha neben seinem Bett. Sonst war niemand im Zimmer. Als Josef Blau Martha sein Gesicht zuwandte, schrak sie zusammen. Sie saß aufrecht auf der Kante des Stuhls mit offenem Mund, bereit aufzuspringen und um Hilfe zu rufen.

Am späten Nachmittag trat Lehrer Leopold ein. Er setzte sich neben das Kopfende des Bettes. Selma war mit ihm zugleich ins Zimmer getreten. Sie hatte ihm wohl geöffnet. Sie setzte sich Lehrer Leopold gegenüber an das Fußende des Bettes. Er trug einen blauen Anzug, aus dessen linker Brusttasche der Zipfel eines weißen Seidentuchs herabhing.

«Es freut mich, Sie wieder munter zu sehen», sagte Lehrer Leopold. Also war er während Blaus Krankheit dagewesen, oft, vielleicht täglich, da er ihn auch anders gesehen hatte. «Sie beschäftigen sich wieder, das ist ein gutes Zeichen. Haben Sie ein bestimmtes Problem vor, Herr Blau?»

«Multiplikationen», erwiderte Josef Blau, «sechsstellige Multiplikationen.»

«Oh, ich verstehe», sagte Lehrer Leopold ernst.

Sie werden mich für verrückt halten, weil sie es nicht begreifen, dachte Josef Blau.

«Es zerstreut», sagte er, «und man muß nichts denken. Ich glaube, ich ruhe dabei aus. Es gilt nichts, meine ich.»

Selma hielt die Hände im Schoß. Ihre Finger knüllten ein kleines Taschentuch. Lehrer Leopold sah sie an. Niemand war da, sich in den Weg zu stellen. Josef Blau konnte es nun nicht mehr. Er wollte rechnen, das zog nichts nach sich, niemand mußte darum sterben. Warum hatte er versucht, es zu entschuldigen? Mochten sie ihn für verrückt halten. Was änderte es? Er hatte die Wahrheit erkannt, hat man nicht schon oft die für verrückt gehalten, die die Wahrheit zuerst erkannten?

«Ich soll Sie von Ihren Schülern grüßen, Herr Blau», sagte Lehrer Leopold. «Ich habe für die Zeit Ihrer Krankheit die Klasse übernommen. Die Schüler nehmen warmen Anteil an Ihrer Erkrankung. Der Schüler Karpel wollte Sie besuchen, aber ich habe es nicht gestattet. Er fragt mich täglich nach Ihrem Befinden. Er hängt mit großer Liebe an seinem Lehrer. Hätten Sie seinen Besuch gewünscht?»

«Nein», sagte Josef Blau.

«Es ist schön, zu sehen, wie die Schüler Ihnen ergeben sind. Das ist der Lohn unseres verantwortungsreichen Berufs. Es ist ein schöner Beruf, gnädige Frau. Ich habe ihn aus Neigung gewählt. Mein Vater, der ein hoher Beamter war, wollte mich zum Juristen machen. Ich habe noch nie bereut, daß ich Lehrer geworden bin. Die Schüler, wenn man sie zu behandeln weiß, sind Wachs in den Händen des Lehrers. Man bemüht sich, sie zu formen, sie zu dem zu machen, was einem als menschliches Ideal vorschwebt. Dieses Ideal muß man klar und fest umrissen vor sich sehen. Sonst kann man Fehler machen, nie wieder gut zu machende Fehler. Das Material, in dem der Lehrer arbeitet, ist kostbarer als der kostbarste Marmor. Gewiß, wir haben nicht alle das gleiche Bild vom vollkommenen Menschen. Mein Ideal ist dem griechischen, klassischen verwandt. Ihr Ideal, Herr Blau, mag ein anderes sein. Es kommt nicht darauf an, welchem Ideal man zustrebt, sondern darauf, daß man ihm zustrebt.»

Was sprach er? Wessen vermaß er sich? War er ohne Ahnungen von der Verantwortung, die man trug, daß es anders wurde, als man wollte? Seine Stimme ging über alles hin, sie klang angenehm und lockend, sie bedeckte wie dünnes Eis im Herbst den unter der gefrorenen Fläche wogenden See.

Er sollte gehen. Josef Blau wollte nicht hören, was Lehrer Leopold noch zu sagen hatte. Er schloß die Augen.

«Sie sind müde. Sie werden sich rasch erholen, wenn Sie wieder in die Schule gehen», sagte Lehrer Leopold. «Tätigkeit, Bewegung wird alles wieder in Ordnung bringen. Wir werden darauf achten, daß Sie etwas für sich tun, Herr Blau. Wir haben jetzt herrliche Sommertage. Sowie der Arzt es erlaubt, werden wir Sie an die frische Luft bringen. Sie wirkt Wunder!»

Selma schüttelte den Kopf.

«Glauben Sie mir, gnädige Frau! Die Zimmerluft macht alles schlimmer, als es ist. Alles ist leichter, als es aussieht. Das ist so ein Stück von meiner Philosophie. Gewiß kein tiefer, aber ein guter Glaube. Ich will gehen und morgen wiederkommen. Herr Blau braucht Ruhe. Kommen Sie mit mir, Frau Selma. Eine Stunde in der Sonne und Sie werden sehen, es ist wirklich alles leichter zu ertragen.»

«Er soll gehen», dachte Josef Blau. «Mit ihr oder allein, nur nicht bleiben und sprechen.»

Selma hatte Blaus Hand ergriffen. Er öffnete die Augen.

«Ich bleibe», sagte sie.

Lehrer Leopold stand neben ihr, als überlegte er, ob er allein gehen sollte.

«Wenn er mich braucht», sagte Selma.

«Sie sind hier überflüssig. Herr Blau wird sich mit seinen Multiplikationen beschäftigen. Die Zeit wird ihm rasch vergehen.»

Josef Blau sah Lehrer Leopold an.

«Ich bin nicht verrückt», sagte er.

Selma schrie auf.

«Was sprichst du», rief sie. «Es ist eine Sünde, so zu sprechen, hörst du?»

Sie warf sich über Josef Blau und umklammerte ihn. Lehrer Leopold legte ihr die Hand auf die Schulter. Dann umfaßte er sie vorsichtig und hob sie auf. Man sah, wie stark er war. Die Mutter war eingetreten. Sie legte Selma den Mantel um die Schultern und setzte ihr den Hut auf den Kopf. Lehrer Leopold führte Selma langsam aus dem Zimmer.

Die Mutter setzte sich auf Lehrer Leopolds Platz an das Kopfende des Betts. Sie atmete laut und tief. Ihr Kopf sank nach hinten. Ihre Augen waren halb geschlossen. Um den offenen Mund lag ein Lächeln. Warum lächelte sie? Träumte sie vom eigenen Glück, von der Hoffnung auf neue späte Zärtlichkeit, die sie vom dicken Bobek noch erfahren wollte? Oder träumte sie von der Tochter, die nun mit dem neuen Lehrer, der stark war und von der Sonne gebräunt, durch die Straßen ging, und machte sie das Glück der Tochter lachen? Die beiden gehörten zueinander, Selma und der neue Lehrer, alle wollten es, die Mutter holte ihr den Hut und den Mantel, alle wußten es, und sie lächelten, weil eintraf, was sie von Anfang an gewußt hatten. Niemand widersetzte sich. Niemand stellte sich in den Weg.

Nun hatte die Mutter die Augen geschlossen. Sie schlief. Wie lange mochten sie nun weg sein? Vielleicht saßen sie auf einer Bank in den Anlagen. Es saßen immer Männer mit Frauen auf den Bänken, wenn es dunkel wurde, aneinandergedrückt. Man hörte sie flüstern und plötzlich flammte ein Streichholz auf, um gleich zu verlöschen, und die leuchtenden Pünktchen aufglühender Zigaretten zogen Kreise im Dunkel. Lehrer Leopold hielt den Arm um Selmas Schulter, sie schwiegen. Selma lehnte an seiner Brust, sie weinte, aber es war nicht mehr Schmerz, schon Glück und Freude. Vielleicht saßen sie im Kino und hielten einander an den Händen. Auf der Leinwand zogen Bilder vorbei, schöne Männer, schöne Frauen, die einander liebten, alles besiegten, einander in die Arme sanken, wie es bestimmt war. Josef Blau stellte sich nicht mehr in den Weg. Josef Blau durfte nichts denken, nicht denken, wenn sie ging, nicht denken, wenn sie weg war, nicht denken, wenn sie wiederkam. In seinem Gehirn mußte alles ausgestrichen sein, er durfte nun nichts mehr hervorrufen zu dem, was hervorgerufen war, über ihn gebracht, über sie, über das Kind und über noch einen, noch einen, den Schüler Laub, würde sein Platz in der Schule von einem anderen besetzt sein? Wer würde auf diesem Platz sitzen? Aber sie hatten den Platz freigelassen, der Platz war leer, es war ein Loch, eine Lücke im Zusammenhang der Schüler, sie schlossen die Lücke nicht, sie war wie ein höhnisches Lachen im offenen Mund, sie wollten, daß er es sage, daß die Lücke sich schließe. Vielleicht hatte es Karpel vorgeschlagen, die anderen hatten zugestimmt, sie zwangen ihn, es zu sagen, zu befehlen, denn der Platz durfte nicht frei bleiben:

«Vacha, setzen Sie sich auf den Platz des Schülers Laub.»

Seine Lippen brachten es nicht hervor, er konnte es nicht sagen, er konnte es nicht bekennen: Er war unschuldig, er hatte Laub nicht den Tod gebracht. Modlizki hatte Laubs Tod gewollt, er trieb sie bis in den Tod, alle waren in Gefahr, Karpel wie die anderen, sie konnten sich nicht entziehen, man sollte sie befreien. Modlizki war schuldig, Modlizki verfolgte Josef Blau, er ließ nicht von ihm, seit sie Knaben waren, was verzieh ihm Modlizki nicht, er konnte sich nicht losreißen von Modlizki, Modlizki hatte ihn in die Kasernengasse geschickt, Modlizki hatte es gewußt, wie es kommen würde, ihn hätte Josef Blau töten sollen, wenn er noch etwas tun wollte, mußte es das sein, er mußte aufstehen und hingehen, sich von Modlizki zu befreien, das sollte das letzte sein, dann sollte es zu Ende sein, denn es gab doch nichts mehr für ihn, da er alles erkannt hatte, da diese große Klarheit über ihn gekommen war, er konnte nicht wie der Lehrer Leopold vor den Schülern stehen, denn er hatte es erkannt, daß alles weiterging, und man ahnte nicht, wohin es sich wandte, er mußte versinken. Sie hielten ihn für verrückt, er hatte den Blick des Lehrers Leopold gesehen. Vielleicht war gut, in einer Zelle zu sitzen und irrsinnig zu sein. Oder in einer Zelle zu sitzen und zu beten. Den drei evangelischen Räten zu gehorchen, die die heilige Kirche gab, die freiwillige Armut auf sich nehmen, die stete Keuschheit und den vollkommenen Gehorsam unter einem geistlichen Oberen. Ja, mit dem Geld und mit der Unkeuschheit begann es. Wer es begriff, lebte ohne Schuld. Er saß und konnte gehorchen wie ein Knabe in der Schule und die Verantwortung des Lehrers trug er nicht und die Strafe des Richters traf ihn nicht. Er verstrickte niemanden, denn er hing mit niemandem zusammen als mit dem Herrn. Aber Josef Blau hing nun schon mit vielen zusammen. Da lag Josef Albert im Zimmer der Mutter. Für Josef Blau war zu spät, den Räten zu folgen. Was blieb dann, was blieb dem, der erkannt hatte, wie alles, was man tat, Verantwortung auflud, Schuld, wie jedes Wort, jeder Gedanke weiterging, unaufhaltsam, und zerstören konnte und töten? Blieb dem, der es erkannt hatte, etwas anderes als das Ende, der Tod? Konnte man dieses überhaupt erkennen, ohne an diesem Wissen zu sterben? Man konnte nicht leben, wenn man es erkannt hatte, und vielleicht konnte nur einer, in dessen Herzen schon der Tod war, es erkennen. War es wirklich die Klarheit eines kühlen Morgens, die Josef Blau erhellte? War es nicht Klarheit von anderer, eisigerer Kühle, Klarheit der Stunde vor dem Tode? Oh, er starb, Josef Blau starb. Darum hatte Selma geweint. Sie hatte es verstanden, bevor er es noch verstand. Aber sie sollte nicht weinen. Es war gut so, es war zu Ende.

Es war dunkel. Josef Blau hatte sich zurückgelehnt und die Augen geschlossen.

«Komme, mein Erlöser», flüsterte er.

Die Mutter schlief. Aber Josef Albert im Nebenzimmer begann leise zu weinen. Oh, er fühlte, daß der Vater starb.

Er sollte sich freuen! Nun würde nichts mehr ausgehen von seinem Vater, nichts mehr bei ihm seinen Anfang nehmen, es war zu Ende.

Josef Blau setzte sich im Bett auf. War es zu Ende? Mit ihm war es zu Ende, aber auch bei ihm? Setzte sich nicht alles fort, unaufhaltsam, endlos, was er gelöst hatte, auch wenn er tot war? Er hörte auf, aber es war kein Ende! Es sollte zu Ende sein, bei ihm zu Ende, alles, das Ererbte, das Hervorgerufene, sich nicht fortsetzen, o Gott, o Gott, nicht weiter mit sich reißen, den Sohn nicht, der in der Wiege lag ohne Schuld, die Knaben in der Schule nicht, Selma nicht, es sollte aufhören, stillhalten, abbrechen, nicht mehr weitergehen, versiegen wie ein Bach in der Wüste, er mußte ein Zeichen haben, daß nichts mehr, was von ihm kam, lebte, wenn er starb, wenn er es nie gekonnt, jetzt wollte er vordringen durch alles bis dorthin, wo es entschieden wurde, er wollte ein Zeichen, daß er gehört würde, bevor er starb ein Zeichen, denn er mußte sterben, ein Zeichen, daß es bei ihm zu Ende war, ein Zeichen, ein Zeichen!

Er erhob sich. Die Mutter schlief. Er tastete sich bis zur Tür des Schlafzimmers. Er trat ein. Die Vorhänge waren zugezogen. Das Zimmer war dunkel. Auf dem Tisch brannte in einem Wasserglas auf einer Ölschicht ein flackerndes Licht. Josef Blau hob das Licht auf, er hielt es über den Korb, in dem Josef Albert lag. Josef Albert sah ihn an. Der Mund des Kindes war zum Schreien geöffnet, aber Josef Albert schrie nicht. Schrie er nicht, weil der Anblick des Vaters ihn erschreckte und stumm machte, oder erkannte er ihn? Josef Blau beugte sich über den Korb.

«Josef Albert, mein Sohn», flüsterte er, «ich bin es, wir sind allein, dein Vater und du, fürchte dich nicht. Erschrick nicht, mein Sohn, wenn ich mich über dich neige, schreie nicht, daß niemand kommt und uns hindert, fürchte dich nicht, es sind meine Zähne, die klappern, ich friere, ich bin krank, eine böse Krankheit, du bist mein Sohn und mein Erbe, o Gott, o Gott, wirst du ihr widerstehen? Kannst du mir da alles verzeihen? Ich muß sterben, Josef Albert, mein Sohn, oh, ich weiß nicht mit welchem Kosenamen sie dich nennen werden, wie soll ich dich nennen? Ich möchte dir einen zärtlichen Namen geben, daß du mich begreifst, so jung du bist. Du wirst einen Matrosenanzug haben wie die anderen, ich werde es nicht mehr sehen, vielleicht aber wird eine Erinnerung an diese Nacht in dir bleiben, eine große, unbestimmte Erinnerung und du wirst alles verstehen. Es ist zum letztenmal, mein Sohn, siehst du, wir sind allein, deine Mutter ist weggegangen mit dem Lehrer Leopold. Weiß Gott, was geschieht, nie werde ich wissen, was geschehen ist, aber siehst du, mein Sohn, ich hindere nun nichts mehr. Ich bete, daß du mich begreifst. Es ist nicht um mich, mein Sohn, es ist um dich und um die anderen. Es ist eine entsetzliche Flucht von einem zum andern, es beginnt bei einem Wort, einem Schritt, einem Gedanken, den man gedacht hat, wo hat es begonnen, siehst du, das bohrt im Gehirn, nun ist einer tot, siehst du, ich sehe ihn noch, er hatte blondes Haar, und die Sonne fiel darauf, und nun ist die Zunge geschwollen und die Farbe des Gesichts hat sich verändert, sagen sie. Aber vielleicht ist es noch nicht zu Ende, mein Sohn, es wandert noch, es wandelt, auch wenn ich tot bin, zu dir, mein Erbe, zu den anderen. Es ist gut, daß ich sterbe. Nun wird nichts Neues mehr von mir ausgehen. Aber auch das andere will ich, soll zu Ende sein, einhalten, aufhören. Ich will nichts mehr, als daß es zu Ende sei, ich will ein Zeichen, daß ich gehört wurde, daß es aufhört, ein Zeichen, daß es nicht weitergeht, Gnade, Gnade für dich, nur für dich, daß dir kein Blut aus dem Hals dringt, ein Zeichen, daß ich erhört bin, ein Zeichen, ehe ich sterbe, siehst du, mein Sohn, ich bete!»

Er hatte das Licht auf den Tisch gestellt und ließ sich vor dem Korb auf die Knie.

«Einziger, Einziger, Allmächtiger – hilf mir, hilf mir, mein Kind, es ist der Abschied, steh mir bei, deinem Vater, ich werde dich nicht mehr sehen, du wirst mich vergessen, hilf mir, ahne, daß ich deiner Hilfe bedarf, Josef Albert, Liebling, in der Stunde meines Todes – Gewaltiger, Einziger, ein Wunder, Wunderbarer, Wundertäter, ein Zeichen, daß es zu Ende ist, Herr, Herr, Herr, ein Zeichen!»

Er schlug die Stirn gegen den Boden.

Er lag unbeweglich und wartete. Er hielt den Atem an. Seine Hände waren zu Fäusten geballt. Was bewegte sich? War es Josef Albert in seinem Korb? Es war, als werfe sich jemand im Bett und nun erhob sich ein Seufzer, schwer und langgezogen. Er kam aus Josef Alberts Bett, aber es war die Stimme, der Seufzer, tief aus der Brust eines Greises. War nicht Josef Alberts Antlitz alt und runzlig von Anfang an? Josef Blau hatte das Antlitz nicht erkannt. Nun erkannte er die Stimme. Sie kam aus dem Mund des Enkels, aber es war seine Stimme, die Stimme des Gerichtsdieners, seines Vaters, von dem Josef Blaus Leben seinen Anfang genommen hatte, seinen Beginn, seinen Ausgang, nichts starb, alles lebte, alles wandelte wie dieser Seufzer vom Großvater auf den Enkel, das war das Zeichen, es gab kein Ende, das war die Antwort, die Josef Blau gegeben wurde von Gott, zu dem er in der Stunde des Todes gedrungen war. Der Anfang stand auf als klagender Seufzer anklagend an Josef Blaus Ende.

Josef Blau erhob sich. Er wandte sich ab. Er wollte Josef Alberts Gesicht nicht sehen. Vielleicht waren Josef Alberts Wangen schon hohl wie die Wangen von Josef Blaus Mutter, vielleicht lag Josef Albert die Zunge schon zwischen den Lippen wie dem Schüler Laub. Josef Blau wollte kein neues Zeichen.

Als er ins Wohnzimmer trat stand Selma in Hut und Mantel vor ihm. Josef Blau wankte. Selma umfaßte ihn und geleitete ihn zu seinem Bett. Er schluchzte und sie verstand, daß er wie in verzweifeltem Schmerz mehrmals «Mein Kind, mein Kind» flüsterte, als sei Josef Albert etwas Schlimmes zugestoßen. Sie fragte ihn, aber er hörte nicht, was sie zu ihm sprach. Nun lag er im Bett, schwer atmend, das Gesicht fahl und die Augen geschlossen.

12. Kapitel

Onkel Bobek nickte und winkte Josef Blau zu, der zwischen dem alten Hämisch und Modlizki am unteren Ende der Tafel saß. Onkel Bobek lachte. Er trank den Gästen zu und legte seine Hand auf die Hand der Mutter, die die Augen niederschlug und lächelte. Sie trug ein tief ausgeschnittenes Kleid ohne Ärmel und hatte eine Rose angesteckt.

Onkel Bobek aß und sprach und lachte. Er schmatzte und schlürfte, er zerknackte die Knochen mit den Zähnen und saugte das Mark aus ihnen. Onkel Bobek knöpfte die Weste auf. Er trank der Mutter und Josef Blau zu. Er stellte das Bierglas hin und breitete die Arme weit aus.

«Wir wollen beieinander bleiben, bis der Tag kommt, meine Lieben, ja, ja! Wir wollen essen, trinken und dazwischen sprechen! Ihr werdet den guten Bobek nicht allein lassen. Eßt und trinkt, was in euch hineingeht, sag ich, mir zu Ehren, Blau zu Ehren, weil er wieder auf den Beinen ist, meinem Patenkind zu Ehren oder Enkelkind, da sie ja nun mal eine Großmutter ist, die junge Frau, das hätte ich auch nicht gedacht, daß es doch so kommt, aber seht ihr, ich bin niemandem böse. Es ist ein schwaches Kind, mein Patenkind, das hat es vom Vater, aber mit Gottes Hilfe wird es leben. Warum soll man nicht auf Gottes Hilfe vertrauen, pflege ich zu sagen? Seht mich an, sage ich, ich vertraue auf Gott und ich bin niemandem böse. Hat nicht alles einen milden Schein, wenn man ißt und trinkt?»

Sie hatten erst einen Korn getrunken und dann aus großen, tiefen Tellern Suppe mit Hühnerlebern und Pilzen gegessen. Onkel Bobek hatte dicke Brotwürfel hineingeschnitten, die er vom Löffel aufschnappte. Dann brachte Martha auf einem hölzernen Küchenbrett in große Stücke geschnittenes Kalbfleisch und Schweinefleisch und in Schüsseln Kraut und Knödel. Ein Faß Bier stand zwischen den Fenstern. Onkel Bobek hatte das Faß selbst angeschlagen. Nun aß man gefüllte Hühner. Onkel Bobek zerbiß die Knochen und spie sie auf den Teller zurück. Er trank in kurzen Abständen ein Glas Schnaps, das er mit weit geöffnetem Mund zurückgelehnt in den Schlund goß.

Onkel Bobek aß und trank. Er lachte, er winkte, er schlug sich mit den kleinen gepolsterten Händen auf die Schenkel.

Er seufzte selig, wenn er einen besonderen Bissen an den Gaumen preßte. Alles hatte einen milden Schein, wenn Onkel Bobek aß und trank, dachte Josef Blau. Onkel Bobek ergriff Gott nicht, ihn nicht.

Lehrer Leopold saß zwischen Selma und der Mutter. Er schnitt das Fleisch in kleinste Stücke und kaute die Bissen unermüdlich mit fest geschlossenem Mund.

«Essen Sie, essen Sie, Herr Professor», sagte Onkel Bobek, «Sie halten nicht Schritt, sehen Sie! Ja, ja, so sagen sie jetzt. Kaue jeden Bissen auf jeder Seite des Mundes, sagen sie, ich weiß nicht wie oft. Aber wohin käme man, frage ich? Man könnte kein Drittel essen, glauben Sie mir, Herr Professor, die Zeit reichte nicht und man würde schneller satt und müde. Man muß hineinhauen, sag ich, daß es eine Lust ist.»

Lehrer Leopold erwiderte nicht. Er sprach mit Selma. Josef Blau verstand ihn nicht in dem Lärm der Teller, Messer, Gabeln und Stimmen. Aber er sah, daß Selma lächelte. Nun holte der neue Lehrer sie täglich ab. Josef Blau saß den ganzen Tag am Fenster, in warme Decken gehüllt. Abends kam die Hitze über ihn und nachts war sein Körper naß von kaltem Schweiß.

Josef Blau saß rechts von Modlizki an der schmalen Seite des Tischs, Onkel Bobek gegenüber. Rechts von Josef Blau saß der alte Hämisch. Der alte Hämisch schnitt das Weiche aus dem Brot und schichtete die Rinden zu einem Haufen vor seinem Teller. So oft Onkel Bobek sein Glas hob, tat der alte Hämisch ihm Bescheid.

«Viel Glück auch», wiederholte er jedesmal. Dann sah er verlegen vor sich auf den Teller.

Zu Onkel Bobeks Linken saß der Mehlagent Pollatschek. Er war klein, kahlköpfig und Bobeks Jugendfreund. Pollatschek trug eine Blume im Knopfloch. Er sprach mit hoher krähender Stimme. Von Zeit zu Zeit legte Frau Pollatschek, die in hellblaue Seide gekleidet, hochgeschnürt, zwischen ihrem Gatten und dem alten Hämisch saß, Pollatschek die Hand auf den Arm und flüsterte mahnend:

«Pollatschek!»

Sie hatte kleine, tiefliegende Augen, eine scharf vorspringende Nase und eine herabhängende Unterlippe.

«Alles wie damals, Pollatschek», sagte Onkel Bobek, «ist es nicht so?» Er ließ seine Hand schwer auf Pollatscheks Schulter fallen. «Sieh mir ins Auge, Pollatschek, alter Freund, sieh mir ins Auge!»

Pollatschek hob sein Glas. «Das junge Paar soll leben!» rief er.

Alle hoben die Gläser und tranken. Lehrer Leopold erhob sich und verneigte sich, das Glas vor sich haltend, gegen Onkel Bobek und die Mutter. Er trug einen schwarzen Rock und eine schwarze, weißgestreifte Krawatte, in der eine Perlennadel steckte.

«Und ihr alle daneben», rief Onkel Bobek. «Ihr seid ja alle so gut zu mir, ich weiß es, alle seid ihr gekommen, ihr habt mich nicht allein gelassen, nein, nein, ich dachte, am

Ende werde ich diesmal allein sein, sie werden nicht kommen wie damals–» er blickte schwermütig vor sich hin – «aber da sind sie, meine Lieben, siehst du, da sitzen sie, und trinken und essen mir zu Ehren, meine Freunde, sage ich, meine Freunde! Damals sind wir auch so gesessen, es waren ihrer mehr, da kannst du sagen, was du willst, Pollatschek, daß es so ist wie damals, mehr waren es doch, sage ich aber wozu dem nachhängen, frage ich? Da sitzen wir und wir essen und trinken noch immer, wir wollen zufrieden sein. Haben wir uns verändert, Pollatschek? Nein, nein, sage ich, ich bin derselbe geblieben, so wahr mir Gott helfe, der Bobek sitzt da wie damals als er die selige Martha nahm, sage ich, wie sie aussah, eine Jungfrau, so wahr mir Gott in meiner letzten Stunde beistehen möge, ich, der Bobek, bin der erste gewesen und sonst keiner. Aber ich bin heute niemandem böse, nein, nein, liebe Mathilde, du bist unschuldig, was kannst du dafür, aber es ist nicht wegzuwischen, die Braut ist nicht wie die von damals, Pollatschek, nur du bist derselbe geblieben, da sitzt du, du trinkst Bier und Schnaps, du ißt Suppe, Kalbfleisch und Hühnchen und das Schweinefleisch, siehst du, läßt du noch immer stehen!»

«Ich bin ein moderner Mensch, ein Freidenker, Bobek, du kennst mich. Aber als ...»

«Pollatschek», rief Frau Pollatschek und errötete. Sie blickte vor sich auf den Teller.

«Rosa, warum soll ich es verheimlichen? Bobek ist mein Freund und seine Freunde sind meine Freunde. Ich halte nichts, Bobek, aber das habe ich immer gehalten. Schon wegen der Kinder. Man kann nicht wissen, Gott soll hüten und es geht nicht alles, wie man möchte. Ist Roubitschek kein Freidenker, Bobek? Hochfein, der erste am Platz, ein hochbedeutender Mensch, ein Genie, wenn er schlecht geschlafen hat, ist die Produktenbörse flau, laß mich zu Ende erzählen, Bobek, nun, er hat auch Kinder, drei prächtige Jungen. Etwas zu klein, das haben sie nach der Mutter, Gott, sie ist keine Schönheit, aber alle hochbegabt fürs Geschäft. Was macht der älteste, Adolf heißt er? Einen Ausflug macht er ins Gebirge und ist nicht zu finden, die Hoffnung vom Geschäft. Roubitschek geht nie in die Synagoge, aber da geht er. Er tritt vor und ruft laut, die ganze Produktenbörse war da, es hat sich herumgesprochen, ich weiß nicht wie, ruft laut Gott an, jawohl, und leistet ein Gelübde, der größte Mann am Platz, allen ist es über den Rücken gelaufen, wenn der Sohn zurückkommt, sein Adolf, ändert er sein Testament, gelobt er, alles Geld, was er hat...»

«Pollatschek», sagte Frau Pollatschek mahnend und legte Pollatschek die Hand auf den Arm. Pollatscheks Gesicht war rot, seine Stimme überschlug sich. Er schüttelte die Hand der Gattin ab.

«Alles Geld, was er hat, sage ich», ruft Roubitschek, und schlägt sich die Brust, «Millionen schätzt man ihn, Bobek, wenn Adolf zurückkommt, gesund, alles Geld bis auf den letzten Kreuzer, die eigenen Kinder enterbt er, und vermacht es, was er für ein großer Mensch ist, Roubitschek, wem? Wem? frage ich: Adolf, wenn er zurückkommt, die anderen bekommen es nicht, nur er, sein Liebling, der schon im Geschäft ist. Man kann sagen, Adolf wäre zurückgekommen auch ohne Gelübde. Aber ist das sicher? Vielleicht hat das Gelübde geholfen. Was tut Roubitschek jetzt, ein Genie? Geht herum, kauft Häuser, kauft Wirtschaften, kauft Parzellen. Das Geld bekommt Adolf, die anderen bekommen die Häuser. Warum sollen sie leer ausgehen, sein Fleisch und Blut? Wem hat es geschadet, wenn er in die Synagoge gegangen ist? Alles ist in Ordnung. Wem schadet's, wenn ich kein Schweinefleisch esse und dafür mehr Hühnchen? Freidenker hin, Freidenker her, das ist so eine Sache!»

Onkel Bobek schob ihm ein Glas Kümmel zu.

«Trink», sagte er, «was erzählst du uns da für Sitten und

Gebräuche? Was kümmert's mich, was der Jud für ein Gelübde abgelegt hat? Bring mich auf gute Gedanken, Pollatschek, sag ich! Es ist keine Stimmung wie damals!»

«Pollatschek», mahnte Frau Pollatschek. «Er verträgt nichts.» Sie wandte sich an den alten Hämisch. «Er ist schon zu nichts mehr. Essen oder Trinken... Stückchen Wurst und er liegt Ihnen die ganze Nacht und stöhnt. Er müßte etwas für sich tun, sag ich, und mein Ältester redet in ihn hinein, er soll eine Kapazität aufsuchen. Schön, es kostet, aber dafür weiß man doch. Aber er! Reden Sie mit ihm!»

Der alte Hämisch nickte verlegen mit dem Kopf.

Modlizki neigte sich zu Josef Blau: «Wenn es erlaubt ist, es fällt mir gerade ein», flüsterte er, «wenn man die Buchstaben tauscht, ist Laub und Blau nicht dasselbe?»

«Was willst du?»

«Weil es mir einfällt. Aber es ist wohl ohne Bedeutung.»

Onkel Bobek schlug mit der Faust auf den Tisch.

«Weiter, weiter, Wein sage ich, Martha, bring Wein. Wenn der Bobek feiert, da gibt es nichts, was zu gut und zu teuer ist, Essen und Trinken! Seht mir in die Augen, meine Lieben, trinkt mir zu und sprecht mit mir, wir sind Freunde, Onkel Bobek ist jedes Freund, Onkel Bobek hat keine Feinde, erzählt mir und ich will euch erzählen. Da gibt es Leute, seht ihr, die begreifen es nicht, trinkt nicht, sagen sie, es wird euch ins Grab bringen und Gott wird es euch nicht zum Guten zuzählen. Aber sage ich euch, der Wein wächst aus der Erde wie das Brot, wir wollen das Brot miteinander brechen und den Wein trinken, woran erinnert es mich, seht ihr, es hat mich ergriffen, ja, ja, man möchte einmal weinen, so richtig weinen, weiß Gott, wie das so über einen kommt, aber vielleicht ist das gar nicht das Schlimmste, wenn es einen mal überwältigt, mag man auch ein Mann sein, der was mitgemacht hat, gib ihnen allen, Martha, mein Kind, auch sie wird es ergreifen, es wird ihre Zungen lösen, wir werden trinken und sprechen bis zum Morgen.» Er hielt das gefüllte Weinglas in der Linken, er winkte einem nach dem andern mit der Rechten und trank das Glas leer.

Pollatschek hielt das Weinglas gegen das Licht. Er nahm einen Schluck in den Mund, lehnte den Kopf zurück und gurgelte, bevor er schluckte.

«Pih, pih», sagte er und schaukelte wohlgefällig den Kopf. «Ringsherum Wein.»

Dann erst trank auch er sein Glas leer.

Was war das, was Modlizki Josef Blau zugeflüstert hatte? Nun erhob sich Modlizki. Er nahm Martha die Weinflasche aus der Hand und stellte sich ehrerbietig hinter Onkel Bobeks Stuhl. Wenn Onkel Bobek sein Glas geleert hatte, trat Modlizki vor und goß es voll.

Warum war Josef Blau nicht an jenem Abend gestorben, als er an Josef Alberts Bett gebetet hatte? Warum war er nach jener Nacht wieder erwacht? Wozu war er hier? Er wollte aufstehen, ins Nebenzimmer gehen zu Josef Albert, seinem Kind. Es war ein schwaches Kind, aber man sollte auf Gott vertrauen. Was bedeutete das mit den beiden Namen, o Gott, o Gott, *Deus Deus meus, quare est tristis anima mea et quare conturbas me?* Warum, warum verwirrst du meine Seele?

«Es ist nicht so, wie es damals war, Pollatschek», sagte Onkel Bobek. Er seufzte und blickte wehmütig vor sich hin. «Nein, nein. Da kannst du sagen, was du willst! An die dreißig Menschen um die Tafel, die Hotitzer nicht gerechnet. Da sitzen wir neun wie die Totengräber und sehen einander an. Damals haben sie geschrien und gesungen, daß man sein eigenes Wort nicht hören konnte und nichts war genug, war von den Schüsseln und Tellern verschwunden, ehe man Zeit hatte, hinzusehen, so wahr ich derselbe geblieben bin, und ein Lied nach dem andern, ja, und Musik, daß man tanzen konnte, da sehe ich mich noch, Pollatschek, wie ich so dasitze und in die Hände klatsche und die Melodie mitsinge, ich habe sie noch im Ohr, so wahr ich auf Gottes Beistand rechne, denn auf die Beine konnte ich nicht mehr, ich hatte zu viel getrunken, hahaha – weiß Gott, woran es liegen mag, aber es ist anders, als es damals war, es kann sich nichts wiederholen...»

Die Mutter hatte den Kopf in die Hände gesützt und weinte.

«Da weint sie nun, Pollatschek, wie eine Jungfer», sagte Onkel Bobek. «Sieh dir sie an, Pollatschek! Was sitzt ihr da und schweigt? Trinkt, sage ich, singt, sage ich, Musik, Musik, damals war auch Musik, Mathilde, warum auch hast du das vergessen? Es hat doch alles so schön begonnen.»

Lehrer Leopold hatte sich erhoben. Er hielt das Weinglas in der Hand. Er sah sich still im Kreise um.

«Pst, pst», machte Pollatschek.

«Es sei mir erlaubt», sagte Lehrer Leopold, «wenn auch in kurzen Worten dem jungen Paar meine Glückwünsche darzubringen. Ich bin kein Redner und bitte um Nachsicht. Ich hebe das Glas auf das Wohl des Herrn Bobek und seiner ihm heute vermählten Gattin und auf das Wohl des kleinen Josef Albert. Ihm wünsche ich das Schönste, was der Mensch besitzen kann, den gesunden Geist im gesunden Körper, *mens sana in corpore sano!* Das junge Ehepaar und sein Enkelkind, sie leben hoch!»

Er ging auf Onkel Bobek zu, der ihn umarmte und schmatzend zweimal auf jede Wange küßte. Lehrer Leopold küßte der Mutter die Hand.

«Ein feiner, gebildeter Mensch», schrie die Mutter.

Modlizki hatte seine Mundharmonika aus der Tasche gezogen. Er stand hinter Onkel Bobek und blies: Hoch soll er leben! Onkel Bobek schwenkte das Glas in der Luft, er wandte sich zu Modlizki und winkte ihm zu:

«Spiel», rief er, «wer hätte das gedacht, hat der Junge

nicht seinen Mundhobel mitgebracht, er ist ein goldener Junge. Ich muß ihm was abbitten, seht ihr. Man wird die Angst nicht los bei ihm, pflege ich zu sagen, alles, was recht ist, ich möchte nicht von seiner Gnade leben. Aber nun ist es gut. Komm an mein Herz, mein Sohn, böse Menschen haben keine Lieder, ich habe mich getäuscht, umarme mich und gestatte mir das kleine Tiroler Wörtchen Du.» Er stieß mit Modlizki an und küßte ihn auf die Wange. «Ja, ja, siehst du, siehst du, Mathilde, wenn der Bobek feiert, wendet sich alles zum Guten.»

Einer nach dem anderen trat an Onkel Bobek heran, mit ihm anzustoßen. Jedesmal trank Onkel Bobek sein Glas leer. Als Josef Blau mit ihm angestoßen hatte und trank, ergriff Onkel Bobek Blaus herabhängende Linke:

«Da bist du ja, da bist du. Ich bin dir nicht böse. Wenn es auch nicht so eilig war. Aber trinke, trinke, Wein macht Blut, pflege ich zu sagen, und das ist es, was du brauchst Blau, Blut, sag ich, Blut, damit du was übrig hast zum Abgeben, wenn es wieder über dich kommt.»

Modlizki spielte weiter. Onkel Bobek klatschte in die Hände und schaukelte den Oberkörper, daß der Stuhl schwankte. Nun blies Modlizki einen Marsch. Onkel Bobek stützte sich auf die Tischplatte, erhob sich und marschierte schwankend und pfauchend im leeren Raum zwischen Fenstern und Tisch.

«Tanzen», rief er, «spiel zum Tanz, mein Junge!»

Modlizki spielte einen Sechsschritt. Onkel Bobek drehte sich, die Hände kokett in die Hüften gestemmt, nach rechts und links. Alle hatten sich erhoben. Martha und Pollatschek rückten die Stühle zur Seite. Josef Blau stand an den Tisch gelehnt. Er sah, daß Lehrer Leopold Selma um die Hüften faßte, Selma hob ihre langen Röcke mit der Linken hoch und schlang sie fest um ihre Beine. Sie drehte sich mit Leopold auf engem Raum, die Augen fest geschlossen, den

Kopf zurückgelehnt. Onkel Bobek, ein Weinglas in der Hand, dessen Inhalt bei jedem Schritt über den Rand schwappte, hüpfte hinter ihnen von einem Bein aufs andere, schreiend und glucksend.

«Mit mir, mit mir, meine Tochter, seht sie an, meine Tochter, nun mit mir!»

Selma hörte ihn nicht.

«Genug», sagte sie.

Lehrer Leopold ließ sie auf einen Stuhl gleiten. Sie hielt sich mit beiden Händen am Sitz fest, hatte die Augen geschlossen und lächelte. Eine Locke ihres Haares hatte sich gelöst und hing ihr in die Stirn. Lehrer Leopold stand neben ihr.

«Trinke, trinke! Reicht ihr Wein, sage ich», rief Onkel Bobek. «Trinke, Selma, meine Tochter. Und was nun, Modlizki, was nun?»

«Vielleicht daß jemand eine Rede hält. Vielleicht Herr Blau, er wäre der Berufene.»

«Bravo, bravo, er soll eine Rede halten! Er ist der Berufene!» Onkel Bobek ließ sich auf das Sofa fallen. «Komm zu mir, Pollatschek, an meine Seite. Und Blau soll eine Rede halten, sage ich!»

Onkel Bobek hatte den Arm um Pollatscheks Schultern gelegt. Modlizki goß Wein in das Glas, das Onkel Bobek in der Hand hielt. Onkel Bobek führte das Glas an den Mund. Seine Hand zitterte, daß der Wein über seinen Rock floß.

«Modlizki, gib ihm zu trinken. Das löst die Zunge, sage ich. Ein Glas Wein... so, mein Junge, so und einen Schnaps... und nun los, sage ich, nun los, mein Junge.»

Josef Blau widersetzte sich nicht. Er trank, was ihm Modlizki reichte, den Wein und den Schnaps. Er hielt sich mit den Händen an der Stuhllehne fest.

Selma stand vor ihm, ihre Augen glühten.

«Sprich», sagte sie, «du sollst auch sprechen, hörst du?»

Sie trat zurück. Nun stand sie neben Leopold an der Fensterwand. Aber jemand ergriff Josef Blau am Arm. Es war der alte Hämisch.

Josef Blau erkannte ihn an der Stimme.

«Ich bin nur ein Gast bei Ihnen, und das ist sehr schön, Herr Bobek», sagte der alte Hämisch. «Ich bin ein alter Mann, und wie so der Herr Bobek gesagt hat, ‹Sie dürfen nicht fehlen, wenn ich Hochzeit mache›, nun ich kenne Sie alle ja auch schon so lange und ich habe es mir immer gedacht: aus der Frau Kosterhoun, denke ich, und aus dem Herrn Bobek wird noch ein Paar. Warum auch nicht? Warum auch nicht? Und warum soll ich nicht kommen, denke ich?»

Der alte Hämisch brach ab. Es war, als erwartete er eine Antwort. Niemand sprach.

Der alte Hämisch räusperte sich. Er hielt noch immer Josef Blaus Arm.

«Ja, ja», sagte der alte Hämisch leise und blickte vor sich auf den Boden.

«Richtig!» rief Onkel Bobek.

«Es ist, weil von einer Rede die Sprache war, Herr Bobek. Und nichts für ungut. Aber ich habe gedacht, ja... wenn ich auch nur ein Gast bin, und wenn man mir so zuhört... aber ich will niemanden beleidigen, das ist fern von mir, ich bin ein gottesfürchtiger Mensch, und wie der Herr Pollatschek auch gesagt hat: ‹Es ist so eine Sache›, hat er gesagt. Aber der Herr Professor ist krank, nicht wahr, der Schweiß steht ihm auf der Stirn, es ist, wie es bei meiner Tochter gewesen ist, wenn er sich aufregt, kann er wieder Blut husten.»

«Wer sagt, daß er sich aufregen soll, Herr Hämisch, nichts dergleichen. Wenn er schweigt, sehen Sie, es drückt die Geselligkeit, und wegen der Geselligkeit sind wir schließlich zusammengekommen, oder habe ich Unrecht? Warum spricht er nicht? Alle sagen, daß er sprechen soll, aber er spricht nicht. Vielleicht, wenn Sie sich setzen, Herr

Hämisch, entschließt er sich! Gib ihm zu trinken, Modlizki!»

Der alte Hämisch ließ Josef Blaus Arm los. Er ging mit gesenktem Kopf gegen die Wand und setzte sich dort auf einen Stuhl.

«Auf das junge Paar!» rief Pollatschek.

«Gewiß», sagte Bobek, «warum nicht? Sprich auf das junge Paar meinetwegen.»

Josef Blau sah Selma neben Leopold. Sie schienen ihm weit entfernt, als sähe er sie durch ein umgekehrt an das Auge gehaltenes Opernglas. Hielt Leopold sie noch? Umfaßte er sie noch?

«Ja, ja», sagte Josef Blau. «Alle wußten es, von Anfang wußten wir es. Das junge Paar. Aber man konnte sich nicht in den Weg stellen. Niemand weiß, wie es endet.»

«Er hat recht, Pollatschek», sagte Onkel Bobek, «siehst du, er hat recht. Niemand weiß, wie es endet. Weiter, sprich weiter!»

Josef Blau machte einen Schritt auf Selma und Lehrer Leopold zu. Er streckte die Hand aus.

«Küßt euch, warum küßt ihr euch nicht?» Seine Stimme war laut.

Er behielt die Hand ausgestreckt und wies mit dem Zeigefinger auf Leopold und Selma.

«Blau», rief Selma. Sie sank auf einen Stuhl und hielt sich die Hände vor die Ohren. «Schweig, schweig, schweig», rief sie.

«Er ist betrunken», schrie die Mutter.

Lehrer Leopold stand vor Josef Blau.

«Schweigen Sie», sagte er.

«Das Brautpaar.» Josef Blau nickte mit dem Kopf.

Lehrer Leopold ergriff ihn an der Schulter. Er drehte Josef Blau herum und drängte ihn gegen die Tür, die zum Schlafzimmer führte. Josef Blau widersetzte sich nicht.

Selma war aufgesprungen. Sie warf sich zwischen Leopold und Josef Blau und versuchte Leopold zurückzustoßen.

«Lassen Sie ihn los», rief sie, «sofort! Ich sage Ihnen, berühren Sie ihn nicht!»

«Verzeihung», sagte Lehrer Leopold. Er verneigte sich gegen Selma und ging langsam gegen das Fenster zurück.

«Du bist ein lächerlicher Mensch, Blau», sagte Onkel Bobek. «Nein, nein, Pollatschek, das ist nicht, wie es damals war! Gib mir einen Schnaps, Modlizki!»

Josef Blau trat ins Schlafzimmer. Er schloß vorsichtig die Tür hinter sich. Niemand folgte ihm. Er saß beim schlafenden Josef Albert. Auf dem Tisch flackerte müde ein Nachtlicht, das schwankende Schatten gegen die Wand warf. Von nebenan klang die laute Stimme Onkel Bobeks zu Josef Blau. Was war das mit den Buchstaben, wenn man sie vertauschte? Mußten sie einander Schicksal sein, der Lehrer und der Schüler, vielleicht nur aus diesem nichtigen Grund, weil ihre Namen die gleichen waren? War ein Name mehr als Schall, gehörte der Name dazu, konnte man nicht einen anderen haben und derselbe sein? Hängt man an einem Namen oder hängt der Namen an einem? Weil er Josef Blau war, war diese sein Weib, dieser sein Sohn, diese seine Schüler, oder war er Josef Blau, weil diese sein Weib, dieser sein Sohn und diese seine Schüler waren? Wenn er als Schüler durch eigene Hand gestorben wäre, wäre er dann Laub gewesen oder wäre dann der Schüler Blau gestorben? Wenn er, Josef Blau, als zweites Kind seiner Eltern geboren worden wäre, wäre er selbst dann Josef Blaus Bruder und als Kind gestorben? Wer wäre dann Josef Blau oder wäre Josef Blau überhaupt nicht? Bin ich nicht, dachte Josef Blau, nur ein einziger, der nur einmal in der Zeit vorgekommen ist, und habe ich nur ein einziges, selbstverschuldetes Schicksal, oder kann ich viele Namen haben und viele Schicksale? Kann ich das Schicksal des Schülers Laub aufnehmen, es fortsetzen, sühnen, wiedergutmachen? Was hat das alles für einen Zusammenhang, was bedeutet es? Je mehr man dachte, desto mehr verwirrte sich alles.

Nun spielte Modlizki wieder auf der Mundharmonika zum Tanz. Vielleicht tanzte Selma wieder mit Leopold und alle sahen ihnen zu und lachten. Die Tür öffnete sich. Jemand trat ein und schloß sie wieder hinter sich. Josef Blau hob den Kopf nicht.

«Onkel Bobek hat recht», sagte Selma. Sie stand knapp vor Josef Blau. Ihre Stimme hatte einen harten Klang. «Du bist ein lächerlicher Mensch.»

Sie setzte sich auf das Bett.

Josef Blau antwortete nicht.

«Was willst du, o Gott, begreifst du denn nicht, daß ich dich liebe, nur dich? Ich wache an deinem Bett, hier, siehst du, das Kind ist unser Kind, und du vertraust mir nicht!»

Sie erhob sich. Sie trat auf ihn zu und legte ihren Arm um seine Schulter.

«Was glaubst du? Glaubst du, ich liebe den Leopold? Er nimmt sich meiner an. Ich habe Kummer, auch deinetwegen... aber... aber...»

Sie ließ ihn los. «Soll ich dir schwören», schrie sie, «hier –» sie wies auf Josef Alberts Korb – «bei seinem Leben...»

«Schweig», bat er.

«Haha, du würdest mir nicht glauben, auch dann nicht. Was habe ich getan... keine andere hätte es getan... Ich trage lange Röcke wie ein altes Weib, aber du glaubst mir nicht... Was noch, was noch, sag doch, was du verlangst, daß du mir glaubst!»

Er rührte sich nicht.

Sie trat einen Schritt zurück. Sie sah ihn fest an, der zusammengesunken, die Hände vor dem Gesicht, vor ihr saß. Sie verharrte so einen Augenblick, dann neigte sie den Kopf zurück.

«Ich weiß», sagte sie leise. «Du wolltest es einmal schon sagen, aber dann... du sagtest etwas anderes. Ich wußte, was du wolltest. Gut, gut... es wird geschehen, was du willst.»

«Ich will nichts, Selma.»

«Es wird geschehen. Dann wirst du nicht mehr glauben, daß ich geheime Zusammenkünfte habe mit Leopold oder mit... Karpel.»

«Woher wußtest du es, mit dem Wechsel?»

«Modlizki hat es mir gesagt. Ich mußte ihm versprechen, es niemandem zu sagen, daß ich es von ihm weiß. Er sagte, das Kind soll verflucht sein, wenn ich es sage. Aber das sind Dummheiten, sagt Lehrer Leopold. Wenn du mir nicht glaubst, frage Bobek, bei wem der Wechsel war! Er hat ihn heute bezahlt. Die Mutter hat das Geld erst heute gegeben.»

«Bei wem?»

«Bei Berger, der Bobek das Geld geliehen hat.»

«Nein, nein», sagte Josef Blau.

«Bei Berger, frage Bobek, die Mutter, frage alle!»

«Nein, nein», dachte Josef Blau. «Es kann nicht wahr sein. Es darf nicht wahr sein. Weswegen wäre ich sonst in die Kasernengasse gegangen? *Deus, Deus meus!*»

Die Mutter öffnete die Tür. Sie rief Selma. Im Nebenzimmer verabschiedeten sich die Gäste.

Onkel Bobek saß auf dem Sofa. Neben ihm stand die Mutter und goß ihm das Glas voll.

«Sie haben mich verlassen, alle haben mich verlassen. Es ist nicht, wie es damals war», sagte er wehmütig. «Nein, nein, es ist nicht so, sie haben mich im Stich gelassen, ich habe niemanden, dem ich nun ins Auge sehen könnte, niemanden, keinen Freund, der alte Bobek ist allein und... und... ja, ja... er schämt sich nicht, der alte Bobek, daß er weint.»

Die Tränen rannen Bobek über die Wangen.

Die Mutter neigte sich zu ihm.

«Du bist nicht allein, Bobek», schrie sie, «ich bin bei dir und ich bleibe bei dir, mein Liebling.»

«Kusch», sagte der alte Bobek mit tränenerstickter Stimme und schob sie mit dem Arm von sich weg.

13. Kapitel

Aus den Klassenzimmern drangen wie das Rauschen eines fernen Flußes die Stimmen der Knaben. Manchmal, wenn beim Eintritt eines verspäteten Schülers sich für einen Augenblick eine Tür öffnete, schwoll es an und überflutete den fliesenbelegten kahlen Gang, in den die Lehrsäle mündeten. Es fehlten noch wenige Minuten auf acht Uhr. Die Knaben standen in dichtgedrängten Gruppen um die Plätze vorbereiteter Schüler, die die Übersetzung der aufgegebenen Texte vorsagten. Sie schaukelten, in den Bänken sitzend, die Oberkörper, sie murmelten Vokabeln, sie schlugen sich gegen die Stirn, die fliehenden Worte festzuhalten, tauschten verbotene Übersetzungen und schrieben eilig versäumte Aufgaben in die Hefte.

Lehrer Leopold ging Josef Blau entgegen. Er schüttelte ihm die Hand. Er wollte ihn in die Klasse begleiten, aber Josef Blau lehnte ab. Lehrer Leopold übergab ihm ein schwarzgebundenes Taschenbuch. Es enthielt die Namen der Schüler in alphabetischer Ordnung und bei jedem Namen den Vermerk über den Erfolg des Schülers in der Zeit, in der Lehrer Leopold den Unterricht geleitet hatte.

Josef Blau zauderte einen Augenblick, ehe er die Tür öffnete. Würde das Geschrei verstummen, wenn er eintrat, würden sie sich beugen, an ihren Plätzen sitzend, stumm ihn ansehen, oder würde die Empörung gleich losbrechen, die ihn fortfegte? Er öffnete. Die Knaben erhoben sich und setzten sich stumm auf sein Zeichen. Er blickte nicht in die

Klasse. Er fühlte die Blicke, die ihn prüften, an ihm tasteten, in ihn drangen, Blicke ohne Scham, die ihn durchwühlten, neugierige Blicke, denen nichts entgehen konnte, keine neue Furche, die sich ins Antlitz gegraben hatte, kein anders, zögernder gesetzter Schritt, kein geänderter Takt des Herzens.

Josef Blau trat wie früher von der Tür auf das Podium und beschrieb den gewohnten Weg zu seinem Platz. Er machte seinen Vermerk ins Klassenprotokoll. Da saßen sie, wie er sie verlassen hatte, in der bestimmten Ordnung aneinandergereiht in den Bänken, unbeweglich, und sahen ihn an, alle, bis auf einen. Josef Blau schlug den Blick nieder. Es gähnte eine Lücke, ein offener Mund, der schrie, der ihn anklagte. Sie hatten den Platz nicht besetzt. Sie wollten, daß er selbst die Lücke fülle, die er gerissen hatte. Da saß Karpel, den Kopf über die Bank geneigt. Karpel hatte es ihnen erzählt, wie alles gekommen war. Josef Blau sah sein Geischt nicht, das vielleicht lächelte, bloß den weißen Strich der Kopfhaut im gescheitelten Haar. Er durfte den Platz nicht leer lassen. Er mußte die Lücke füllen, den Mund, der schrie, verstopfen. Er mußte es anordnen, daß sich ein anderer auf den Platz setze, er hatte es überlegt, was er sagen mußte, denn er hatte damit gerechnet.

«Vacha», wollte er sagen, «setzen Sie sich auf den Platz des Schülers Laub.»

Aber Josef Blau hielt noch immer den Kopf gesenkt und sprach es nicht. Die Klasse schwieg und wartete. Er sah die Knaben nicht, aber er fühlte, daß die Schüler begriffen hatten. Ihre Starre löste sich, die Köpfe der Knaben wandten sich einander zu, nickten einander zu. Sie fühlten, daß sie nun aufstehen konnten und daß er sich nicht wehren würde. Daß er nun nicht mehr sie halten würde, sie zwingen, denn sie ahnten, was er erkannt hatte. Sie ahnten, daß ihm zuviel schien, wenn er vor ihnen saß, geneigten Hauptes, schweigen. Denn auch davon ging aus, auch dieses verband sich mit den Knaben, auch dieses leitete oder verleitete sie, und man konnte nicht sagen, wohin.

Ein Stuhl wurde gerückt. Josef Blau blickte auf. Bohrer hatte sich erhoben. Was wollte Bohrer? War er der erste, der sich erhob, indes die anderen noch zauderten? Würde er nun auf ihn zutreten, unter dem Gelächter der Klasse dem Lehrer auf die Schulter zu klopfen mit seinen roten, von Frost geschwollenen Händen? Der Schüler kam langsam, unsicher die Arme schlenkernd, nach vorn. Er blickte den Lehrer nicht an. Er blieb an der ersten Bank stehen und setzte sich auf den leeren Platz des Schülers Laub, Josef Blau gegenüber. Er legte die Hände vor sich auf den Tisch und hielt den Kopf gesenkt. Oh, die anderen begriffen, daß Bohrer sich erhoben hatte, den Lehrer zu retten, daß sie verbunden waren, der Schüler Bohrer, der Sohn des Schreibers mit dem an den Ärmeln glänzenden Rock, und Josef Blau. Lächelten sie nicht? O Gott, wie lange sollte es dauern, bis diese Stunde zu Ende war? Dort beugte sich einer und blickte verstohlen unter der Bank auf die Uhr.

Josef Blau trat nicht an seinen gewohnten Platz am Fenster. Er schlug sitzend das Buch auf und begann ohne aufzusehen, dort zu lesen, wo Lehrer Leopold geendet hatte. Nun verglichen sie seine Stimme mit Lehrer Leopolds voller tönender Stimme. Sie liebten den anderen wie alle ihn liebten, wie Selma ihn liebte, die Mutter, selbst Onkel Bobek. Den anderen, der nicht fühlte, was er verantwortete, wenn er vor den Knaben stand. Lehrer Leopold hatte keine Zeichen empfangen, ihn hatte Gott nicht auserwählt, daß er erkenne, wenn ihm Zeichen geworden waren, hatte Lehrer Leopold sie nicht verstanden.

Josef Blau stellte Fragen. Die Knaben antworteten, aber die Antworten kamen zögernd, unsicher im Ton und befangen. Es war, als wollten die Knaben vorerst sich vergewissern, daß das alles Wirklichkeit war, des Lehrers zu Boden gesenkter Blick, der sie sonst in gespannter Starre gehalten hatte, die leise Stimme, die fast bittend fragte, kein klug ersonnener neuer Plan, sie um so schwerer und endgültiger in ihre Zucht zurückzuwerfen. Je weiter die Stunde vorschritt um so sicherer und lauter wurden die Stimmen der Schüler. Eine Stimme entzündete sich an der anderen, einer übernahm den Ton des anderen und überbot ihn, die Grenze zu ertasten, zu der man gehen konnte, ohne daß der Lehrer sich erhob und die Empörung niederschlug. Josef Blau richtete den Blick nicht auf den gefragten Knaben. Mochte kommen, was hervorgerufen war. Mochten die Knaben erkennen, was sie jetzt schon ahnten, daß sie die Stärkeren waren, die Sieger. Daß er nun nicht mehr sich in den Weg stellen konnte, Neues hervorzurufen, nicht mehr vor ihnen stehen konnte, mit aller Kraft sie zu zwingen, sie in Starre zu halten und in Entfernung.

Er fragte die Schüler Bohrer und Karpel nicht. Karpel blickte vor sich auf das geöffnete Buch. Er war der letzte, den Josef Blau gesehen hatte, auf der dunklen Straße am Abend als Schatten neben Modlizki, als er diesen heraufrief. Es war der Abend, der so glücklich begonnen hatte. Karpel wußte mehr als die anderen. Er wußte, warum dem Lehrer das Blut aus dem Hals gedrungen war. Er hatte den Lehrer gesehen beim gelben Licht der Laterne, den Mantelkragen hochgeschlagen, den Hut in die Stirn gedrückt, als Laub schrie, hatte vielleicht dann ihm nachgeblickt, als er davoneilte, bis das schwarze Tor der Kaserne ihn dem Blick verbarg. Nun saß Karpel da und schwieg. Aber er dachte daran und er wußte, was bei Onkel Bobeks Hochzeit vorgefallen war, er wußte vieles, daß nun Lehrer Leopold täglich zu Selma kam und bei ihr im Wohnzimmer saß, indes Josef Blau sich allein in das Zimmer schloß, in dem die Mutter gewohnt hatte, denn Josef Blau stellte sich nicht in den Weg.

Modlizki erzählte es ihm, denn gewiß trafen sie einander wie früher und Modlizki füllte den Knaben mit seinem Haß gegen den Lehrer, den er verfolgte, unbegreiflich warum, aber er klebte an ihm wie ein Blutegel an einem Körper, er ließ nicht von ihm, wie ein Liebender nicht von seiner Braut läßt, nichts war Modlizki genug. Aber war nun nicht alles zu Ende? Josef Blau hinderte nicht mehr, er rief nicht mehr hervor, er lud keine Verantwortung mehr auf sich, es sei denn, daß er noch atmete, das Unumgängliche tat und sprach, zu leben, Josef Albert zu ernähren. Oh, auch das war zu viel, daß er dastand, mit so vielen Schicksalen verbunden, ihren Weg verantwortend, ob er nun tat oder das Tun begrenzte, noch immer mit Josef Albert verbunden war, ihn in sein Schicksal riß, denn was mit Josef Blau geschehen sollte, mußte Josef Albert geschehen. Wenn die Knaben heimgingen, würden sie einander bestätigen, was jeder für sich erkannt hatte. Modlizki würde sie bestärken. Und morgen mußten sie gegen ihn aufstehen, grausam, ohne Erbarmen, gegen ihn, der sich nicht wehrte, ihn mit Schande zu bedecken, zu vernichten und damit Josef Albert, das Kind, das Josef Blau gezeugt hatte, das Kind, in das er sich, seinen Vater, seine Mutter, Krankheit, Schuld und Verstrickung übertragen hatte. Es war nicht recht, daß sich Josef Blau vermaß zu lehren, er mußte aufhören, es zu tun, sich zum Führer aufzuwerfen, zum Richter. Ein Toter lag an seinem Weg. Es war nicht recht, daß er seinen Weg nicht von allen anderen Wegen löste. Er mußte weggehen, in die Einsamkeit, als Knecht zu einem Bauern, als Bettler auf die Landstraße, allein, ohne Selma, ohne Kind, sein Kind vergessen, daß seine Gedanken es nicht ergriffen, niemandes Schicksal mehr verschulden, nichts mehr hinzufügen zu dem was verschuldet war und endlos wirkte.

Er saß Selma gegenüber bei Tisch. Selma hatte den Kopf in ein schwarzes fest anliegendes Tuch gebunden, das von der Stirn über die Ohren in den Nacken lief. Josef Blau wußte, was das Tuch bedeutete. Sie hatte ihr Haar geschoren, keinem mehr zu gefallen, und daß er ihr glaube. Er sah sie nicht an. Er wich Selmas Blick aus. Sie fragte, wie der Schultag gewesen sei, ob das Sprechen ihn nicht anstrenge, ob er sich wohl fühle. Er antwortete kurz und freundlich. Nach dem Essen erhob er sich. Er ging in das Zimmer, das vor ihm die Mutter bewohnt hatte. Dort saß er in eine Decke gehüllt und blickte aus dem Fenster auf das Schienengewirr des Bahnhofs. Das Zimmer hatte einen besonderen Ausgang in das Treppenhaus. Josef Blaus Ohr lauschte auf jedes Geräusch, das auf der Treppe hörbar wurde. Die Treppe knarrte. Aber es war jemand, der zu den Nachbarn eintrat. Dann ein Schritt, der sich entfernte. Das aber war Lehrer Leopold. Er nahm mit jedem Schritt zwei Stufen. Nun stand er oben und klingelte. Selma öffnete ihm, der mit lauten Worten eintrat. Josef Blau hörte ihre Stimmen gedämpft, denn die Türen zu Josef Alberts Zimmer, das zwischen ihm und ihnen lag, waren geschlossen. Nun hörte er nichts mehr. Sprachen sie jetzt leise? Oder hatten sie ganz aufgehört zu sprechen, hielten einander stumm in den Armen? Er erhob sich nicht, er trat nicht ein.

Wieder kamen Schritte über die Treppe. Jemand schneuzte sich vor der Tür. Ein Streichholz wurde entzündet. Nun tastete es an der Tür zu dem Zimmer, in dem Josef Blau saß. Josef Blau öffnete. Ein Mann mit einem Paket stand vor ihm.

«Wohnt hier der Professor Blau?» fragte er. Er hielt eine runde blaue Mütze, wie sie die Angestellten der Geschäfte tragen, in der Hand.

«Der bin ich.»

«Ich soll das abgeben.»

Josef Blau nahm dem Mann das Paket ab. Er bestätigte

in einem Buch, das der Bote ihm reichte, den Empfang der Sendung. Der Mann stieg die Treppe hinab.

Josef Blau trug das Paket an das Fenster. Es war ein großer, rechteckiger, in weißes Papier eingeschlagener Karton. Josef Blau knüpfte den Knoten auf und befreite den Karton von der Papierhülle. Eine braune Pappschachtel lag vor ihm, auf deren Deckel ein großes, viereckiges weißes Papier geklebt war. Auf dem Papier stand in großen lateinischen Druckbuchstaben, wohl um die Handschrift zu verbergen, das Wort: Thereschen.

Josef Blau schloß die Augen. Es war soweit. Es war gekommen, wie er vorausgesehen hatte. Nun hielt die Knaben nichts mehr. Sollte er öffnen? Sollte er sehen, was sie ihm sandten? Sollte er das Paket in den Ofen stecken, ohne nachgesehen zu haben, was es enthielt, und es verbrennen? Es war besser zu wissen, den Weg zu kennen, auf dem sie kamen, nicht um ihnen entgegenzutreten, aber das Herz auf alles, was ihm zugedacht war, zu bereiten.

Er hob den Deckel ab. Vielleicht, dachte er und er lächelte, ist eine Höllenmaschine darin, ich öffne und habe den Weg gefunden. Aber das Paket war leicht und sie dachten nicht, ihn zu töten, sie wollten ihn lebendig hetzen wie die Jäger den Fuchs.

Er hob den Deckel ab. Er sah bunte Seide. Er hob sie auf und begriff nicht: eine rosaseidene Hemdhose mit Spitzen, wie die Mutter und Selma sie besaßen. Woher konnten sie es wissen, das wußten sie nicht von Modlizki, nein, nein. Einer von ihnen hatte sie in diesem Hemd gesehen. Er ließ es in die Schachtel fallen. Er trug die Schachtel in den Schrank, den er abschloß. Er lehnte die Stirn an das Fensterglas und schloß die Augen. Sein Gesicht glühte. Was war das, was wollten sie?

Selma öffnete. Er wandte sich nicht um. Sie sollte sein Gesicht nicht sehen, von Scham gerötet.

«Lehrer Leopold ist da», sagte sie. «Willst du nicht kommen? Der Kaffee steht auf dem Tisch.»

«Ich danke dir, ich... ich glaube, daß ich rasch weg muß.»

Als sie das Zimmer verlassen hatte, nahm er seinen Hut und ging.

Er kehrte nach einer Stunde wieder. Er ging vorsichtig über die Treppe. Man sollte ihn nicht kommen hören. Aus der Wohnung drangen Stimmen. Lehrer Leopold war wohl noch da. Vielleicht auch war die Mutter zu Besuch gekommen. Er öffnete leise die Tür zu seinem Zimmer und machte Licht. Dann schloß er den Schrank auf, in dem das Paket stand, und legte daneben ein anderes, ebensolches, das er unter dem Arm gehalten hatte, verschloß den Schrank wieder und setzte sich an den Tisch. Da er weder Papier noch Feder und Tinte fand, riß er aus seinem Notizblock ein Blatt und zog einen Bleistift aus der Tasche. Er schrieb:

«Der Schrank, der im Zimmer Deiner Mutter steht, ist nicht leer, wie Du glaubst. Es stehen darin zwei Kartons. Der eine trägt die Aufschrift Thereschen. Er enthält ein neues rosaseidenes Damenhemdchen mit Spitzen besetzt und ist Thereschen – Du weißt, meine Schüler nennen mich so – von diesen zugedacht. Meine Schüler wollen mich so vernichten, denn das Hemd ist genau von der Art, wie Du es besitzt, und nur einer, der das Hemd an Dir gesehen hat, hat es ausgewählt. Aber ich wollte davon nicht reden. Denn wohin führt es uns? Ich habe beschlossen, nicht in Dich zu dringen, Dich nicht zu fragen. Ewig wird mir unbekannt sein, was geschieht, wenn Du mit dem Lehrer Leopold spazierengehst, und wenn Du es beschwörst, ich werde es nicht so wissen, als ob ich dabei gewesen wäre. Ich glaube, was die Vernunft mir sagt, aber ich stelle mich nicht mehr in den Weg. Du hast Dein Haar kahl geschnitten und ich habe gedacht: so wird sie sich keinem Mann enthüllen, aber vielleicht ist es gerade das, was Dich ihnen in die Arme treibt, daß ich es verlangt habe, denn auch als ich schwieg, wußtest Du, daß ich es verlange; aber wenn ich nichts verlangt hätte und hätte etwas anderes getan, vielleicht wenn ich Dich gebeten hätte, wenn ich gesagt hätte, daß ich Dich liebe, vielleicht wäre es dann wieder dieses gewesen, was Dich ihnen in die Arme getrieben hätte, man weiß nicht, was ein Wort hinter sich zieht. Aber ich wollte von diesem Karton nicht reden, sondern von dem andern. Du magst das Damenhemd für Dich verwenden oder für Deine Mutter, die sich in solcher Tracht gefällt, oder sonst nach Belieben damit verfahren.

Der Inhalt des anderen Kartons ist für Josef Albert bestimmt. Wenn Du ihn groß ziehst und Josef Albert die Schule besucht, dann öffne den Karton und entnimm ihm den einen der beiden Anzüge, die er enthält. Beide Anzüge sind gleicher Art. Der eine für einen sechsjährigen Knaben, der andere etwas größer. Es sind blaue Matrosenanzüge mit hellblauem Kragen, weißer Krawatte und kurzen Hosen, die unten mit goldenen Knöpfen verziert sind. Sie sind aus gutem, haltbarem Stoff, von mir selbst sorgfältig ausgewählt und in einem soliden Geschäft gekauft.

Ich weiß noch nicht, wann der Fall eintritt, daß man diesen Brief findet. Ich habe jedenfalls vorgesorgt, denn ich wünsche, daß mein Sohn diese Anzüge trägt, wenn er in die Schule geht. Wenn es jetzt oder bald sein sollte, daß die Umstände eintreten, für die diese Worte gedacht sind, werde ich meinen Sohn nie mich nennen gehört haben. Ich liebe ihn, aber wozu davon sprechen? Es ist mir schwer, mich von ihm loszureißen, nicht mehr bei ihm zu sein, seine Wärme nicht zu fühlen, seinen ahnenden Blick nicht zu empfangen. Vielleicht wird sein Blick seinen Vater suchen. Wenn ich ihn nicht so liebte, wäre ich bei ihm geblieben.

Ich glaube, es ist Dir alles ein Rätsel. Ich bin nicht schuldiger als andere, aber ich bin ausgewählt worden, meine Schuld zu erkennen. Ich würde sie tragen, wenn die Sühne nur mich treffen könnte, aber sie trifft alle, denn wir hängen miteinander zusammen.»

Er wollte fortfahren, es ihr zu erklären, vom Richter zu sprechen, der die Verfehlungen eintrug und vor dem sie alle eins waren, eine Klasse wie die Knaben in der Schule. Von der Folge der Dinge, wie sie aufeinander standen, Wort auf Wort, Schritt auf Schritt. Von seinen Kämpfen um den Weg zu Gott und von den Zeichen, die er empfangen hatte. Aber er fühlte, daß er es nicht sagen konnte. Er nahm das Blatt und barg es in seiner Tasche.

14. Kapitel

Die Ordnung war zerrissen. Sie hatten sich erhoben, sie standen einzeln und in Gruppen, lachten, schrien, stießen Worte hervor, höhnische, beschimpfende und solche, die die anderen anfeuern sollten, sie pfiffen, schlugen auf die Pulte, von Augenblick zu Augenblick lauter und haltloser, erst nur einzeln, dann alle vereint, mit aufgerissenen Mündern, wirrem Haar, roten Gesichtern. Einer riß den andern nach sich, ihre Stimmen überschlugen sich und kreischten, eine irre Erregung hatte sie alle ergriffen, die sie nun die Zucht von sich warfen, in die der Lehrer sie gezwungen hatte, die Ordnung, die er gehalten hatte, weil er wußte, was kommen mußte, wenn sie fiel, das Gleichgewicht der Kräfte, das Übergewicht der Kraft des Lehrers aufgehoben sahen, ihn, Josef Blau, den Lehrer, schwach, hilflos, willenlos, tatenlos sitzen sahen mit vor dem Antlitz gefalteten Händen, das Gesicht über das Pult geneigt. Sie waren nicht mehr aneinander gebunden in der alphabetischen Ordnung. Blum an Bohrer, Christian, Drapal, Fischer, Fleischer, Fuchs, Glaser, Goldmann, Haber, Japp, Karpel, Lebenhardt, Müller, Pazofski, Reis, Vacha, nicht mehr an ihre Sitze gefesselt, alles war aufgehoben, sie standen, sie lachten, sie höhnten, das Ungewohnte verwirrte sie, sie wußten nicht sich genug zu tun. Nun warfen sie spitze Papiergeschosse gegen seinen Platz.

Er unterschied die Stimmen. Er blickte nicht auf, aber er erkannte sie. Das war Pazofskis schon männlicher Baß, das

Lebenhardts frauenhaftes Kreischen, das Japps meckerndes Lachen. Aber wo war Karpel? Rief er nicht, lachte er nicht mit den anderen? Josef Blau hörte Karpels Stimme nicht. Er hätte sie unter allen erkannt. Leitete Karpel den Angriff als stummer Befehlshaber? Karpel schwieg? Vielleicht war noch nicht alles verloren. Vielleicht, wenn Josef Blau sich erhob, die Augen auf die Knaben gerichtet mit ruhiger Stimme Ordnung befahl, die Knaben anrief bei ihren Namen, so sie ergriff, stellte, festhielt, bannte er, warf er die Empörung nieder. Vielleicht bedurfte es nur seines Blicks, daß sie zur Besinnung kamen, einander ansahen, um im anderen wie im Spiegel das eigene Gesicht zu finden, verzerrt, den Blick irr verstört, die Haare an die feuchte Stirn geklebt, daß die wilden Schreie verstummten, daß die ekstatische Erregung beschämender Besinnung wich.

Josef Blau erhob sich nicht. Er löste die Hände nicht vom Gesicht. Er wollte nichts mehr hinausschieben. Er suchte keine Milderung mehr zu erlangen, keinen Aufschub. Er wartete. Papierfetzen zu Kügelchen geballt, zu Pfeilen gefaltet, trafen ihn, glitten an ihm ab. Noch flogen nicht feste Gegenstände. Vielleicht würden sie bald die Schulbücher nach ihm werfen, Tintenfässer, Messer. Ihr Zorn stachelte sich an seiner Schwäche, die des Zornes einziger Grund war. Es schien ihm, als hätten sie ihre Plätze verlassen, drängten nach vorne. Nun kam eine Stimme aus der ersten Bank, von Laubs Platz, es war Bohrers Stimme. Die anderen übernahmen den Schrei, sie wiederholten ihn, erst wirr, dann im Takt, mit den Füßen stampfend, mit den Fäusten auf die Tische schlagend:

«Mörder, Mörder, Mör...der...!»

«Ich werde mich erheben», dachte Josef Blau. «Ich werde die Klasse verlassen. Ich werde mich nicht wehren, wenn sie über mich herfallen. Ich werde mich erheben.»

Er fühlte, daß er schon stand, fühlte, daß seine Beine sich

bewegten, auch das Buch hatte er zugeklappt, nicht vergessen, es unter den Arm zu klemmen wie stets, und den Hut ergriffen. Nun stand er vor der Tafel mit dem Gesicht zur Klasse. Er hatte sich getäuscht. Sie saßen alle auf ihren Plätzen. War Laubs Platz wieder leer? Nein, Bohrer saß auf Laubs Platz. Aber es gähnte eine Lücke. Es war Karpels Platz, der leer war. War Karpel nicht gekommen? Die Knaben sahen den Lehrer an. Sie schwiegen. Sie erwarteten etwas von ihm, daß er etwas sage, etwas tue. Aber er sagte nichts. Er ging, das Gesicht ihnen zugewandt, als vermesse er sich noch, sie durch seinen Blick zu halten, den gewohnten Halbkreis vom Podium zur Tür beschreibend, kein Zweifel, daß er ging, denn nun hielt er den Türgriff in der Hand und öffnete. Er trat auf den Gang und schloß behutsam die Tür hinter sich, als schliefe jemand in dem Zimmer, das er verließ.

Josef Blau blieb stehen, den Rücken an den Türrahmen gelehnt. In der Klasse war es still. Nun standen sie wohl hinter der Tür und berieten. Sie konnten es nicht glauben, daß er so, ohne sich zu widersetzen, dem ersten Angriff weichend, für immer geflohen war. Er hörte, daß von innen leise die Tür zur Klasse geöffnet und sogleich wieder geschlossen wurde. Sie hatten ihn erblickt. Nun hörte Josef Blau wieder ihre Stimmen, gedämpft, flüsternd. Sie konnten nicht anders denken, als daß er sich sammle, warte, bis sich ihre Erregung gelegt habe, um nach einigen Minuten wieder zurückzukehren. Nun bereiteten sie ihm einen neuen Empfang. Vielleicht standen sie, ihn erwartend, im Halbkreis um die Tür, ihn gleich von allen Seiten handgreiflich zu überfallen. Er mußte sie enttäuschen. Er kehrte nicht zurück. Er sammelte sich, sie hatten recht, er schloß für einen Augenblick die Augen, aber nicht, um ihnen von neuem entgegenzutreten. Er ging. Er würde sie nicht mehr sehen in ihrer ausgeschnittenen Matrosenkleidung, Karpel nicht, Lebenhardt nicht, keinen von ihnen. Er verließ dies alles, ohne sich umzusehen, und Selma und Josef Albert ohne Abschied, um nie zurückzukehren, um allein zu sein, ein Schicksal für sich, ein Leben für sich, nicht verkettet mit anderen, unbelastet von tötender Verantwortung, Josef Albert, Selma, die Knaben nicht mehr zu verstricken, ein Pilger, ein Bettler, ein Knecht auf stillen Gehöften, arm, keusch, gehorsam und einfältig an Gedanken und nicht mehr schuldig. Die Gedanken sterben und sie gehen nicht mehr zu Josef Albert. Er steht auf der Landstraße wie ein Baum. Er atmet, er lächelt, alle Sünde ist von ihm genommen, sein Kopf weiß nicht mehr, von Laub nicht, von Modlizki nicht, von Schule und Lehrer nicht, von Frau nicht und von Kind nicht. Vögel nisten in seinem Haar. Seine Schritte sind unschuldig, denn niemand wird verstrickt und Gott hinter dem langen Tisch mit dem Kruzifix hat den Zeigefinger erhoben, aber er droht nicht, er winkt ihm. Und alle haben die Köpfe gesenkt, die Knaben, Selma, Modlizki, selbst Onkel Bobek schweigt und die Mutter lächelt, als habe auch sie verstanden, was eine leise schöne Stimme spricht oder singt. Es ist der Klang dieser Stimme, der ans Herz greift, denn die Worte vergehen, dieser Klang ist die Rettung, die Erlösung, so voll süßer Rührung, daß Josef Blau die Tränen warm über die Wange rinnen.

Eine Hand legte sich leise auf Josef Blaus Schulter: «Fassen Sie sich!»

Josef Blau öffnete die Augen. Lehrer Leopold stand vor ihm.

«Ich habe hier alles gehört, ich stand auf dem Gang. Es ist nicht so schlimm, Herr Blau, fassen Sie sich. Gewiß, wer hätte das erwartet? Aber man darf die Ruhe nicht verlieren. Sie werden sehen, es ist ein Intermezzo, das die Beziehungen, ja, wirklich, ich meine es ernsthaft, zwischen Ihnen und den Schülern vertiefen wird. Ich möchte Sie begleiten,

Herr Blau, ich will mit Ihnen in die Klasse gehen, wenn Sie erlauben. Sie kommen so, als wollten Sie sagen: so, Kinder, jetzt lassen wir die Dummheiten und fangen wieder an, bißchen Schule zu spielen. Habe ich nicht recht? Ist das nicht das Beste?»

«Ich danke Ihnen», sagte Josef Blau.

«Sie sind einverstanden, Herr Blau? Und glauben Sie nicht, daß es Ihre Stellung schwächt, wenn ich Sie begleite! Sie sagen ein Wort, das zu erklären. Oder ich bleibe draußen. Es ist ja im Grunde gar nicht nötig, daß ich mitkomme. Die Schüler bereuen es schon, kein Zweifel, und sie werden alles wiedergutmachen. Ich glaube, es sind im Grunde brave Jungen in Ihrer Klasse. Also wenn es Ihnen recht ist, treten Sie ein!»

«Ich gehe nicht zurück, Herr Leopold.»

«Nicht zurück, wie soll ich das verstehen? Wollen Sie Meldung machen? Um Urlaub bitten? Tun Sie das nicht, Herr Blau. Oder tun Sie es, aber erst nach glücklicher Beendigung dieser Unterrichtsstunde. Kommen Sie», sagte Lehrer Leopold, «gestatten Sie, daß ich Sie vor einem nicht wiedergutzumachenden Fehler bewahre, Sie werden es mir danken, ich weiß es, Herr Blau, kommen Sie!»

Er faßte Josef Blau am Arm, schob ihn gegen die Tür und öffnete.

Die Knaben saßen auf ihren Plätzen. Sie erhoben sich, als die Tür aufging. Josef Blau zögerte.

«Gehen Sie», flüsterte Lehrer Leopold hinter ihm, «gehen Sie!»

Josef Blau trat einen Schritt vor. Nun stand er in der Klasse. Die Schüler bewegten sich nicht. Sie hatten die Köpfe halb ihm zugewandt. Lehrer Leopold hatte recht gehabt. Gewiß, die Schüler bereuten den Zwischenfall, dankten es ihm nun, daß er wiederkehrte, ohne scharfe Maßnahmen mit Hilfe der Schuldirektion ergriffen zu haben. Er wollte Lehrer Leopolds Rat folgen, auf seinen Platz gehen, als ob nichts geschehen sei, den Unterricht beginnen, vielleicht am Ende der Stunde einige Worte sagen, daß er krank gewesen sei und auf die Unterstützung der Schüler rechne.

Die Schüler standen noch immer. Josef Blau gab das Zeichen zum Setzen. Sie zögerten. Nun wandte er sich, wie stets von der Tür aus das Podium zu besteigen. Sein Blick fiel auf die Tafel. An der Tafel war ein großes braunes Blatt befestigt mit einer Zeichnung und einem Text in großen Buchstaben wie ein Plakat. Josef Blau stockte der Atem. Er begriff nicht. Kicherten die Knaben nicht? Es war ein weiblicher Körper, groß, ohne Hüllen, mit mächtigem Busen, breiten Hüften, der Kopf gesenkt, dieser Kopf! Der Kopf war geschoren, nackt, häßlich wie eine glänzende Kugel. Josef Blau las die Worte. Er schloß die Augen. Er verstand nicht. Er wiederholte sie leise:

«Blaus Opfer Selma.»

Er griff hinter sich, das Buch fiel zu Boden. Er stürzte zur Tafel. Er ergriff das Blatt. Er knüllte es, zerriß es. Er wandte sich um. Die Tür stand offen. Lehrer Leopold war auf dem Gang geblieben. Josef Blau sah ihn nicht. Die Knaben hatten sich nicht gesetzt. Ihre Köpfe waren gesenkt. Gewiß, sie lächelten. Er ging auf sie zu, Schritt für Schritt, er stieg vom Podium, langsam, mit offenem Mund, die Hände erhoben, mit gespreizten Fingern auf die erste Bank zu, da saßen sie, mit gepflegtem Scheitel, weißen Halbmonden auf den Nägeln, kurzen Hosen, daß das Fleisch der Beine sichtbar war, und den spitz zulaufenden Ausschnitten der Blusen an den nackten Hälsen, sie bewegten sich nicht, wessen Hals war es nun, den er mit den Fingern umklammerte, daß er das Blut pochen fühlte, er sah das Weiße in den Augen groß werden, das Gesicht sich röten, den Mund sich weit öffnen. Nun umringten sie ihn. Sie rissen an seinen Armen. Er ließ nicht los. Sie zerrten an seinem Rock, an seinen Ärmeln. Seine

Hände hielten den Hals fest. Das war Lehrer Leopold, der zu ihm sprach. Er drückte seine Handgelenke, daß Josef Blau die Kraft verließ und seine Finger sich lösten. Er sah das Gesicht des Schülers nach hinten geneigt. Es war Japp, nun erkannte er ihn. Die anderen hielten den Schüler unter den Schultern gefaßt. Sie lagerten ihn auf der Erde. Lehrer Leopold neigte sich über Japp. Josef Blau hörte Lehrer Leopolds Stimme. Die anderen umringten Lehrer Leopold. Sie bildeten einen Kreis. Sie sahen Josef Blau nicht. Josef Blau war allein. Er hielt den Kopf gesenkt. Die Tür stand offen. Langsam schritt er hinaus. Niemand wandte sich nach ihm um.

Er ging langsam geradeaus, ohne Ziel. Sein Herz pochte, er fühlte, daß er bald nicht würde weitergehen können, ein großer Schmerz lag auf seinem Herzen, der es drückte wie eine Last. Das ist der Abschied, dachte er. Er dachte es immer wieder, denn es war ein rührender Gedanke und die Rührung machte seinen Schmerz mild, sie brachte Tränen, die wie streichelnde Liebkosung waren.

Er setzte sich auf eine Bank in den Anlagen. Er stützte den Kopf in die Hände. Das war der Abschied. Morgen würden sie ihn suchen. Sie würden im Schubfach den Brief finden. Selma würde weinen und schwarze Kleider anlegen. Sie hielten ihn für tot, denn sie verstanden ihn nicht. Onkel Bobek würde Selma Mut zusprechen auf seine Art. Lehrer Leopold würde vor aller Welt an Josef Blaus Stelle treten und bald würde die Erinnerung an Josef Blau erloschen sein, nur manchmal nachts wie ein Alp über Selma kommen und wie ein unfaßbarer gestaltloser Traum über Josef Albert. Modlizki würde kommen und unbewegten Gemüts, als erzähle er alltägliches, die Ereignisse der letzten Schulstunde berichten. Denn Modlizki ließ auch nun nicht von ihm. Er ahnte, er witterte seine Spur wie ein Hund das blutende Wild. Er suchte ihn auch jetzt noch zu vernichten, sich zu rächen, ja, ja, sich zu rächen, das war es, er rächte sich an Josef Blau, er war der Bote der Rache, es gab keine Flucht, er war Satan, warum wichen die Kinder vor ihm zurück, hatte Josef Albert nicht in der Wiege geschrien, als Modlizki eintrat? Er hatte Selma ihnen ausgeliefert, ihnen den Weg gebahnt über Drohungen, daß er Josef Blau, daß er das Kind vernichten würde, kein Zweifel, sie hatten sie gesehen, nackt, sie hatten ihre Männlichkeit an ihr erprobt, vielleicht hatte sie gelächelt, als sie ihnen willfuhr, Karpel oder mehreren, denn sie waren jung, ihre Haut war warm und fühlte sich zart und lebendig an, sie waren männlich in ihrer Jugend, sie hatten das Tuch gelöst, den nackten, geschorenen Kopf enthüllt. Josef Blau hätte es ahnen müssen, als sie ihm gegenüberstand bei Bobeks Hochzeit, als sie mit Leopold tanzte, als Josef Blau die Rede hielt, ein lächerlicher Mensch, hatte Onkel Bobek gesagt, sie haßte ihn, als er die Rede hielt, als sie die Haare schnitt. Modlizki hatte begriffen und nun trieb er sie, stachelte sie, bis sie willfuhr. Modlizki verfolgte ihn und ließ nicht ab und erreichte ihn. Was noch, was noch? Es gab keine Flucht, Modlizki war hinter ihm, solange Modlizki ihn witterte, schlug er ihn, wenn er ihn nicht erreichte, würde er andere erreichen, Josef Albert, das Kind! Modlizkis Rache sollte sich nicht fortsetzen, sollte zu Ende sein, Josef Blau rettete nichts, wenn er floh, es setzte sich fort, auch wenn er ging, das wilde Tier mußte gesättigt sein, es wollte ihn, Josef Blau, hier, hier, hier war er!

«Hier bin ich, hier bin ich», flüsterte er. «Töte mich, hier bin ich!»

Er hatte sich erhoben.

Er wollte ihm entgegentreten, den Kopf geneigt, daß Modlizki ihn spalte! Das war das Ziel, das war das Ende. Das war der Kreis, der sich schloß. Er begriff es erst jetzt, daß Modlizki das Werkzeug war, der Bote, für ihn gesandt, ihn zu beenden.

Er eilte durch die Anlagen. An der Stelle, wo der Weg zu Modlizki abzweigte, bog er ein.

«Das Opfer», dachte er. «Jemand wird mir eine weiße Binde leihen. Opferknabe, Camillus», dachte er.

Das war der Kreis, der sich schloß. Er begriff es erst jetzt, daß Modlizki das Werkzeug war, der Bote, für ihn gesandt, ihn zu beenden.

Er drückte auf den Knopf der Klingel. Die Tür sprang auf. Er lächelte, als er die weiße Göttin mit dem lässig erhobenen Arm erblickte. Sie leuchtete in der hellen Sonne, und ihm war, als sähe sie ihn an und als lächle auch sie, da er sie grüßte.

15. Kapitel

Die Halle mit den Waffen und ausgestopften Tierköpfen an den Wänden war nicht dunkel wie sonst. Die Vorhänge waren hochgezogen und das Licht des Tages fiel breit durch die großen Fenster. Auch Modlizki trug nicht seinen schwarzen Rock. Er hatte eine weiß- und blaugestreifte Joppe an und hielt einen Staublappen in der Hand. Nun verneigte er sich. Josef Blau hatte sich die Worte zurechtgelegt, «Töte mich, hier bin ich», hatte er sagen wollen. Aber nun sah ihn Modlizki an in gemessener Ergebenheit, als erwarte er einen Befehl. Josef Blau schwieg.

«Es ist eine ungewohnte Zeit», sagte Modlizki. Er schob Josef Blau einen Stuhl zurecht. Josef Blau setzte sich nicht. Modlizki fuhr nach einer Pause fort: «Die warme Jahreszeit beginnt. Es ist geraten, die Kleidungsstücke und Pelze durch Kampfer und Zeitungspapier gegen Motten zu schützen. Es ist ein bewährtes Mittel, nach menschlicher Voraussicht, möchte ich sagen.»

«Was sprichst du», sagte Josef Blau. «Modlizki! Du weißt, warum ich gekommen bin! Ich habe die Schule verlassen. Du hast es ihnen eingegeben, kein anderer kann es gewesen sein. Du hast es der Mutter entlockt, oder Onkel Bobek. Karpel allein hätte es nicht gewagt, auch wenn er es wußte. Du haßt mich, Modlizki. Was willst du noch von mir, sprich, sprich! Wohin willst du mich treiben?»

«Ich verstehe nicht», sagte Modlizki.

«Du verstehst nicht? Muß ich es dir deutlicher sagen?

Hahaha, sie haben sie gezeichnet, nackt, mit kahl geschorenem Kopf und das Bild an die Tafel gehängt. Du hast es ihnen gesagt, du und kein anderer!»

«Kann nur ich es gewesen sein?»

Josef Blau stützte sich auf die Lehne des Stuhls, der neben ihm stand.

«Du hast recht», sagte er leise. «Sie konnten es... vielleicht wußten sie es ohne deine Hilfe... Aber daß sie sie zeichneten... Modlizki... das war dein Einfall, leugne es nicht, Modlizki... du haßt mich, alle, alle, gut, aber mich mit einem besonderen Haß, immer wollte ich davon sprechen, es gut machen, vielleicht bin ich nicht unschuldig, dachte ich, aber es hätte nichts genützt, ich habe deinen Blick nicht vergessen, bei Wismuth, wie lange ist das her, als sie mich ins Zimmer riefen und dich ließen sie in der Küche, du hast es nicht vergessen, wenn du mit mir sprichst, du denkst nur daran, daß sie dich in der Küche ließen und mich holten sie an den gedeckten Tisch. Das ist es, ich weiß es, Modlizki, dafür rächst du dich, aber wie lange noch, Modlizki, sieh mich an, ich will alles gut machen, vergiß es, es ist so lange her, wir waren Kinder, mach ein Ende, Modlizki!»

Modlizkis Gesicht war unbeweglich.

«Wismuth?» sagte er. «Ich erinnere mich dunkel. Ein Kaufmann mit kleinem Spitzbart und rundem Bauch. Ich glaubte, ich hätte ihn bei Herrn Colbert gesehen. Also irrte ich mich. Habe ich bei ihm gegessen? Ich hänge keinen Erinnerungen nach. – Ich habe diesen Vorwurf nicht erwartet. Wenn ich nicht wüßte, daß es ein Mann von hoher Bildung ist, der es mir sagt, würde ich lächeln, wenn es erlaubt ist. So bin ich mir bewußt, daß ich zu dumm bin, die Zusammenhänge zu verstehen.»

«Modlizki, ich habe mein Brot verloren, Modlizki! Du bist schuld! Du hast Laub gehaßt, aber mich noch mehr, sonst hättest du mich sterben lassen und nicht ihn… o Gott… o Gott…»

Josef Blau ließ sich auf den Stuhl fallen. Er barg sein Gesicht in den Händen. Modlizki schwieg. Dann hörte Josef Blau wieder seine Stimme.

«Ich glaube, daß ich über alles gesprochen habe. Ich bin nicht verstanden worden. Ich hasse nicht und niemanden, habe ich es nicht gesagt? Wenn ich haßte, gehörte ich nicht dazu, wenn ich es recht ausdrücke? Aber wir gehören nicht dazu. Es ist ein großes Theater, auf dem die Herren und Damen spielen, und wir sitzen, denke ich, auf den dunklen Plätzen, einer neben dem anderen und rühren uns nicht und weinen nicht und lachen nicht und es ist, als hörten wir und sähen wir es nicht und ich glaube, daß einmal eine Unruhe über die Spieler kommen muß und dann Unordnung und Verzweiflung.»

«Ja, ja», sagte Josef Blau. Dazu war er nicht gekommen. Er wollte sich erheben und gehen. Nicht mehr nach Hause zurückgehen. Alles hinter sich lassen, alle vergessen, ohne Schuld sein, in nichts mehr verwirrt sein und keiner Sache Ausgang. Er erhob sich. Er sah Modlizki nicht mehr. Er blickte aus dem Fenster in grüne Baumkronen. Er sah den Rücken der weißen, ruhigen Göttin. «Ja, ja», sagte er, «über mich ist Unordnung und Verzweiflung gekommen.»

«Ich glaube, daß mir Unrecht geschieht. An diesen Fall dachte ich nicht und daran habe ich keine Schuld.»

«Wer denn? Karpel? Er hat sich ferngehalten. Er war nicht in der Schule. Warum ist er nicht selbst gekommen?»

«Ich habe nicht an diesen Fall gedacht, sage ich, und was den jungen Herrn betrifft, er ist nicht aus diesem Grund der Schule ferngeblieben, denn er steht vor anderen Dingen. Ich denke, es sollte alles einen anderen Weg nehmen und die Ordnung könnte anders sein und ich glaube, daß es gut wäre, wenn sie anders wäre, und darum stehe ich da! Denn wir sind eine große Masse und sie stehen uns gegenüber, jedem als einzelne, und es könnte anders werden, wenn wir aufsässig sind, aber gehorsam – denn wir haben keine Macht und man würde uns zwingen zu gehorchen –, wenn wir nicht lächeln, nicht weinen, keinen Anteil haben und in Wahnsinn und Verzweiflung treiben, daß uns zufällt, worauf unser Recht ist, denn wir sind groß und stark und eine unendliche Zahl. Darum ist es und nicht aus Haß! Denn ich sehe keinen anderen Weg als den ich gehe und man wird das Beispiel sehen und folgen.»

Modlizki trat einen Schritt zurück. Er sprach rascher als sonst. Josef Blau wandte seinen Blick vom Fenster ihm zu. Auf Modlizkis Stirn standen kleine Schweißtropfen.

«Ich bitte um Verzeihung, aber es ist ein Anlaß, daß ich es sage, und es ist nicht wegen des Bildes, sondern wegen des jungen Herrn. Der junge Herr Karpel ist in meine Hand gekommen. Ich habe nichts zu fürchten, wie auch immer es endet, denn ich habe nichts getan als Wünsche zu erfüllen und gehandelt wie ein Mann meines Standes zu handeln berufen ist. Mich quält kein Gewissen. Die jungen Herren verlieren die Gewalt der Nerven und auch ihre Väter werden sie verlieren, aber hier sind wir und wir haben keine Nerven und keine Erinnerung an Eltern, Lehrer und weiße Statuen und keine Bildung und so wird uns nichts rühren, wenn man dem Beispiel folgt. Ich habe den jungen Herrn nicht getäuscht, sondern er erkannte mich nicht, da er mich gehorsam fand und zu allem bereit und mich rührte nicht seine Güte und sein schlanker Körper und sein gepflegtes Haar, denn es durfte mich nicht rühren und ich hatte die Kraft zu widerstehen. Denn ich weiß, worum es geht und weshalb es geschehen muß. Wenn er mich rufen würde, würde ich nicht kommen. Aber der junge Herr wird mich nicht rufen.»

Modlizki trat ans Fenster. Er beugte sich über die Brüstung und blickte hinaus. Josef Blau folgte seinem Blick. Man konnte zwischen den Bäumen hindurch ein Stück der Straße und einige Gärten und Häuser sehen.

«Dort ist es», sagte Modlizki und wies mit der Hand auf ein zweistöckiges Haus, ein Stück weiter der Stadt zu. «Die Fenster sind geöffnet.»

«Was ist mit ihm?»

«Noch nichts. Wenn etwas geschehen wäre, müßte man es bemerken. Es würden sich Menschen ansammeln und der Herr würde verständigt werden und nach Hause kommen. Man müßte das Auto sehen, wenn er da wäre. Es ist ein amerikanischer Wagen.»

«Was ist, Modlizki? Ist er in Gefahr? O Gott, was hast du ihm getan? Sprich deutlich! Du mußt ihm helfen! Am Ende... Nein, nein, nicht wieder das, Modlizki... Du mußt es verhindern, Modlizki!»

«Ich glaube, daß das nicht meine Aufgabe sein kann.»

«Was ist? Um Himmels willen, er will seinem Leben ein Ende machen! Du weißt es! Du kannst ihn retten! Eile, eile, ehe es zu spät ist, du bist schuld an seinem Tod, rette ihn, rette ihn!»

«Ich bin der Anfang und der Genosse von allem gewesen, ein Mann von dunkler Herkunft und Diener und gewiß verachtet er sich darum und mein Anblick würde ihn nicht retten, selbst wenn ich wollte, denn er würde den jungen Herrn beschämen, daran ist kein Zweifel. Wenn noch Zeit ist, kann er durch mich nicht zurückgehalten werden.»

«Ich... ich... Modlizki, worin verwirrst du mich wieder, o Gott... ich wollte... warum bin ich zu dir gekommen... Nein, nein, er hat... ich will nicht, Modlizki, es ist nicht meine Sache, was geht es mich an, es ist deine Sache! Es kommt auf dein Haupt, nicht auf meins... Jesus Maria... sprich, sprich, sag, daß es nicht wahr ist... Was stehst du da und schweigst? Ja, ja, ich gehe schon, ich gehe... es gibt nichts anderes, nein, nein...» Er trat auf Modlizki zu. Er ergriff seinen Arm und preßte ihn: «Du, du», stieß er hervor, «warum hast du es mir erzählt? Wir werden einander nicht wiedersehen. Ich fürchte dich nicht mehr, du bist ein Narr, ein Wahnsinniger und ein Schwächling. Du fürchtest dich jetzt, oder nenne es wie du willst, Empörer gegen die Ordnung, du wälzt es auf andere ab.»

Er ließ ihn los. Er eilte durch den Garten. Die Tür sprang surrend vor ihm aus dem Schloß. Er durfte nicht zu spät kommen. Er durfte nicht, jetzt, am Ende, auch Karpels Tod verschulden. Er mußte laufen, dort auf dieses Haus zu, auf das Gittertor zu, ob er wollte oder nicht, denn es gab nichts anderes, als neben Karpel zu bleiben, bis jemand kam, dem Josef Blau das Amt übertragen konnte. Er mußte nicht sprechen mit Karpel, nur da sein, vielleicht konnte er Karpels Vater holen lassen, ihm den Sohn vertrauen, denn es war nicht Josef Blaus Sache, nur so lange seine Sache, bis ein anderer kam, er ging nur, weil es nichts anderes gab, wenn er nicht Schuld auf sich laden wollte, nur darum lief er durch den Vorgarten, stieg er über die breite Treppe und trat durch eine schwere, geschnitzte Tür. Ein alter Diener sah ihn verwundert an. Josef Blaus Atem ging schnell. Sein Gesicht war gerötet.

«Zum jungen Herrn», sagte er.

«Wen darf ich melden?»

«Es eilt.»

Er ging hinter dem Diener über schwere Teppiche, die den Schritt lautlos machten. Sie stiegen über eine Holztreppe mit geschnitztem Geländer ins zweite Stockwerk. Der Diener pochte an eine Tür und trat ein. Die Tür blieb hinter ihm angelehnt. Josef Blau hörte Karpels Stimme und die erwidernde Stimme des Dieners. Es ist keine Zeit zu verlieren, dachte Josef Blau. Er stieß die Tür auf und trat an dem Diener vorbei in Karpels Zimmer.

Karpel hatte sich erhoben. Er stand hinter einem großen, mit Büchern und Heften bedeckten Tisch und sah starren Blicks Josef Blau an.

Der Diener stand wartend an der Tür. Ohne seine Haltung und die Richtung seines Blicks zu verändern, gab ihm Karpel ein Zeichen. Der Diener ging und schloß lautlos die Tür hinter sich.

Das Zimmer war zweifenstrig. Zwischen den beiden Fenstern stand eine Glastür offen, die auf einen Balkon führte. An den Wänden hingen bunte Stiche in einfachen Rahmen. Eine Tür links, die angelehnt war, führte in Karpels Schlafraum. In der Ecke links von den Fenstern stand ein niedriger Rauchtisch zwischen zwei tiefen, stoffbezogenen Fauteuils, an der Wand gegenüber ein offener Flügel. Die Wände waren mit einer einfachen dunklen Tuchtapete bezogen. Der viereckige, massive Tisch in der Mitte war von dunklem Holz und trug keine Decke. An seiner den Fenstern zugekehrten Seite stand der hohe Holzsessel, von dem Karpel sich bei Josef Blaus Eintritt erhoben hatte. Karpels Augen waren wie nach einer schlaflosen Nacht gerötet. Sein Haar war nicht gebürstet und hing ihm in die Stirn. Er trug eine schwarze unvollkommen geschlossene Samtjoppe mit Verschnürung und lange weite Samthosen mit breiter schwarzer Borte an den Seiten.

«Ich komme von Modlizki», sagte Josef Blau.

Karpel senkte den Kopf gegen die Brust.

«Setzen», sagte Josef Blau.

Karpel gehorchte.

«Fahren Sie in Ihrer Beschäftigung fort, Karpel. Ich bleibe, bis Ihr Vater kommt.»

Karpel saß in sich zusammengesunken in seinem Sessel. Sein Kopf war tief über den Tisch gebeugt. Josef Blaus Blick fiel auf den bunten Deckel eines Buchs. Es war eine Darstellung zur Eroberung Mexikos durch Cortés. Er setzte sich

Karpel gegenüber und begann in dem Buch zu blättern. Er hörte Karpels Atem. Aber Karpel hob den Kopf nicht. Wie lange würde es dauern, bevor der Vater kam? Es mochte elf Uhr sein. Wo war eine Glocke? Vielleicht sollte Josef Blau läuten, den Diener rufen, das Haus alarmieren. Es mußten noch andere Leute im Haus sein, Karpels Mutter, Dienerschaft. Wenn Karpel eine Waffe gegen sich richtete, Josef Blau konnte sie ihm allein nicht entwinden. Aber Karpel saß wie in der Schule mit geneigtem Haupt und bewegte sich nicht, bloß sein Haar war in Unordnung wie der Tisch mit Büchern, Heften, Papieren. Wie lange saßen sie nun schon? Wie oft hatte Josef Blau das Buch, das er in seinen Händen hielt, schon durchblättert? Doch jetzt hob Karpel den Kopf. Josef Blau ließ das Buch sinken. Karpel sprang auf, daß der Stuhl hinter ihm krachend zu Boden fiel. Auch Josef Blau hatte sich erhoben.

«Nein, nein», schrie Karpel. «Das ertrage ich nicht länger! Was wollen Sie hier? Ich wußte es ja, daß Sie grausam sind, aber... Ich habe aufgehört, Ihr Schüler zu sein, verstehen Sie? Wer hat Ihnen erlaubt, ungebeten hier einzudringen? Gehen Sie, sage ich, gehen Sie!»

Er wies mit erhobenem Arm gegen die Tür. Karpels Augen lagen drohend auf Josef Blau.

«Sie müssen mir erlauben zu bleiben, Karpel. Sie können mich nur mit Gewalt entfernen. Ich lasse mich in nichts mehr verwirren, hören Sie? Nun nicht mehr. Es hängt mit besonderen Dingen zusammen, mit Umständen, die nicht hierher gehören. Ich will nicht mehr mitschuldig sein wie bei Laubs Tod, verstehen Sie? Ich werde Sie Ihrem Vater übergeben.»

«Mitschuldig? Was geht es Sie an, was ich vorhabe! Es ist meine Sache, oder Ihre? Sie haben kein Recht, es zu verhindern.»

«Mag sein. Aber wenn ein Mensch ins Wasser springt,

und man sieht es durch Zufall, und der Mensch ertrinkt, weil man nichts getan hat, ihn zu retten: glauben Sie nicht auch, daß der, der durch einen Zufall vorüberging, für schuldig am Tod des Selbstmörders gehalten wird?»

«Sie können nichts verhindern, nur es verzögern.»

«Gerade darum handelt es sich. Es ist nicht meine Sache mehr, was geschieht, wenn Ihr Vater da ist. Aber ich glaube nicht, daß so leicht ein Geretteter wieder in den Fluß springt.»

«Sie... Sie... ich hasse Sie, ich habe Sie immer gehaßt... Hören Sie auf, mich zu retten! Ich bin Ihr Feind. Gehen Sie weg von mir...» Karpel stützte die Hände auf den Tisch. Er beugte den Kopf. Seine Schultern hoben und senkten sich. «O Gott, o Gott, was wissen Sie denn von mir!»

«Ich weiß, daß Sie mich hassen.»

«Was wissen Sie denn von mir? Sie kommen, mich zu retten? Sie hätten mich retten können, jawohl, Sie, nur Sie! Damals war es nicht zu spät!» Er wandte sich schluchzend ab und trat in die Balkontür. Er lehnte den Kopf an den Türrahmen. «Ich habe Sie gesucht», sagte er, ohne den Lehrer anzusehen. «Ich ging Ihnen im Wald nach auf dem Ausflug. Ich habe Sie hinter dem Baum gesehen, oh, wie könnte ich das vergessen! Ich bat Lehrer Leopold, als Sie krank waren, Sie zu fragen, ob ich kommen dürfte... Sie hätten mich retten können, Sie hätten mir helfen können, Sie kannten ihn, Sie waren sein Freund!»

Karpel wandte sich um. Er fuhr sich mit einem seidenen Tuch über Wangen und Augen:

«Verzeihen Sie», sagte er. Seine Stimme war wieder ruhig. «Ich benehme mich wie ein... Sie werden sagen, daß ich ein Kind bin... Es ist zu allem zu spät. Verzeihen Sie mir und erfüllen Sie mir eine Bitte: lassen Sie mich allein!»

Josef Blau schwieg. Er blickte auf den Tisch, auf das offene Buch, das er durchblättert hatte. Ein buntes Bild war aufgeschlagen. Viele Menschen mit Waffen umringten jemanden, was mochte es sein, eine Schlacht, ein Mord? Also hatte ihn Karpel gesucht, nicht weil er ihn haßte, weil er Hilfe brauchte, und er hatte ihn zurückgestoßen, in seinem Haß bestärkt, das Kind in seinen Nöten und Sorgen nicht gesehen, er, der Lehrer? Mochte der Knabe getan haben was immer, Josef Blau hätte die Gefahr sehen müssen, in der sich Karpel befand, er hätte zu ihm sprechen, ihm die Hand reichen, ihm helfen müssen. Oh, daß er es noch erfuhr! Wenn es auch spät war, vielleicht war es nicht zu spät! Nun war er da, nun wollte er ihn nicht mehr zurückstoßen, nun reichte er ihm die Hand, nun machte er es wieder gut.

«Ich werde Ihnen helfen», sagte er leise.

«Mir helfen! Wenn Sie wüßten...» Er drückte das Tuch gegen die Augen.

«Sie sagen, Sie haben aufgehört, mein Schüler zu sein. Sie haben recht. Ich bin Ihr Lehrer nicht mehr. Ich habe die Schule verlassen. Sie wissen von dem Bild... der Zeichnung... an der Tafel.»

«Haben Sie das Bild gesehen, o Gott, o Gott...! Modlizki hat es...»

«Ich will davon nicht sprechen, Karpel, sehen Sie! Ich sage es nur, weil ich glaubte, als ich aus der Schule ging, ich müßte, es bliebe mir nichts anderes als wie Sie... wie Laub... und nun, sehen Sie, stehe ich da... Fürchten Sie nichts von mir, Karpel! Wenn ich geahnt hätte... aber ich werde es wiedergutmachen, sagen Sie mir, was ich soll, ich will Ihnen helfen.»

Karpel schüttelte langsam den Kopf. Er hatte sich in das Fauteuil neben dem Fenster gesetzt und das Gesicht in den Händen geborgen.

«Ich will Modlizki rufen. Er muß kommen. Und wenn ich ihn mit Gewalt...»

«Nein, nein», sagte Karpel, «es gibt keine Hilfe... Wenn

Sie wüßten… wie soll ich es Ihnen sagen? Ich wollte es aufschreiben, daß man es später findet, nachher, aber auch das nicht, niemand wird es wissen außer ihm. Ich bin befleckt, beschmutzt …mir graut vor mir… fliehen Sie mich… nein, nein, nicht darüber sprechen!»

Seine Stimme war die eines Kindes, wenn er schrie und schluchzte. Nein, nein, er war kein Mann. Ein armes geschlagenes rettungssuchendes Kind. Ihn hatte Modlizki in Wahnsinn und Verzweiflung getrieben, einen haltlosen Knaben, der Empörer gegen die Ordnung.

«Man sollte ihn zwingen zu kommen, daß er Sie sieht», sagte Josef Blau. «Aber nun verbirgt er sich, nun fürchtet er sich.»

«Modlizki fürchtet sich nicht. Wenn er es Ihnen gesagt hat, dann nicht aus Angst: um mich zu retten… weil er mich… liebt. Hat er Ihnen gesagt, daß Sie es versuchen sollen? Begreift er nicht, daß ich nicht mehr… nein, nein… Lassen Sie mich… ich will nicht mehr sprechen, nicht denken… lassen Sie mich!»

«Ich kam zu ihm und er sagte mir… und als ich ging… nein, er hielt mich nicht zurück, Karpel.» Josef Blau stand neben Karpel. Er legte ihm die Hand aufs Haar. Karpel sprang auf. Er schüttelte Josef Blaus Hand ab und wich vor ihm gegen das Fenster zurück.

«Berühren Sie mich nicht, nein, nein, man soll mich nicht berühren… Ich schäme mich… o Gott…!»

«Karpel, glauben Sie an nichts?… Ich meine… glauben Sie nicht, daß es etwas gibt, nach dessen Gesetz alles geschieht? Auch das, was Ihnen geschehen ist? Lachen Sie nicht. Daß nicht Wahnsinn waltet, sondern…»

«Gott?»

«Gott… etwas…»

«Sie glauben?»

Josef Blau nickte.

«Woran?»

«Woran? Ja, woran?» Er machte eine Pause und blickte um sich, als suchte er etwas. Dann lächelte er. «Ich glaube an Gott, den Vater, den Allmächtigen, Schöpfer Himmels und der Erden und an Jesum Christum, seinen eingeborenen Sohn, unseren Herrn, der empfangen ist vom heiligen Geist, geboren von der Jungfrau Maria, gelitten unter Pontius Pilatus, gekreuzigt, gestorben und begraben. Niedergefahren zur Hölle, am dritten Tag wieder auferstanden von den Toten, sitzend zur Rechten Gottes, des allmächtigen Vaters, von dannen er kommen wird zu richten die Lebendigen und die Toten, ich glaube an den Heiligen Geist und an eine katholische Kirche, an die Gemeinschaft der Heiligen, an die Vergebung der Sünden, an die Auferstehung des Fleisches und an ein ewiges Leben. Amen. – So habe ich es in der Schule gelernt.» Er sagte es leise, ohne Betonung, wie ein Kind, das sein Pensum aufsagt.

Karpel sah ihn verwundert an. Dann schüttelte er den Kopf.

«Nein», sagte er, «nein! Und wenn ich an etwas glaubte... es hülfe mir nichts mehr... ich könnte darum doch nicht... nein, nein!»

Er schwieg. Josef Blau blickte durch das Fenster in den Garten.

«Wenn ich hier weggehe», sagte er leise, ohne sich nach Karpel umzuwenden, «werde ich nicht mehr nach Hause gehen. Ich habe die Schule verlassen und ich verlasse mein Kind und seine Mutter, weil... ich kann es so leicht nicht erklären... ich sage es Ihnen, weil ich von Modlizki vielleicht nicht hierhergekommen wäre, Sie daran zu hindern, was Sie vorhaben, wenn das nicht gewesen wäre. Denn ich wußte, daß Sie mich hassen, und ich wußte, daß das Bild in der Klasse nicht ohne Sie zustande gekommen ist. Aber ich bin doch gekommen. Nicht Ihretwegen, sehen Sie, meinetwegen. Denn ich wollte nichts mehr verschulden durch mein Tun oder Unterlassen, was weiterwirkte, wenn ich weg war… Sie verstehen mich nicht. Wie sollten Sie das verstehen! Aber ich gehe jetzt, und wenn Sie tun, was Sie vorhaben, bin ich schuldig: denn ich weiß, wenn ich Sie mehr geliebt hätte, geliebt wie mein Kind, hätte ich etwas gefunden, Sie zu retten.»

«Sie hätten mich gezwungen, weiterzuleben. Gerettet? Was für ein Leben… Ich kann doch niemandem mehr ins Gesicht sehen. Nein, wenn Sie mich geliebt hätten, Sie hätten vielleicht geweint, um mich getrauert, aber mich nicht gehindert. Wozu denn noch, was steht mir noch bevor?»

«Wußte ich, was mir bevorsteht vor einer Stunde, als ich glaubte, daß mir nichts bliebe als sterben? Karpel, Karpel, jetzt erst begreife ich es!» Er hatte sich Karpel zugewendet und die Hände gehoben. «O Gott, o Gott, jetzt erst erkenne ich es, jetzt erst begreife ich es, diese Stunde öffnet mir die Augen! Dazu das alles, o Herr, dazu! Verzeihen Sie mir, Sie verstehen nicht, wie es mich bewegt! Ich bin ein Blinder gewesen, auch ich, ich habe die Wege nicht verstanden bis jetzt, und ich hatte nicht den Glauben! Sehen Sie, es ist wie ein Mosaik und wir sehen nur die einzelnen bunten Steine, aber plötzlich, einmal erkennen wir, daß sie sich zu einem Bild gefügt haben. Wir alle sind Schüler, eine große Klasse, und wir sehen nur die Schwierigkeit der heutigen Aufgabe, aber den großen Lehrplan sehen wir nicht. Es steht Schritt auf Schritt, Wort auf Wort, Tag auf Tag, aber plötzlich, wenn die Gnade über uns kommt, o Gott… da lüftet sich für einen Augenblick der Schleier, wir sehen es, wie ich es jetzt sehe – ich war verzweifelt, aber wäre ich hier, Karpel, Ihnen zu helfen, wenn das Bild an der Tafel nicht gewesen wäre und alles vorher, Ihr Haß gegen mich oder mein Haß gegen Sie und durch ihn das Bild und alles, eine unendliche Kette von Dingen, Folge von Stunden, zuletzt stehe ich hier, nun weiß ich, daß ich Sie retten werde, denn um diesen Augenblick ist das alles gewesen, zum Guten, zur Gnade! Für etwas, nicht für Sie vielleicht, für einen Fremden, für ein Wort, eine Tat, ein Werk, wer weiß es jetzt, ist das, was Sie gelitten haben, im Plan für Sie, einmal werden Sie es wissen, morgen, morgen, Sie werden da stehen wie ich jetzt vor Ihnen, ahnend, voll Freude, gerettet! Was Ihnen auch geschehen ist, es ist nicht umsonst geschehen, vielleicht Sie größer zu machen oder schwächer, ärmer oder reicher, aber erkennender und sehender als Sie vorher waren.»

Er stand vor Karpel und hatte seine Hand erfaßt.

«Stoßen Sie meine Hand nun nicht mehr weg! Senken Sie den Kopf nicht, Karpel! Lassen Sie mich nicht weggehen ohne Hoffnung! Dieser Augenblick – ich danke Ihnen, Karpel, ich danke Ihnen, war ich nur verwirrt von allem, war ich nur verwirrt, oder ist einen Augenblick lang über mir armem Geschöpf ein Hauch des Ewigen gewesen?»

Karpel zog die Hand nicht zurück. Er senkte langsam den Kopf, bis er an Josef Blaus Schulter lag. Er antwortete nicht und hielt die Tränen nicht zurück, die über seine Wangen in das Tuch von Josef Blaus dunklem Rock rannen.

«Weinen Sie, weinen Sie, Tränen sind ein gutes Gebet, mein Kind! Halten Sie sie nicht zurück, lassen Sie sie fließen, der Tod hat keine Macht über den, der weint. Wir haben ihm Raum gegeben in unseren Herzen, er hat uns versucht in vielerlei Gestalt, wir sind versucht und geprüft worden, Karpel, aber nun fürchte ich nicht mehr um Sie, mein Kind. Leben Sie wohl, Karpel, Sie brauchen mich jetzt nicht mehr!»

Er stieg die Treppe hinab und trat durch das Tor auf die Straße. Er zögerte einen Augenblick, als schwankte er. Dann ging er raschen Schrittes zurück zur Stadt, zurück zu Josef Albert, Selma, Lehrer Leopold, der Mutter und Onkel Bobek, mit denen er verbunden war.

* * *

Rowohlt Jahrhundert

Band 62
Vladimir Nabokov,
Lushins Verteidigung

Band 63
Fjodor M. Dostojevskij,
Der Spieler

Band 64
Thomas Wolfe,
Schau heimwärts, Engel!

Band 65
Carl Almqvist,
Der Juwelenschmuck
der Königin

Band 68
Gottfried Keller,
Martin Salander

Band 69
Robert von Ranke-
Graves,
Strich drunter!

Band 70
Italo Svevo,
Die Novelle
vom guten alten Herrn
und vom schönen Mädchen

Band 71
Lautréamont,
Die Gesänge des Maldoror

Band 72
Ivan S. Turgenev,
Ein Adelsnest

Band 73
José Eustasio
Rivera,
Der Strudel

Band 74
Juan Goytisolo,
Das Fest der anderen

Band 75
Karl Emil Franzos,
Die Juden von Barnow

Band 76
Thomas Hardy,
Im Dunkeln
«Jude the Obscure»

Band 77
Ivan Olbracht,
Von den traurigen Augen
der Hana Karadžičová

Band 78
Georges Perec,
Das Leben.
Gebrauchsanweisung

Band 80
William Faulkner,
Absalom, Absalom!

Band 83
Miroslav Krleža,
Beisetzung in
Theresienburg